박태원

왓역

三國志

박태원

완역

세상을 뜨는 영웅들

三國志

7

나관중 지음

박태원 삼국지 7
세상을 뜨는 영웅들

1판 1쇄 인쇄   2008년 5월 2일
1판 1쇄 발행   2008년 5월 6일

지은이   나관중
옮긴이   박태원
발행인   박현숙
펴낸곳   도서출판 깊은샘

등   록   1980년 2월 6일 제2-69
주   소   서울시 종로구 낙원동 58-1 종로오피스텔 606호·우편번호 110-320
전   화   764-3018, 764-3019
팩   스   764-3011

ⓒ 박태원 유족 2008

ISBN 978-89-7416-197-2 04810
ISBN 978-89-7416-190-3(전10권)

유비(劉備)*

촉한의 초대 황제. 자는 현덕(玄德). 관우, 장비와 의형제를 맺었다. 황건적의 난이 일어나자 동생들과 토벌에 참전 하였다. 원소, 조조의 관도대전에서는 원소와 동맹하고, 이에 패하자 형주의 유표에게로 갔다. 세력이 미약하여 이곳저곳을 의탁하다 삼고초려해서 제갈량을 맞고 본격적인 기반을 다지기 시작했다. 이후 촉으로 세력을 확장하여 국호를 촉한이라고 황제의 위에 올랐다. 관우의 죽음에 복수하기 위해 오를 공격했으나 실패하고 병으로 죽었다.

제갈량(諸葛亮)*

자는 공명(孔明). 삼고의 예로써 유비가 그를 찾았을 때 천하삼분지계를 설파하면서 유비의 군사가 되었다. 손권과 유비의 동맹을 성사시키고 적벽대전에서 조조의 군대를 크게 무찔렀다. 유비가 촉한의 황위에 오른 뒤 승상이 되었다. 유비가 병으로 죽자 후주 유선을 받들어 촉나라를 다스리는 데 전념했다. 남만의 수령 맹획을 일곱 번 잡아 일곱 번 놓아주어 맹획의 충성을 서약받기도 했다. 위나라를 정벌하기 위해 후주 유선에게 올린 출사표는 천하의 명문장이다. 오장원에서 병을 얻어 죽었다.

관우(關羽)*

자는 운장(雲長). 촉한의 오호대장. 유비, 장비와 더불어 의형제를 맺고 팽생토록 그 의를 저버리지 않았다. 조조에게 패하고 사로잡혔을 때 조조가 함께 하기를 종용했으나 원소의 부하 안량과 문추를 베어 조조의 후대에 보답한 다음 오관을 돌파하여 유비에게로 돌아갔다. 유비의 익주 공략 때에는 형주에 머무르면서 보인 위풍은 조조와 손권을 두렵게 하였다. 여몽의 계략에 사로잡혀 죽었다.

장비(張飛)*

자는 익덕(翼德). 촉한의 오호대장. 유비, 관우와 함께 의형제를 맺고 평생 그 의를 저버리지 않았다. 수많은 전투에서 절세의 용맹을 떨쳤다. 특히 형주에 있던 유비가 조조의 대군에 쫓겨 형세가 아주 급박하게 되었을 때 장판교 위에서 일갈하여 위나라 군대를 물리침으로 해서 그 이름을 날렸다. 관우가 죽은 후 관우의 복수를 위하여 오를 치려는 와중에 부하에게 암살되었다.

조조(曹操)*

위나라 건립. 자는 맹덕(孟德). 황건적 난 평정에 공을 세우고 두각을 나타내어 마침내 헌제를 옹립하고 종횡으로 무략을 휘두르게 되었다. 화북을 거의 평정하고 이어서 남하를 꾀했는데, 적벽에서 손권과 유비의 연합군에 대패한 이후로 세력이 강남에는 넘지 못하고 북방의 안정을 꾀했다. 그는 실권은 잡았으나 스스로는 제위에 오르지 않았다. 인재를 사랑하여 그의 휘하에는 용맹한 장수와 지혜로운 모사가 많이 모였다.

황충(黃忠)*

자는 한승(漢升). 촉한의 오호대장. 유표 휘하에서 장사를 지키고 있었으나, 적벽대전 이후 유비에게로 가서 토로장군이 되었다. 유비가 서촉으로 갈 때 큰 공을 세웠고 한중을 공격할 때는 정군산에서 조조의 장수 하후연을 죽여 이름을 드높였다. 같은 해 유비가 한중왕이 되자 후장군이 되었다. 오나라와의 이릉전투에서 75세의 나이로 죽었다.

마초(馬超)*

자는 맹기(孟起). 촉한의 오호대장. 서량태수 마등의 아들로 장비와 우열을 가릴 수 없을 정도로 용명을 날렸다. 아버지 마등이 조조에 의해 죽자 양주에 근거하여 독립적인 세력을 구축하고 조조에 항거했으나 동관에서 대패하고 공명의 계책에 의해 촉의 장수가 되었다. 이후 촉에 혁혁한 공을 세우면서 이름을 크게 날렸다.

조운(趙雲)*

자는 자룡(子龍). 촉한의 오호대장. 처음에는 공손찬 휘하에 있다가 나중에 유비의 신하가 되어 용맹을 떨쳤다. 유비가 장판에서 유비의 아들 선을 필마단기로 조조의 대군들 사이에서 구출하여 용명을 떨쳤다. 이후 많은 전투에서 승전고를 울렸다. 유비 사후에도 공명을 보좌하며 촉한의 노장군으로서 선봉에 서서 뒤따르는 많은 장수의 큰 귀감이 되었고 많은 전공을 울렸다.

제갈근(諸葛瑾)

오나라 대신. 자는 자유(子瑜). 제갈량의 형. 손권이 처음 강동을 장악했을 때 그를 상빈(上賓)으로 삼았다. 동생이 촉을 받들고 있어 의심을 받기도 했으나 손권으로부터는 깊은 신임을 받았다.

손권(孫權)*

오의 대제(大帝). 자는 중모(仲謨). 손견의 둘째 아들로 형 손책이 죽자 그 뒤를 이어 주유 등의 보좌를
받아 강남의 경영에 힘썼다. 유비와 연합하여 남하한 조조의 대군을 적벽에서 격파함으로써 강남에서의
그의 지위는 확립되었다. 그 후 형주의 귀속 문제를 둘러싸고 유비와 대립하다가 219년 관우를 죽이고
형주를 점령했다. 그 결과 위, 오, 촉 3국의 영토가 거의 확정되었다.

조비(曹丕)

자는 자환(子桓). 위(魏) 문제(文帝). 조조의 차남으로 태어났으며 시문에 뛰어났다. 조조의 대권을 이
어받아 위를 건국하여 황제가 되었다. 재위 7년 동안 삼국을 통일하기 위해 애쓰다가 병이 들어 조예를
태자로 지명하고 조진, 조휴, 사마의, 진군 등에게 후사를 부탁하고 세상을 뜬다.

화타(華陀)*

자는 원화(元化). 관운장이 화살을 맞아 고생한다는 말을 듣고 찾아가 살을 째고 뼈를 긁어 치료하였다.
후에 조조가 죽음에 임박 하여 두통이 심하다고 불렀을 때, 골을 빠개어 치료하면 된다는 말을 해 조조의
노여움을 사 그의 손에 죽었다.

노숙(魯肅)

오의 명장. 자는 자경(子敬). 많은 재산을 가진 호족으로서 주유의 천거로 손권과 회견하여 천하 통일의
대계를 개진함으로써 신뢰를 얻어 그의 오른팔이 되었다. 제갈량, 주유와 함께 적벽대전에서 조조군을
물리친 주역의 한 사람이다.

여몽(呂蒙)

오나라의 명장. 자는 자명(子明). 지략이 출중해 손권의 깊은 신임을 받았다. 관우와 형주에서 싸울 때
젊은 육손을 앞세워 상대를 방심하게 하고 그 틈에 후방을 급습하여 관우를 사로잡아 죽였다. 그러나 승
전을 기념하는 자리에서 관우의 혼에 씌어 피를 토하고 죽는다.

《 삼국지 일러두기 》

1. 이 책은 1959년~1964년 국립문학예술서적출판사와 조선문학예술총동맹출판사에서 간행된 박태원 역 『삼국연의(전 6권)』를 저본으로 삼았다.

2. 저본의 용어나 표현은 모두 그대로 살렸으나, 두음법칙에 따라 그리고 우리말 맞춤법에 따라 일부 용어를 바꾸었다. 예) 령도→영도, 렬혈→열혈

3. 저본에는 한자가 병기되어 있으나, 이 책에서는 맨 처음에 나올 때는 한자를 병기하고 이후에는 생략했다.

4. 저본의 주는 가능하면 유지하였으나 독자의 편의를 위해 약간의 수정을 가하였다.

5. 저본에 충실하게 하는 것을 원칙으로 하였으나 매회 끝에 반복해 나오는 "하회를 분해하라"와 같은 말은 삭제했다.

6. 본서에 이용된 삽화는 청대초기 모종강 본에 나오는 등장 인물도를 썼으며 인물에 대한 한시 해석은 한성대학교 국문과 정후수 교수의 도움을 받았다.

삼국정립도

현덕은 한중왕의 위에 오르고
운장은 양양군을 쳐서 빼앗다

| 73 |

조조가 군사를 물려서 야곡에 이르니 공명은 그가 반드시 한중을 버리고 달아날 것으로 요량했던 까닭에 마초 등 여러 장수들을 시켜서 십여 길로 군사를 나누어 불시에 공격하게 하였다.

이로 인하여 조조는 오래 머물러 있지 못하고, 더구나 위연에게 화살까지 맞고 급급히 회군하게 되니 삼군의 예기는 다 떨어지고 말았다.

전대가 겨우 떠나자 양편에서 불이 일어나니 이것은 곧 마초의 복병이 뒤를 쫓아온 것이라 조병은 누구나 없이 담이 떨어졌다.

조조는 군사들로 하여금 급히 가게 하되 주야 쉬지 않고 달리게 해서 바로 경조(허도)에 이르러서야 비로소 마음을 놓았다.

한편 현덕은 유봉·맹달·왕평 등에게 명해서 상용(上庸) 등 여러 고을을 치게 하였다.

신담(申耽)의 무리들은 조조가 이미 한중을 버리고 달아났다는 말을 듣고는 모두 나와서 항복을 드렸다.

현덕이 백성을 안무하고 나서 삼군을 크게 호상하니 모두들 기뻐하기를 마지않는다.

이때 여러 장수들은 모두 현덕을 받들어 황제를 삼을 생각이 있었으나 감히 곧 아뢰지 못하고 먼저 제갈 군사에게로 가서 취품하였다.

공명은

"내 이미 생각한 바가 있소."

하고 즉시 법정 등을 데리고 들어가서 현덕을 보고

"이제 조조가 권세를 한 손에 틀어쥐고 있어서 백성이 인군이 없는 형편이온데, 주공께서는 인의가 천하에 드러나셨으며 이제 이미 양천(兩川)의 땅을 거두셨으니 가히 응천순인(應天順人)[1]하여 황제의 위에 오르셔야만 해서 국적을 치실 수 있사오리다. 일을 더디게 해서는 아니 되오니 곧 길일을 택하심을 청하나이다."

하고 아뢰니, 현덕이 깜짝 놀라

"군사의 말씀이 옳지 않소. 유비가 비록 한나라 종실이기는 하나 역시 신하라 만약에 이 일을 행하고 보면 이는 한나라를 배반하는 것이오."

하고 말한다.

공명은 다시 아뢰었다.

---

1) 하늘의 뜻에 응하고 백성의 뜻에 순종하는 것.

"그렇지 않사옵니다. 방금 천하가 나뉘어 영웅들이 일시에 일어나서 각기 한 지방을 웅거하고 있으니 천하의 재덕 있는 선비들이 죽고 사는 것을 돌아보지 않고 그 주인을 섬기는 것은 모두 반룡부봉(攀龍附鳳)[2]해서 공명(功名)을 세우려 하기 위함입니다. 그런데 이제 주공께서 혐의를 피해서 의를 지키기로만 드신다면 아마도 여러 사람들이 다 실망하고 말 것이니 바라옵건대 주공께서는 깊이 생각하시옵소서."

현덕은

"나더러 참람하게 지존의 위에 오르라 하나 이는 결단코 못할 일이오. 다시 좋은 계책을 의논하도록 합시다."

하니, 이 말을 듣고 여러 장수들은 일제히 나서서

"주공께서 만약에 종시 들어 주시지 않는다면 여러 사람의 마음은 풀어지고 말 것이옵니다."

하고 말하였다.

이때 공명이 다시 입을 열어

"주공께서 평생에 의로써 근본을 삼으시는 터라, 곧 존호(尊號)를 받으려 아니 하시는 것이지만, 이제 형양과 양천의 땅을 가지셨으니 잠시 한중왕이 되시는 게 좋을까 하옵니다."

하고 아뢰었다.

그러나 현덕이 종시

"비록 그대들이 나를 높여서 왕을 삼으려 하나 천자의 명조가 없으니 이것은 참람한 일이오."

---

2) 영명한 군주를 섬겨서 공명을 세우는 것.

하고 듣지 않아서 공명이 또

"이제 권도(權道)를 좇아서 하시는 것이 마땅하지 구태여 상리(常理)에 구애하실 일이 아닙니다."

하고 아뢰는데, 장비가 문득 소리를 버럭 질러

"성이 다른 사람들도 모두 임금이 되려고 하는 세상에 항차 형님이야 당당한 한실 종친이 아니오. 한중왕은 말도 말고 바로 황제가 된다 하더라도 불가할 일이 무어요."

하고 말하니, 현덕이

"너는 여러 말을 마라."

하고 꾸짖는다.

공명은 다시 현덕에게 권하였다.

"주공께서 마땅히 권변(權變)을 좇으셔서 먼저 한중왕의 위에 오르신 다음에 천자께 표주하시는 것이 늦지 않을 줄로 생각하옵니다."

현덕은 재삼 사양하다 못해서 마침내 이를 허락하였다.

때는 건안 이십사년 추칠월이다.

면양(沔陽)에다가 단을 모으니 주위가 구 리라, 다섯 방위에 분포해서 각각 정기(旌旗)와 의장(儀仗)을 벌려 세우고 모든 신하들이 다 차서를 따라서 늘어선 가운데 허정과 법정이 현덕을 청해서 단으로 올라가 관면(冠冕)과 새수(璽綬)를 드리고 나자 현덕은 남면(南面)하고 앉아 문무 관원들의 배하(拜賀)를 받고 한중왕이 되었다.

다음에 아들 유선을 세워서 왕세자를 삼고, 허정을 봉해서 태부(太傅)를 삼고, 법정으로 상서령을 삼으며, 제갈량으로 군사를 삼아서 군국중사(軍國重事)를 총리하게 하고, 관우·장비·조운·

18

마초·황충을 오호대장(五虎大將)을 봉하며, 또 위연으로는 한중태수(漢中太守)를 삼고, 그 밖의 사람들도 다 각기 그 공훈에 따라서 작을 정하였다.

현덕이 한중왕이 된 뒤에 드디어 한 통 표문을 닦아서 사람에게 주어 허도로 올려가게 하니 그 표문의 사연은 대강 다음과 같다.

비가 한갓 구신지재(具臣之才)[3]로서 상장의 중임을 지고 삼군을 총독하여 밖에 나와 있으며 능히 적란(賊亂)을 소탕하여 왕실을 바로 세우지 못하옵고 폐하의 성교(聖敎)를 오랫동안 쇠미하게 하여 나라 안이 편안하지 못하오매 근심으로 하여 누워서도 이리 뒤척 저리 뒤척 분하고 원통한 생각을 스스로 이기지 못하나이다.

전자에 동탁이 참람하여 난의 시초를 열어 놓은 뒤로 흉적의 무리가 횡행하여 백성을 잔혹하게 박탈하였사오나 다행히 폐하의 성덕이 엄연히 임하시며 신하들이 또한 한가지로 응하오매 혹은 충의지사가 힘을 다해서 치고 혹은 상천(上天)이 벌을 내리시어 포학한 자와 반역하는 무리가 차례로 쓰러져 얼음 녹듯 스러졌사온데 유독 조조가 아직도 처단되지 않사옵고 나라 권세를 천단(擅斷)하여 함부로 날뛰고 있는 형편이라.

신이 전일에 거기장군 동승과 더불어 조조를 치려 도모하옵다가 일 꾸미기를 은밀하게 못하여 동승은 도적의 손에 죽사옵고 신은 밖으로 망명하여 몸 붙일 곳을 잃고 충의의 뜻을 펴지

---

3) 구신의 재주. 구신이란 아무 재능도 없이 다만 신하들의 수효만 채운다는 뜻이다.

못하오매 드디어 조조로 하여금 흉역(凶逆)을 마음대로 하게 하여 모후를 시해하며 황자를 짐살하기에 이르게 하였나이다. 비록 동지를 규합하여 함께 맹세하옵고 힘을 다하려 생각하나 나약불무(懦弱不武)하여 여러 해를 두고 일을 이루지 못하오며 항상 전복(顚覆)할까 두려워하여 전연 국은을 저버린 바 되오니 오매(寤寐)에 길이 탄식하오며 밤에도 오히려 위구(危懼)하기를 마지않사옵니다.

이제 신의 군료(羣僚)[4]들이 생각하옵기를, 옛적 우서(虞書)[5]에 '후히 구족에게 벼슬을 내리고 은전을 베푸니 대중이 그 가르침을 밝히어 스스로 힘써 임금을 도우니라(敦叙九族 庶明勵翼)'라 하였고 제왕이 서로 전해서 이 길이 없어지지 않은지라, 주나라가 두 대에 제후를 두되 제희(諸姬)[6]를 아울러 세우매 실로 진(晋)[7]과 정(鄭)[8]의 보좌하는 힘을 입었고, 고조께오서 성덕을 펴시어 천하가 크게 다스려지매 자제분들을 왕으로 높이시어 구국(九國)을 크게 여시매 드디어 제려(諸呂)[9]를 베어 대종가(大宗家)의 계통을 편안히 할 수 있었사온데, 이제 조조가 곧은 것을 미워하고 바른 것을 싫어하며 같이 일에 참여하는 무리가 많

---

4) 여러 관원들. 유비가 자기 수하에 거느리는 문무 관원들을 가리켜서 하는 말.
5) 상서(商書), 즉 『서경(書經)』 중에 우대(虞代)의 정사를 기술한 책. 요전(堯典)으로부터 익직(益稷)에 이르기까지 모두 다섯 편이다.
6) 주나라의 왕족을 가리키는 말. 희(姬)는 주나라의 국성(國姓)이다.
7) 주 성왕(成王)이 그의 아우 숙우(叔虞)를 당(唐) 땅에다 제후로 봉하니 그 나라를 진이라 한다. 당은 지금의 중국 산서성 태원현(太原縣) 북쪽이다.
8) 본래 주나라 서도(西都)의 기내(幾內) 땅이다. 주 선왕(宣王)이 이곳에다가 아우 우(友)를 봉하였다.
9) 여러 여씨(呂氏). 한 고조의 황후 여후(呂后)의 친성 붙이들로서 한 고조가 돌아간 뒤에 난을 일으킨 자들을 말함.

아 화심(禍心)을 품고 찬역(簒逆)할 뜻이 이미 밖에 드러났건만 종실이 미약하고 황족들이 위(位)가 없으니 옛 제도를 참작해서 우선 권도(權道)로써 하리라 하옵고, 신을 높여서 대사마 한 중왕을 삼겠다 하나이다.

신이 엎드려 스스로 세 번 생각해 보오매, 나라의 두터운 은혜를 받고 한 지방을 다스리는 소임을 맡았건만 아무것도 이루어 놓은 것이 없이 이미 얻은 바가 분에 지나는 터에 다시 고위(高位)에 올라 죄책과 비방을 더하게 함이 옳지 않사오나, 군료들이 굳이 대의(大義)로써 신을 핍박하옵는지라 신이 다시 물러나 생각해 보오니, 도적을 아직 처단하지 못하고 국난이 아직 끝나지 않아 종묘가 위태하고 사직이 무너지려 하니 이는 진실로 신이 노심초사하며 분신쇄골할 때라 만약 권변(權變)을 써서라도 성조(聖朝)를 평안하게 할 수 있다 하오면 비록 물속·불속일지라도 들기를 사양하지 못할 것이라 문득 여러 사람의 공론을 좇아 인새(印璽)를 배수(拜受)하여 나라의 위엄을 장하게 하였나이다.

우러러 작호를 생각하오매 위는 높고 은총은 두텁사오며 머리 숙여 보답하올 일을 생각하오매 근심은 깊고 임무는 중하오니 마음에 놀랍고 송구하기 그지없어 마치 골짜기에 임한 것 같사오니, 어찌 힘을 다하고 정성을 다 바쳐 육사(六師)[10]를 장려하며 충의지사를 거느리고 천시를 응해서 사직을 편안히 하지 않사오리까. 삼가 표문을 올려 아뢰나이다.

---

10) 천자가 거느리는 육군(六軍)을 말함.

표문이 허도에 이르니, 조조는 업군에 있다가 현덕이 스스로 한중왕이 되었다는 말을 듣고 발연히 노하여

"자리 치던 아이놈이 언감 이럴 수가 있단 말이냐. 내 맹세코 멸해 버리리라."

비분강개하며, 즉시 영을 내려 경국지병(傾國之兵)[11]을 일으켜 양천으로 가서 한중왕과 자웅을 결하려 하는데 이때 한 사람이 반열에서 나와

"대왕께서 한때의 노여움으로 인하여 친히 거가를 수고롭게 하셔서 원정하심은 불가할까 하옵니다. 신에게 화살 한 개 쓰지 않고 유비로 하여금 촉 땅에서 스스로 화를 받게 할 계책이 있사오니 그 군사가 쇠하고 힘이 다하기를 기다리시어 한 장수만 보내셔서 치게 하시면 곧 공을 이루실 수 있사오리다."

하고 말한다. 조조가 그 사람을 보니 바로 사마의다.

조조는 기뻐서 물었다.

"중달에게 어떤 고견이 있소."

사마의가 계책을 아뢴다.

"강동 손권은 누이를 유비에게 주었다가 그가 없는 틈을 타서 몰래 데려와 버렸삽고, 유비는 또 형주를 점거하고 돌려보내지 않아 피차에 절치지한(切齒之恨)이 있는 터입니다. 이제 언변 좋은 사람을 하나 뽑아 글을 가지고 가서 손권을 달래어 군사를 일으켜서 형주를 치게 하시면 유비가 반드시 양천 군사를 내어 형주를 구하려 할 것이니, 그때에 대왕께서 군사를 일으켜 한천을 취하실 말

---

11) 온 나라 안의 군사.

22

이면 유비가 수미상응할 수 없어 그 형세가 반드시 위태할 것이옵니다."

조조는 크게 기뻐하여 즉시 글을 닦아 만총으로 사자를 삼아서 밤을 도와 강동으로 가서 손권을 만나게 하였다.

손권이 만총이 이른 것을 알고 드디어 모사들과 상의하니, 장소가 나서며

"위(魏)가 본래 우리 동오와 아무 원수가 없었는데 앞서 제갈량의 말을 들음으로 해서 두 집이 여러 해를 두고 싸움이 그치지 않아 백성이 도탄의 괴로움을 당해 왔습니다. 이제 만백녕이 왔을 제는 반드시 우리와 강화할 뜻이 있는 것이니 예로써 대접하심이 옳을까 하옵니다."

하고 말한다.

손권은 그 말을 좇아서 여러 모사들로 하여금 만총을 성내로 맞아들이게 해서 서로 보고 예를 마치자 손권은 그를 빈례(賓禮)로 대접하였다.

만총이 조조의 글을 올리며

"오와 위가 본래 원수진 일이 없건만 모두 유비 까닭으로 해서 흔적이 생기고 만 것입니다. 그래 위왕께서 이 사람을 보내셔서 장군과 약속을 정하시되, 장군은 형주를 쳐서 취하시고 위왕은 군사를 한천으로 내시어 전후로 협공해서 유비를 깨친 후에는 같이 강토를 나누어 맹세코 서로 침범하는 일이 없도록 하시자고 여쭈라십니다."

하고 말한다.

손권은 글월을 보고 나자 연석을 배설하여 만총을 대접하고 그

를 객사로 인도해서 편히 쉬게 하였다.

손권이 여러 모사들로 더불어 상의하니 고옹이

"그것이 우리를 달래는 말이기는 해도 그 가운데 일리가 있기는 하니 이제 한편으로는 만총을 돌려보내 조조와 약속해서 수미상응하여 같이 치겠노라 전하게 하고, 한편으로는 사람을 강 건너로 보내서 운장의 동정을 탐지한 뒤에야 비로소 일을 행할 것이 순서일 듯하옵니다."

하고 말하는데, 이때 제갈근이 나서서

"제가 들으매 운장이 형주로 온 뒤에 유비가 그에게 아내를 맞아 주어 처음에 아들 하나를 낳고 다음에 딸 하나를 낳았는데, 그 딸이 아직 어려서 그저 혼처를 정하지 않고 있다 하오니 제가 한번 가서 주공의 세자를 위해서 청혼을 해 보아 만일에 운장이 허락하거든 운장과 의논해서 함께 조조를 치기로 하고, 만일에 운장이 듣지 않거든 그때 가서 조조를 도와 형주를 취하기로 하시지요."

하고 말한다.

손권은 그 계책을 쓰기로 하고 먼저 만총을 허도로 돌려보낸 다음에 제갈근으로 사자를 삼아서 형주로 보냈다.

제갈근이 성에 들어가서 운장을 보고 예를 마치자, 운장이

"자유가 이번에 무슨 일로 오셨소."

하고 물어서, 제갈근이

"특히 두 댁의 좋은 정의를 맺으려고 온 것입니다. 우리 주공 오후께 자제 한 분이 있어 심히 총명한데, 들으매 장군께서 따님 한 분을 두셨다기에 제가 특히 중매를 서려고 왔습니다. 두 댁에서

사돈을 맺으시고 힘을 합해서 조조를 치기로 하면 이는 참으로 아름다운 일이니 청컨대 군후께서는 부디 한 번 생각해 보십시오.”

하고 말하니, 운장은 발연대로해서

“내 호랑이 딸[虎女]을 그래 개새끼[犬子]한테 시집보내란 말이냐. 네 아우의 낯을 보지 않으면 곧 네 머리를 베었을 것이다. 다시 여러 말을 마라.”

하고 곧 좌우를 불러서 밖으로 쫓아내었다.

제갈근은 그만 무색해 돌아갔는데 감히 사실을 감출 수가 없어서 드디어 오후에게 실상대로 고하고 말았다.

손권은 듣고 대로하여

“어찌 그처럼 무례하단 말이냐.”

하고 즉시 장소 등 문무 관원을 불러 형주 취할 계책을 상의하니, 보즐이 나서서

“조조가 원래 한나라를 찬탈하려 한 지가 오래나 두려워하는 바가 유비라, 이번에 사자를 보내서 동오로 하여금 군사를 일으켜 서촉을 삼키게 함은 바로 화를 동오에다 씌우자고 하는 것입니다.”

하고 말하고, 손권이

“하지만 나 역시 형주를 취하려 생각한 지가 오늘은 아니라네.”

하고 말하자, 그는 다시

“이제 조인이 양양과 번성에다 군사를 둔치고 있고 또한 장강을 건널 것도 없이 육로로 곧장 형주를 취할 수 있는 터에 제가 왜 취하지 않고 도리어 주공께 군사를 일으키시라고 하니 이것만 보아도 곧 그 마음을 알 수가 있는 것입니다. 그러니 주공께서는

사자를 허도로 보내셔서 조조를 보고 조인으로 하여금 먼저 군사를 일으켜 육로로 형주를 취하게 하면 운장이 필시 형주 군사를 거느리고 가서 번성을 취하려고 할 것이니 운장이, 한 번 움직이거든 그때 주공께서 한 장수를 보내셔서 가만히 형주를 취하게 하시면 일거에 얻으실 수 있사오리다."

하고 계책을 말한다.

손권은 그 말을 좇아서 즉시 사자를 보내서 강을 건너가 조조에게 글을 올리고 이 일을 자세히 이야기하게 하였다.

조조는 크게 기뻐하여 사자를 먼저 돌려보낸 다음에 바로 만총을 번성으로 보내서 조인의 참모관이 되어 서로 상의하고 기병하게 하며, 일변 동오로 격문을 띄워 군사를 거느리고 수로로 접응하여 형주를 취하게 하였다.

한편 한중왕은 위연으로 군마를 총독해서 동천을 수어하게 하고 드디어 백관을 거느리고 성도로 돌아오자 관원을 시켜서 궁전을 영건하게 하고 또 관사들을 두는데, 성도로부터 백수(白水)에 이르기까지 사백여 처에 관사와 우정(郵亭)[12]을 세우고, 한편 군량과 마초를 쌓아 두며 병장기를 많이 만들어서 장차 나아가서 중원을 취할 준비를 하였다.

그러자 세작이 조조가 동오와 손을 잡아 형주를 취하려 한다는 것을 탐지해 가지고 나는 듯이 촉중으로 보해 왔다.

한중왕이 듣고 황망히 공명을 청해다가 의논하니 공명이

---

12) 고대 중국에서 서신을 체전(遞傳)하며 여객들의 휴식처로 쓰이던 곳.

"량은 이미 조조가 반드시 이 꾀를 쓸 것을 알고 있었습니다. 그러나 동오에 모사들이 극히 많으니 필연 조조로 하여금 조인을 시켜서 먼저 군사를 일으키게 할 것입니다."

하고 말한다.

현덕이 다시

"그렇다면 어떻게 해야 하오."

하고 물으니, 공명은

"사자에게 관고(官誥)[13]를 주시어 운장에게 보내시고 그로 하여금 먼저 군사를 일으켜 번성을 취하게 하시면 적군이 간담이 서늘해서 자연 와해하고 말 것입니다."

하고 대답한다.

한중왕은 크게 기뻐하여 곧 전부사마 비시(費詩)로 사자를 삼아 관고를 받들고 형주로 가게 하였다.

운장은 성에서 나가 그를 영접해 들이고 함께 관가로 들어와서 예를 마치자 비시에게

"한중왕께서 나를 무슨 작을 봉하셨소."

하고 물었다.

비시가

"오호대장의 첫째십니다."

하고 대답하자, 운장이 다시

"오호장이 누구누구요."

하고 물어서, 비시가 또

---

13) 관직 임명의 칙령.

"장군과 장익덕, 조자룡, 마맹기, 황한승이 깁니다."

하고 대답하니, 운장이 노하여

"익덕은 내 아우요 맹기는 대대 명문의 자손이요 자룡은 우리 형님을 오래 따라다녔으니 곧 내 아우나 일반이라 작위가 나와 같아도 좋겠지만, 황충이란 대체 어떤 사람이기에 감히 나하고 동렬에 선단 말이요. 사내대장부가 일개 노졸과 같이 짝이 되지는 못하겠소."

하고 인수를 받으려 아니 한다.

비시는 웃고 말하였다.

"그것은 장군께서 잘못 생각하시는 것이십니다. 옛적에 소하와 조삼이 고조와 함께 거사하여 가장 친근하였고 한신으로 말씀하면 초나라에서 도망해 온 장수였습니다. 그러나 한신이 왕을 봉해서 소하와 조삼의 위에 있게 되었건만 소하·조삼이 그 때문에 원망을 했다는 말은 듣지 못하였으니, 이제 한중왕께서 비록 오호장을 봉하셨으나 장군과는 형제의 의리가 있어서 일신동체로 보시는 터이니 장군께서 곧 한중왕이시요, 한중왕께서 곧 장군이시라 어찌 다른 사람과 같을 리가 있겠습니까. 장군께서 한중왕의 후은을 받으셨으니 마땅히 안락과 환난을 함께하시며 화복을 한가지로 하실 일이지 관작의 높고 낮은 것을 따지셔서는 아니 될 것이니 부디 장군께서는 한 번 깊이 생각해 보십시오."

듣고 나자 운장은 크게 깨도가 되어 곧 재배하고

"이 사람이 밝지 못한 탓이라, 만일 조카가 일러 주시지 않았던들 그만 대사를 그르치고 말았을 것이외다."

하고 곧 인수를 받았다.

비시는 비로소 왕명을 전하여 운장으로 하여금 군사를 거느리고 가서 번성을 취하게 하였다.

운장은 왕명을 받자 즉시 부사인(傅士仁)과 미방 두 사람으로 선봉을 삼아 먼저 일지군을 거느리고 형주성 밖에 나가서 둔찰하게 하며 한편으로 성중에 연석을 배설하고 비시를 대접하였다.

함께 술을 마시는 중에 이경이 되었는데 이때 홀연 성 밖 영채 안에서 불이 났다는 보도가 들어왔다.

운장이 급히 갑옷투구하고 말에 올라 성에서 나가 보니, 이는 곧 부사인과 미방이 술을 먹고 있던 중에 장막 뒤에서 실화한 것이 화포에 불이 당겨 화포가 터지며 영채 안이 온통 진감하고 군기와 양초를 모두 태워 버리고 만 것이었다.

운장이 군사를 거느리고 나서서 불을 끄기 시작하여 사경이나 되어서야 겨우 다 껐다.

운장이 성으로 들어와서 부사인과 미방을 불러들여

"내 너희 두 사람으로 선봉을 삼았는데 미처 출사(出師)하기도 전에 허다한 군기와 양초를 태워 버리고 또 화포가 터져서 본부 군사들이 죽었으니, 이처럼 일을 그르쳐 놓았는데 너희 두 놈을 무엇에 쓴단 말이냐."

하고 꾸짖고 무사를 호령해서 곧 목을 베게 하였다.

이때 비시가 나서서

"아직 출사도 하기 전에 먼저 대장을 베는 것은 군사에 이롭지 않으니 잠시 그 죄를 용서해 주시는 것이 옳을까 보이다."

하고 권한다.

그러나 운장은 노기가 아주 풀리지 않아서 두 사람을 향하여

"내가 비 사마의 낯을 보지 않으면 반드시 너희 두 놈의 목을 베었을 것이다."

하고 마침내 무사를 불러서 각각 형장 사십 도를 치게 한 다음에 선봉의 인수를 도로 뺏고, 벌로 미방은 나가서 남군을 지키게 하고 부사인은 공안을 지키게 하며

"내 만일 싸움에 이기고 돌아오는 날에 너희들에게 조금이라도 잘못이 있고 보면 두 죄를 함께 벌하리라."

하고 호령하니 두 사람은 만면에 부끄러운 빛을 띠고 연방

"예, 예."

하며 물러갔다.

운장은 곧 요화로 선봉을 삼고 관평으로 부장을 삼고 자기는 몸소 중군을 거느리고 마량과 이적으로 참모를 삼아 함께 번성을 치러 나아갔다.

이보다 앞서 호화(胡華)의 아들 호반(胡班)이 형주로 와서 관공에게 투항했는데 관공은 전일에 그가 자기를 구해 준 정리를 생각하고 매우 사랑하더니 이때 그에게 분부해서 비시를 따라 서천으로 들어가 한중왕을 뵙고 작을 받게 하였다.

비시는 관공에게 하직을 고한 다음에 호반을 데리고 촉중으로 돌아갔다.

이날 관공이 '수(帥)'자를 쓴 큰 기에 제를 지내고 나서 장중에서 잠깐 눈을 붙이고 있으려니까 홀연 돼지 한 마리가 크기는 소만이나 하고 전신이 시커먼 것이 장중으로 뛰어 들어와서 대뜸 운장의 발을 문다.

운장이 대로해서 급히 칼을 빼어 한 칼에 베니 돼지가 소리를 지르는데 마치 깁을 찢는 것과 같다.

문득 놀라서 깨니 곧 꿈인데 돼지에게 물린 왼편 발이 은근히 쑤시고 아프다.

심중에 크게 의심해서 관평을 불러다가 꿈 이야기를 하니, 관평이 듣고

"돼지도 역시 용의 기상이 있사온데 용이 발에 와서 붙는 것은 곧 높이 오르실 징조라 반드시 의려하실 일은 아닐 줄로 아옵니다."

하고 말한다.

운장이 다시 여러 관원들을 장하에다 모아 놓고 몽조(夢兆)를 말하니, 혹은 길한 징조라고도 말하고 혹은 불길한 조짐이라고도 말을 해서 여러 사람의 말이 일치하지 않는다.

운장이 개연히

"내 대장부로 나서 나이 육십이 가까우니 곧 죽는다고 무슨 한이 있으랴."

하고 말하는데 마침 촉중에서 사신이 이르러 한중왕의 영지를 전하되 운장을 봉해서 전장군(前將軍)을 삼고 절월을 주며 형양 구군의 일을 도독(都督)하라 한다.

여러 관원들이 모두 절하여 하례하며

"이것이 틀림없이 저룡(猪龍)의 상서(祥瑞)인 듯합니다."

하고 말하니, 이에 운장은 털끝만치도 의심하지 않고 드디어 군사를 일으켜 양양 대로로 짓쳐 나갔다.

한편 조인이 바야흐로 성중에 있는데 홀연 보하되 운장이 몸소

군사를 거느리고 왔다고 한다.

조인은 크게 놀라서 굳게 지키고 나가지 않으려 하였다.

그러나 이때 부장 적원(翟元)이 나서며

"이제 위왕께서 장군에게 영을 내리시어 동오와 약속하고 함께 형주를 취하라 하셨는데 이제 제가 스스로 왔으니 이는 바로 죽여 달라는 것인데 어째서 도리어 피하려 하십니까."

하고 말하고, 참모 만총이 모처럼

"내 잘 알거니와 운장은 용맹하고 지모가 있는 장수라 우습게 대해서는 아니 되니 그저 굳게 지키는 것이 상책이외다."

하고 간하였건만 이번에는 효장 하후존(夏侯存)이 또 나서서

"그것은 서생의 말씀이외다. '물이 오거든 흙으로 덮고 장수가 이르거든 군사로 맞으라(水來土掩 將至兵迎)'라는 말도 못 들으셨습니까. 우리 군사가 편안히 앉아서 이곳까지 이르느라 피로한 적을 상대하는 것이라 쉽게 이길 수가 있으리다."

하고 말하는 통에 조인은 그들의 말을 좇아서 만총으로 하여금 번성을 지키게 한 다음에 자기는 군사를 거느리고 운장을 맞으러 나갔다.

운장은 조인의 군사가 오는 것을 알자 곧 관평·요화 두 장수를 불러서 계책을 일러 보냈다.

두 장수는 나가서 조인의 군사와 마주 대하여 진을 치고 나자 요하가 진전에 말을 내어 싸움을 돋우었다. 적원이 나와서 그를 맞는다. 두 장수는 어우러져 싸웠다.

그러나 얼마 싸우지 않아서 요화가 거짓 패하여 말머리를 돌려 달아나니 적원이 그 뒤를 몰아친다. 형주 군사는 이십 리를 뒤로

물러났다.

그 이튿날 다시 나가서 싸움을 돋우니 하후존과 적원이 일제히 나가서 맞는다.

형주 군사가 또 패해 달아나서 조인의 군사가 다시 그 뒤를 쫓아 이십여 리나 갔을 때 홀지에 등 뒤에서 함성이 크게 진동하며 고각이 일제히 울린다.

조인이 전군에 영을 내려 속히 돌아오게 하는데 배후에서 관평과 요화가 군사를 돌려 덮쳐들어서 조인의 군사는 혼란에 빠지고 말았다.

조인은 적의 계교에 빠진 것을 알고 먼저 일지군을 데리고 말을 달려 양양으로 갔다.

그러나 성 밖 수 리쯤 되는 곳에 당도하였을 때 전면에 수기(繡旗)가 바람에 나부끼며 운장이 말을 멈추고 칼을 비껴들고 서서 앞길을 막고 있다. 조인은 담이 떨리고 가슴이 놀라와 감히 대어들어 싸우지 못하고 양양을 향해서 길을 돌아 달아났다.

운장은 그 뒤를 쫓지 않았는데 조금 있다 하후존이 군사를 이끌고 이르러 운장을 보자 대로해서 곧 그에게로 달려든다.

그러나 그가 운장의 적수는 아니니, 단지 한 합에 그는 운장의 칼을 맞고 죽어 버렸다.

적원이 또 달아나는 것을 관평이 급히 뒤를 쫓아 한 칼에 베어 버리고 승세해서 뒤를 몰아치니 조인의 군사는 태반이 양강(襄江) 가운데 빠져 죽고 말았다.

조인은 물러나 번성을 지킨다.

운장이 양양을 얻고 나서 삼군을 상 주고 백성을 안무하니, 수군사마 왕보(王甫)가 있다가

"장군께서 한 번 북 쳐서 양양을 수중에 거두시니 조병이 비록 풀이 죽기는 하였습니다마는 저의 어리석은 소견을 말씀하라시면, 지금 동오의 여몽이 육구에 군사를 둔치고 있어서 매양 형주를 탄병할 뜻을 가지고 있는 터이니 만약에 군사를 거느리고 배로 와서 형주를 취한다면 이 노릇을 어찌 하시렵니까."

하고 말한다.

듣고 나자 운장이

"나 역시 그 생각을 했소. 공은 곧 이 일을 맡아서 분별하되, 장강 연안 일대로 혹 이십 리만큼 혹 삼십 리만큼 높은 언덕을 골라서 봉화대 하나씩을 두는데 매 대에 군사 오십 명씩 두어서 지키게 해서, 만약에 동오 군사가 강을 건너오는 때에는 밤이거든 불을 들고 낮이거든 연기를 올려 군호를 삼게 하면 내가 친히 가서 치겠소."

하니, 왕보가 다시

"지금 미방과 부사인이 두 애구를 지키고 있습니다마는 다들 힘써 할 것 같지 않으니 모름지기 다시 한 사람을 선택하셔서 형주를 총독하게 하시는 것이 좋겠습니다."

하고 말한다.

운장이

"내 이미 치중 반준(潘濬)을 보내서 지키게 하였는데 무슨 근심할 일이 있겠소."

하니, 왕보가 다시

"반준이 평소에 꺼리는 것이 많고 이(利)를 좋아하니 중임을 맡기셔서는 아니 됩니다. 군전도독양료관(軍前都督糧料官) 조루(趙累)를 보내셔서 대신하게 하시지요. 조루의 사람됨이 충성염직(忠誠廉直)해서 만약 이 사람을 쓰시기만 한다면 만에 하나도 실수가 없을 줄로 압니다."

한다.

그러나 운장이

"내가 본디 반준의 위인을 잘 알고 있을뿐더러 이미 한 번 정해서 보낸 바에는 구태여 다시 갈 것은 없고, 또 조루로 말하면 지금 군량과 요(料)[14]를 맡고 있으며 역시 중요한 일이라 공은 너무 근심하지 말고 가서 봉화대나 쌓도록 하오."

하고 듣지 않았다.

왕보는 앙앙한 마음으로 관공을 하직하고 떠났다. 그 뒤에 운장은 관평으로 하여금 선척을 준비하여 양강을 건너가서 번성을 치게 하였다.

한편 조인이 두 장수를 잃고 물러가서 번성을 지키며 만총을 보고

"내가 공의 말씀을 듣지 않다가 군사를 잃고 장수를 죽이고 양양을 뺏겼으니 어떻게 했으면 좋겠소."

하고 말하니, 만총이

"운장은 범 같은 장수로서 지모가 많은 사람이니 경솔히 대적

---

14) 관원들의 봉급. 요미(料米).

해서는 아니 되고 오직 굳게 지키는 것이 좋소이다."

한다.

막 이처럼 말하고 있을 때 사람이 보하되 운장이 강을 건너서 번성을 치러 온다고 한다.

조인이 크게 놀라니 만총은 역시

"그저 굳게 지키는 것이 좋습니다."

하는데, 부장 여상(呂尙)이 분연히 나서며

"제게 군사 수천 명만 빌려 주시면 오는 군사를 양강 안에서 막아 내겠습니다."

한다.

만총이

"그것은 불가하오."

하고 간하니, 여상이 불끈 화를 내며

"대체 당신네들 문관의 말을 듣고 오직 굳게 지키고만 있으면 어떻게 적을 물리친단 말씀이오. 병법에 '군사가 반쯤 건넜을 때 칠 것이라(軍半渡可擊)'고 한 말도 듣지 못하셨소. 이제 운장의 군사가 양강을 반쯤 건넜는데 왜 나가서 치지 않는단 말입니까. 만약 군사가 성 아래 들어오고 장수가 해자 가에 이르고 보면 갑자기 당해 내기가 수월하지 않을 겁니다."

한다.

조인은 곧 여상에게 군사 이천을 주어 번성에서 나가 적을 맞아서 싸우게 하였다.

여상이 강어귀로 나와 보니 전면에 수기(繡旗)가 휘날리는 아래 운장이 칼을 비껴들고 말을 타고 나온다.

여상은 곧 나가서 맞아 싸우려 하였으나 뒤에 있던 군사들이 운장의 기풍이 늠름한 것을 보자 싸우기도 전에 먼저들 달아나서 여상은 도망 못 가게 연방 호령을 하는데, 운장이 그대로 군사를 몰고 짓쳐 들어와서 조병은 대패하여 마보군이 태반이나 꺾였다.

패하고 남은 군사가 번성으로 들어가자 조인은 급히 사람을 보내서 조조에게 구원을 청하였다.

사자는 밤을 도와 장안에 이르자 조조에게 글월을 올리고 아뢰었다.

"운장이 양양을 함몰하고 지금 번성을 에우고 있어 형세가 심히 급하오니 바라옵건대 대장을 보내셔서 구원해 주옵소서."

듣고 나자 조조가 반열 가운데 한 사람을 손으로 가리키며

"경이 가서 번성의 에움을 풀게 하라."

하고 말하니 그 사람이 예 하고 나온다. 모두 보니 우금이다.

우금이 아뢴다.

"한 장수를 얻어서 선봉을 삼아 군사를 거느리고 함께 갈까 하옵니다."

조조가 다시 여러 사람을 보고

"뉘 감히 선봉이 될꼬."

하니, 한 사람이 분연히 나서며

"제가 견마의 수고를 다하여 관모를 생금해다가 휘하에 바치고자 하옵니다."

하고 말한다.

조조는 보고 크게 기뻐하였다.

미처 동오에서 틈을 보러 안 왔는데
먼저 북위에서 군사를 더 보내온다.

대체 이 사람이 누군고.

방영명이 관을 지우고 나가서 죽기로써 싸움을 결단하고
관운장이 강물을 터서 칠군을 엄살하다

| *74* |

조조가 우금으로 하여금 번성을 가서 구원하게 하고, 여러 장
수들에게

"뉘 감히 선봉이 될꼬."

하고 물으니 한 사람이 소리를 응해서 제가 가겠노라고 나선다.
조조가 보니 곧 방덕이다.

조조는 크게 기뻐하여

"관모가 위명을 화하(華夏)에 떨치며 아직 적수를 만나지 못했
는데 이제 영명을 만났으니 참으로 강적이로군."

하고 드디어 우금으로 정남장군을 더하고 방덕으로 정서도선봉
을 가해서 칠군을 일으켜 번성으로 가게 한다.

이 칠군이란 모두 북방의 기력이 좋은 군사들로서, 많은 두목
들이 있으며 그들을 통솔하는 영군장교(領軍將校)가 둘이나 있으니

하나는 이름이 동형(董衡)이요 하나는 이름이 동초(董超)다.

이날 그들이 각각 두목들을 데리고 들어와서 우금에게 참배하는데 그중 동형이 우금을 항하여

"이제 장군께서 칠지중병(七枝重兵)을 거느리시고 번성의 액을 풀러 가시는 터이매 반드시 이길 것을 기약하셔야만 할 일이온데 방덕으로 선봉을 삼으셨으니 이것은 아무래도 일을 그르치시는 것이 아니겠습니까."

하고 말해 우금이 놀라 그 까닭을 물으니, 동형이

"방덕으로 말씀하면 원래 마초 수하의 부장으로서 부득이하여 위에 항복한 사람이온데 지금 저의 옛 주인이 촉에 있어 직품이 '오호상장'에 있을뿐더러 그의 친형 방유가 또한 서천에서 벼슬을 살고 있는 터이니, 이제 저 사람으로 선봉을 삼으신다는 것은 바로 기름을 뿌리면서 불을 끄려는 것이나 같습니다. 장군께서는 왜 위왕께 품하시고 다른 사람으로 하시려 아니 하십니까."

하고 말한다.

우금은 그 말을 듣자 드디어 그 밤으로 부중에 들어가서 조조에게 품하였다.

조조는 깨닫고 즉시 방덕을 계하로 불러들여서 선봉인(先鋒印)을 도로 바치게 하였다.

방덕이 크게 놀라서

"제가 바야흐로 대왕을 위하와 힘을 내려 하옵는 터에 어찌하여 써 주시지를 않으시는 것이옵니까."

하고 묻는다.

조조는 말하였다.

"나는 본디 의심을 하지 않으나 다만 지금 마초가 서천에 있고 그대의 형 방유가 역시 서천에 있어서 모두 유비를 섬기고 있는 터이라, 나는 설사 의심을 아니 한다 하더라도 여러 사람의 공론이 그러하니 어찌 할꼬."

듣고 나자 방덕은 곧 관을 벗고 머리를 댓돌에 찧어 유혈이 가득한 얼굴을 해 가지고 다시 아뢴다.

"제가 한중에서 대왕께 투항해 온 뒤로 매양 대왕의 후은에 감격하와 비록 간뇌도지하더라도 보답하올 길이 없다고 생각하옵는 터에 대왕께서는 어찌하여 방덕을 의심하시나이까. 방덕이 예전에 고향에 있었을 때 형과 한집에서 살았사온데 형수란 여인이 심히 어질지 않아서 제가 어느 날 술이 취한 김에 그를 죽여 버린 까닭에 형이 제게 대한 원한이 아주 골수에 들어 다시 서로 보지 않겠다고 맹세한 터라 형제간의 우의는 이미 끊어졌사옵고, 또 옛 주인 마초로 말씀하오면 용맹은 있으나 꾀가 없어서 군사는 패하고 땅은 다 잃어 외로운 신세가 서천으로 들어가서 이제 방덕과는 각각 다른 주인을 섬기는 터라 주종간의 옛 의리도 이미 끊어졌사옵니다. 방덕이 대왕의 은우(恩遇)를 받자와 감격함을 마지않는 터에 어찌 감히 딴 뜻을 품사오리까. 대왕께서는 부디 통촉해 주시옵소서."

조조는 곧 방덕을 붙들어 일으키고 어루만지면서

"내 본디 경의 충의를 아는 터이나 앞서 한 말은 특히 여러 사람을 안심시키기 위함이라. 경은 부디 힘써 공을 세우라. 경이 나를 저버리지 않으면 내 또한 결코 경을 저버리지 않으리라."
하고 위로하였다.

방덕은 조조에게 절하여 하직하고 집으로 돌아오자 장인(匠人)에게 분부해서 관을 하나 짜게 하였다.

그리고 이튿날 연석을 배설하고 여러 친지들을 청하는데 그 관도 당상에 갖다 놓으니 여러 친한 친구들이 이것을 보고 모두 놀라서

"장군이 출사하는데 이 불길한 물건은 무엇에 쓰시려 하오."

하고 묻는다.

방덕은 술잔을 들며 친지들을 보고

"내가 위왕의 후은을 받자왔으매 죽기로써 보답하리라고 맹세를 한 터요. 이제 번성에 가서 관모와 사생을 결단하겠는데 내가 만약 저를 죽이지 못한다면 반드시 제 손에 내가 죽을 것이요, 제 손에 내가 죽지 않는다 하더라도 내 또한 내 손으로 죽고 말 것이라. 그런 까닭에 미리 이 관을 준비해서 이번 싸움에서 헛되이 돌아오지 않을 각오를 보이는 것이오."

하고 말하였다. 모든 사람이 다 차탄(嗟嘆)하여 마지않는다.

방덕은 또 그 아내 이씨(李氏)와 그 아들 방회(龐會)를 불러내어, 그 아내에게

"내 이제 선봉이 되었으매 의리가 마땅히 싸움터에서 죽어야만 할 것이오. 내 만약에 죽거들랑 그대는 이 아이를 잘 길러 주오. 이 아이가 상(相)이 범상치 않으니 장성하면 제 반드시 나를 위해서 원수를 갚으리다."

하고 말하니 처자는 통곡하며 그를 배웅하였다.

방덕이 종민에게 관을 지워 가지고 떠나는데, 떠나기에 임해서 수하 장수들을 보고 그는 또 말을 일렀다.

"내 이제 가서 관모와 죽기로써 싸울 것이매 내 만약에 관모의 손에 죽거들랑 너희들은 급히 내 시체를 갖다가 이 관 속에 넣어라. 내 만약 관모를 죽이는 때에는 나도 그 머리를 이 관 속에 넣어 가지고 돌아와 위왕께 바칠 작정이로다."

수하 장수 오백 명은 모두 말하였다.

"장군께서 이처럼 충용하시니 저희들이 어찌 죽기를 다해서 싸우지 않겠사오리까."

이리하여 방덕은 군사를 거느리고 앞으로 나아갔는데, 누가 있다가 이 말을 조조에게 보해서 조조가 듣고 기뻐하며

"방덕의 충성과 용맹이 이러하니 내 무엇을 근심하랴."

하니, 가후가 있다가

"방덕이 혈기지용(血氣之勇)을 믿고 관모와 죽기로써 싸움을 결단하려고 하니 신은 은근히 염려가 되옵니다."

하고 말한다.

조조는 그 말을 옳게 듣고 급히 사람을 시켜서 방덕에게 영지를 전하게 하되

"관모가 지용쌍전(智勇雙全)하니 취할 만하거든 취하고 취할 수 없거든 삼가 지키도록 하라."

하고 경계하였다.

방덕이 이 영을 듣고 여러 장수에게

"대왕께서는 어찌하여 관모를 이처럼 대단하게 아시는고. 내가 이번에 가면 관모의 삼십 년 간 성가(聲價)를 반드시 꺾어 놓고야 말겠소."

하고 말하니, 우금이

"위왕의 말씀을 소홀히 해서는 아니 되리다."

하고 경계한다.

방덕은 분연히 군사를 재촉해서 번성으로 가자 바로 양약자득해서 무위 뽐내며 요란하게 징 치고 북 치고 하였다.

이때 관공이 장중에 앉아 있으려니까 홀연 탐마가 나는 듯이 들어와 보하는데

"조조가 우금으로 대장을 삼아 칠지 정장병(精壯兵)을 영솔해 보냈사온데 전부 선봉 방덕이 군전에 관 하나를 지워 가지고 나와서 불손한 수작을 하며 맹세코 장군과 한 번 죽기로써 싸움을 결단하겠다고 하옵는바, 군사들은 성밖 삼십 리에 와 있사옵니다."

한다.

그 말을 듣자 관공은 발연변색하여 수염이 다 떨며 대로하였다.

"천하의 영웅들이 내 이름을 듣고서 두려워하지 않는 자가 없는 터에 방덕이 어린놈이 언감 나를 우습게본단 말이냐. 관평이는 한편으로 번성을 쳐라. 내 가서 이 주제넘은 놈을 베어 내 한을 풀겠다."

관평이 아뢴다.

"부친께서는 태산처럼 중하신 몸으로 관악한 돌덩이와 고하를 다투시려 마십시오. 제가 아버님을 대신해서 한 번 가 방덕이와 싸워 보겠습니다."

관공은

"그럼 네 시험삼아 한 번 가 보아라. 내 뒤따라 곧 가서 접응하마."

하고 허락하였다.

관평은 장막에서 나가자 칼 들고 말에 올라 군사를 거느리고 방덕과 싸우러 나갔다. 양군은 서로 진을 치고 마주 대하였다.

위 영에 내세운 한 폭 검은 기에는 흰 글씨로 '남안 방덕(南安龐德)' 넉 자가 크게 씌어 있다.

방덕이 청포은개(靑袍銀鎧)로 칼 들고 백마 타고 진전에 나와 서니 배후에 오백 군병이 긴하게 따르는데 보졸 사오 명이 어깨에 관을 메고 나온다.

관평은 방덕을 향해

"이놈, 주인을 배반한 도적놈아."

하고 크게 꾸짖었다.

방덕이 수하 군사를 보고

"저게 누구냐."

하고 물으니, 한 군사가 있다가

"관공의 의자(義子) 관평이올시다."

하고 대답한다.

방덕은 외쳤다.

"나는 위왕의 영지를 받들고 네 아비의 머리를 취하러 온 길이다. 너는 옴두꺼비 어린아이라 내 너는 죽이지 않을 터이니 빨리 네 아비를 불러오너라."

관평이 대로해서 칼을 춤추며 말을 놓아서 방덕을 향하여 달려든다. 방덕은 칼을 비껴들고 나가 맞았다.

두 사람은 서로 삼십 합을 싸웠으나 승부를 나누지 못해서 양편이 각기 쉬었다.

누가 이것을 관공에게 보하자 관공은 크게 노하여 곧 요화로 하여금 가서 번성을 치게 하고 자기는 친히 방덕과 싸우러 왔다.

관평이 나와서 맞으며

"방덕과 싸웠는데 승부를 나누지 못하였습니다."

하고 아뢴다.

관공은 곧 칼을 비껴들고 말을 진전에 내어 큰 소리로

"관운장이 예 있는데 방덕은 어찌하여 빨리 와서 죽음을 받지 않는고."

하고 외쳤다.

북소리 크게 울리며 방덕이 말을 타고 나와서 소리친다.

"내 위왕의 영지를 받들고 특히 네 수급을 취하러 왔거니와 네가 혹시 믿지 않을까 해서 여기 관을 가지고 왔으니 네 만약에 죽는 것이 두렵거든 빨리 말에 내려 항복을 드려라."

관공이 큰 소리로

"네 이 주제넘은 놈아, 무슨 흰소리냐. 너 쥐 같은 도적놈을 베야 하다니 내 청룡도가 우는구나."

하며 한마디 꾸짖고 말을 놓아 칼을 춤추며 방덕에게로 달려드니 방덕이 칼을 휘두르며 나와서 맞는다.

두 장수가 서로 어우러져 싸워 백여 합에 이르렀는데 그 정신들이 맑기는 배나 더하다.

양편 군사들이 모두 얼이 빠져 바라보는데, 이때 위군에서 혹시 방덕에게 실수가 있을까 하여 급히 징을 쳐서 군사를 거두게 하니 관평도 부친의 연로함을 염려해서 또한 급히 징을 쳤다.

방덕이 영채로 돌아와서 여러 사람을 대하여

"남들이 관공을 영웅이라고 하던 말을 내 오늘이야 비로소 믿겠군."

하고 말하는데 마침 우금이 찾아왔다.

수어 인사하고 나자 우금이

"내 들으매 장군이 관공과 백 합 이상을 싸우고도 이기지 못했다고 하던데 어찌하여 군사를 물려 피하지 않으시오."

한다.

방덕은 분연히 말하였다.

"위왕께서 장군을 대장으로 삼으셨는데 어째 이처럼 약한 말씀을 하십니까. 나는 내일 관모와 한 번 죽기로써 싸워 맹세코 물러가지 않을 작정이외다."

우금은 감히 막지 못하고 돌아갔다.

한편 관공이 영채로 돌아가서 관평을 보고

"방덕의 칼 쓰는 법이 매우 익숙하니 참으로 내 적수로다."

하고 말하니, 관평이

"속담에 '갓 낳은 송아지가 범을 두려워 않는다(初生之犢不懼虎)'고 합니다. 부친께서 설사 이 사람을 베신다 하더라도 필경은 서강(西羌) 땅의 일개 소졸이 아니겠습니까. 만일에 실수나 있으시다면 이는 백부님의 부탁하신 바를 소중히 하시는 것이 아니리라 생각하옵니다."

하고 아뢴다.

그러나 관공은

"내가 이 사람을 죽이지 않으면 어떻게 한을 풀겠느냐. 내 뜻을 이미 결단했으니 너는 다시 여러 말을 마라."

하고 듣지 않았다.

그 이튿날 관공이 말에 올라 군사를 거느리고 앞으로 나아가니 방덕이 또한 군사를 데리고 나와서 맞는다.

양편이 서로 진을 치고 대하자 두 장수는 일시에 나가서 제 잡담하고 칼끝을 어울렀다. 서로 싸워 오십여 합에 이르렀을 때 방덕이 문득 말머리를 돌리며 칼을 끌고 달아난다.

관공은 곧 그 뒤를 쫓았다. 이때 관평은 혹시나 부친에게 실수가 있을까 염려해서 또한 뒤를 따라갔다.

관공은 크게 꾸짖었다.

"방덕이 도적놈아. 네가 타도계(拖刀計)를 쓰려고 한다마는 내 어찌 너를 두려워하랴."

이때 방덕은 거짓 타도계를 쓸 듯이 하고는 도리어 칼은 슬쩍 안장에다 걸어 놓고 몰래 조궁(雕弓)을 잡아 화살을 먹여 들자 곧 시위를 다렸다.

관평이 눈이 밝아서 방덕이 활을 다리는 것을 어느 결에 보고 큰 소리로

"적장은 냉전을 쏘지 마라."

하고 외쳐서 관공이 급히 눈을 크게 뜨고 살펴보는데 시위 소리 울리는 곳에 화살이 벌써 날아와서 관공은 미처 몸을 피할 사이도 없이 바로 왼편 팔에 화살을 맞았다.

관평이 급히 말을 몰아 쫓아 들어가서 부친을 구해 가지고 영채로 돌아간다.

이때 방덕이 곧 말을 돌려 칼을 휘두르며 뒤를 쫓아오는데 홀연 본영에서 바라 치는 소리가 크게 진동해 왔다.

방덕은 후군에 무슨 일이나 있지 않는가 염려되어 급히 말을 돌려 돌아갔다.

그러나 이는 방덕이 관공을 활로 쏘아서 맞힌 것을 보자 우금이 그가 대공을 세워서 자기의 위풍을 떨어뜨려 놓지나 않을까 겁이 나서 곧 징을 쳐 군사를 거둔 것이었다.

방덕은 영채로 돌아가자

"왜 징을 치셨습니까."

하고 물으니, 우금이

"위왕께서 경계하신 말씀이 있지 않소. 관공은 지용쌍전하다고. 제가 비록 화살에 맞기는 하였으나 무슨 꾀를 쓸지 모르는 까닭에 징을 쳐서 군사를 거둔 것이오."

한다.

방덕이

"만약에 군사를 거두지 않았으면 나는 이 사람을 벌써 베었을 것입니다."

하니, 우금은 태연히

"급히 먹는 밥이 목이 멘다오. 천천히 도모하는 것이 좋겠소."

하여, 방덕은 우금의 의사를 알 길이 없어 오직 후회하기만 마지 않았다.

이때 관공이 영채로 돌아와서 살촉을 빼고 보니 다행히 깊이 들어가지 않아서 상처에 금창약을 붙였다.

그는 방덕과의 일전을 통한하게 여겨 여러 장수들을 보고

"내 맹세코 이 화살 맞은 원수는 갚아야만 하겠네."

라고 말하니, 여러 장수들은

"장군께서 수일 편히 쉬시는 것이 좋겠습니다. 싸우시는 것은 그 뒤라도 늦으실 것이 없사오리다."

하고 권하였다.

이튿날 사람이 보하되 방덕이 군사를 거느리고 와서 싸움을 돋운다고 한다. 관공은 곧 나가서 싸우려 하였으나 여러 장수가 권해서 간신히 준좌를 시켰다.

방덕은 작은 군사들을 시켜서 욕설을 퍼붓게 하였다. 그러나 관평은 애구를 막고서 여러 장수들에게 분부하여 관공에게 일절 알리지 말라고 하였다.

방덕이 십여 일을 두고 싸움을 돋우어도 종시 싸우러 나오는 사람이 없는 것을 보고 마침내 그는 우금을 보고 의논하였다.

"정녕 관공이 전창이 도져서 움직이지를 못하는 모양이니 이 기회를 타서 칠군을 거느리고 일시에 영채 안으로 쳐들어가면 가히 번성의 에움을 풀 수 있을까 합니다."

그러나 우금은 방덕이 공을 이룰까 두려워해서 그저 위왕의 '경계하신 말씀'만 내세우고 군사를 동하려 아니 한다.

방덕은 몇 번인가 군사를 내어 보려 하였으나 우금은 끝내 들어 주지 않고, 마침내 칠군을 옮겨서 산 어귀를 지나 번성 북편 십 리 되는 곳에 산을 의지해서 하채했는데 우금이 몸소 군사를 거느리고서 큰 길을 끊고, 방덕은 산골 안에 군사를 둔치고 있게 해서 그로 하여금 진병하여 공을 세울 수가 없게 하여 놓았다.

한편 관평은 관공의 전창이 이미 합창한 것을 보고 마음에 못

내 기뻐하는데 문득 들으니 우금이 칠군을 번성 북쪽으로 옮겨다 하채하였다고 한다.

그는 적이 무슨 꾀를 쓰려는 것인지 알 수가 없어 즉시 이 일을 관공에게 보하였다.

관공이 드디어 말에 올라 삼사 기를 데리고 높은 언덕 위로 올라가서 바라보니, 번성 성 위에 기호가 정제하지 못하며 군사들이 황황해하고 성 북쪽으로 십 리 되는 산골 안에는 군마들이 둔치고 있는데, 다시 한편을 보니 양강의 수세가 심히 급하다.

관공은 한동안 바라보다가 향도관을 불러서 물었다.

"번성 북쪽 십 리에 있는 산골은 지명이 무엇인고."

향도관이

"증구천(罾口川)이올시다."

라고 대답하니, 관공이 듣고

"우금이 반드시 내 손에 사로잡혔군."

하고 기뻐한다.

여러 군사들이

"장군께서는 무엇을 보시고 그런 말씀을 하십니까."

하고 물으니, 관공은

"물고기가 '삼베 그물 아가리[罾口]'로 들어왔으니 어찌 오래 견딜 수가 있겠느냐."

하고 대답하는 것이다.

그러나 여러 장수는 믿지 않는다. 관공은 더 말하지 않고 본채로 돌아왔다.

때는 마침 추팔월인데 비가 수일을 퍼부었다.

관공이 사람을 시켜서 배와 뗏목을 준비하여 물에서 쓸 기구들을 수습하게 하니, 관평이 보고

"육지에서 대치하고 있는 터에 물에 쓸 기구는 수습해 무엇 하십니까."

하고 묻는다.

관공이 말하였다.

"이는 네 알 바 아니니라. 우금의 칠군이 광활한 땅에 둔치지 않고 중구천 험하고 좁은 곳에 모두 모여 있구나. 지금 가을비가 연일 내리니 양강 물이 반드시 불어서 넘칠 것이라, 내 이미 사람들을 보내서 각처의 수구를 막아 놓게 하였으니 물이 날 때를 기다려서 높은 데로 올라가 배를 타고 물길을 한 번 터놓고 볼 말이면 번성과 중구천에 있는 군사는 모두 물고기와 자라가 되어 버릴 것이다."

관평은 탄복하였다.

이때 위군은 중구천에 둔치고 있는데 연일 큰 비가 내려 멎지 않는다. 독장 성하(成何)는 우금을 와 보고 말하였다.

"대군이 강어귀에 둔치고 있는데 지세가 심히 낮고, 비록 큰 산이 있다고는 하나 영채에서 제법 거리가 멉니다. 지금 가을비가 연일 그치지 않고 와서 군사들이 고생이 막심하온데 요사이 사람들이 와서 하는 말을 들으면 형주 군사들은 다 높은 언덕으로 자리를 옮겼고 또 한수 어귀에다가는 배와 뗏목들을 준비해 놓았다고 하오니, 만일에 강물이 불어서 큰물이라도 나고 보면 우리 군사가 위태할 것이 아닙니까. 빨리 계책을 세우시는 것이 좋을까

보이다."

들고 나자 우금은 꾸짖었다.

"되지 못한 놈이 내 군심을 어지럽게 하는구나. 다시 여러 말을 하는 자가 있으면 참하겠노라."

성하는 그만 무색해서 그 앞을 물러나자 이번에는 방덕을 가보고 이 일을 말하였다.

들고 나자 방덕은

"자네 소견이 매우 옳으이. 우 장군이 군사를 옮기려 아니 하신다면 나만이라도 내일 군사를 옮겨 다른 곳에다 둔치도록 하겠네."

하고 말해서 의논이 정해졌다.

이날 밤 난데없이 풍우가 대작(大作)한다.

방덕이 바야흐로 장중에 앉아 있노라니까 홀연 무수한 말들이 앞을 다투어 달리고 공격을 알리는 북소리가 천지를 진동한다.

방덕이 크게 놀라 급히 장막에서 나가 말에 올라 바라보니 사면팔방으로 큰물이 밀려들어오는데 칠군이 어지러이 도망들을 하다가 물결에 휩쓸려서 빠져 죽는 자가 불계기수요, 평지에 수심이 한 길이 넘는다.

우금과 방덕이 여러 장수들로 더불어 각기 조그만 산등성이에 올라 물을 피하는데 해가 뜰 무렵에 관공과 여러 장수들이 모두 기를 흔들며 북 치고 고함지르면서 큰 배를 타고 나온다.

우금은 사면을 둘러보아야 길은 없고 좌우에 사람이라고는 단지 오륙십 명뿐이라 도저히 도망할 수 없는 것을 알자 곧 항복하겠노라고 말하였다.

관공은 그의 입은 옷과 갑옷을 다 벗겨서 배 안에다 가두게 한 다음에, 이번에는 방덕을 사로잡으러 나섰다.

　이때 방덕은 동형·동초와 성하로 더불어 보졸 오백 명을 데리고 다들 갑옷도 못 입은 채 언덕 위에 서 있었는데, 관공이 오는 것을 보고도 방덕은 전혀 겁내는 빛이 없이 맞아서 싸우려 분연히 앞으로 나온다.

　관공은 배를 풀어 사면으로 에워싸고 군사들을 시켜서 일제히 활을 쏘게 하였다. 위병의 태반이 화살에 맞아 죽었다.

　동형과 동초는 형세가 위급한 것을 보자 마침내 방덕에게 말하였다.

　"군사의 태반이 죽지 않았으면 상했고 도망할 길은 없으니 항복을 하느니만 못할까 보이다."

　방덕은 대로하여

　"내가 위왕의 후은을 받은 터에 어찌 남에게 절개를 굽힐 법이 있겠느냐."

하고 드디어 그 자리에서 친히 칼을 휘둘러 동형과 동초를 베고, 소리를 가다듬어

　"다시 항복하자고 말하는 자는 이 두 사람 같으리라."

하고 호령하였다.

　이에 모든 사람이 힘을 다해서 막아 싸운다. 해 뜰 무렵부터 싸워서 한낮이 되었는데 용력은 오히려 갑절이나 더하다.

　관공은 군사를 재촉해서 사면으로 급히 치게 하였다.

　화살과 돌이 사뭇 비 퍼붓듯 한다.

　방덕은 군사들에게 영을 내려서 단병접전을 하게 하며 성하를 돌아보고 말하였다.

"내 들으매 '용맹한 장수는 죽음을 겁내서 구차스럽게 살려 아니 하며 장사는 절개를 굽혀서 살기를 구하지 않는다'고 하네. 오늘은 곧 내 죽는 날이니 자네도 힘을 다해서 한 번 죽기로 싸우게."

성하는 영을 받고 앞으로 나갔으나 관공의 화살에 맞아서 물속에 거꾸로 박히고, 군사들은 모두 항복해 버려서 단지 방덕이 홀로 남아 고군분투하는 중에 마침 형주 군사 수십 명이 작은 배를 타고 언덕 가까이 들어오는 것을 보고 방덕은 칼을 들고 몸을 날려 한 번 뛰어서 배 위로 올라가자 눈결에 십여 인을 쳐 죽이니 남은 무리들은 모두 배를 버리고 물속으로 뛰어들어 목숨을 도망한다.

방덕은 한 손에 칼을 들고 또 한 손으로는 삿대질을 하여 번성을 바라고 도망하려 들었다.

그러나 이때 상류 쪽에서 한 장수가 큰 뗏목을 타고 내려오더니 방덕이 타고 있는 작은 배를 그대로 들이받아서 배가 엎어지자 방덕도 물속에 빠지고 말았다.

뗏목 위의 그 장수가 곧 물속으로 뛰어 들어가더니 바로 방덕을 생금해서 배로 끌어올린다.

모두 보니 곧 주창이다. 주창이 본디 헤엄을 칠 줄 아는데 그간 형주에서 수 년 지내는 사이에 더욱 숙련하였고 거기다 또 힘이 세어서 방덕을 사로잡을 수가 있었던 것이다.

우금이 거느리던 칠군은 대개 다 물에 빠져 죽었으며 헤엄을 칠 줄 아는 자들도 갈 데가 없어서 역시 모두 항복해 버렸다.

후세 사람이 지은 시가 있다.

야반의 뇌고(擂鼓) 소리 천지를 진동한다
양양 번성 평지 땅이 깊은 못이 되단 말가
관공의 신기묘산(神機妙算) 따를 자가 없다
화하에 그 위명이 만고유전하리로다.

관공이 높은 언덕으로 돌아와서 장상에 올라앉자 도부수들이 우금을 압령해 가지고 왔다.

우금이 땅에 엎드려 절하며 목숨을 살려 달라 애걸한다.

관공이

"네 어찌 감히 나를 항거했더냐."

하고 호령하니, 우금이

"위에서 가라니까 온 것이옵지 제 자의로 한 일이 아니올시다. 제발 덕분에 살려만 주시면 맹세코 죽기로써 보답하겠습니다."

하고 빈다.

관공은 수염을 쓰다듬으며 껄껄 웃고

"내가 너를 죽이는 것은 개나 돼지를 죽이는 것 같아 공연히 칼을 더럽힐 뿐이로다."

하고 사람을 시켜 그를 묶어서 형주로 압령해다 대뇌(大牢) 안에 가두어 두게 하고

"내가 돌아가서 다시 결처하겠다."

하여 보냈다.

관공이 또 방덕을 잡아들이게 하니 방덕이 두 눈을 부릅뜨고 딱 버티고 서서 무릎을 꿇지 않는다.

관공은 그에게 한 번 권하였다.

"네 형이 지금 한중에 있고 네 옛 주인 마초도 역시 촉중에서 대장으로 있는데 네 어찌해서 빨리 항복하지 않느냐."

방덕이 대로하여

"내 차라리 네 칼 아래 죽으면 죽었지 어찌 네게 항복할까 보냐."

하고 연달아 꾸짖는 소리가 입에서 끊이지 않는다.

관공은 대로해서 도부수를 호령하여 그를 밖으로 끌어내다가 참하게 하였다.

방덕이 목을 늘여서 형벌을 받으니 관공은 그의 의지를 가상하게 생각해서 장사를 지내 주었다.

그러고 나서 관공은 아직 수세가 물러나지 않은 김에 다시 전선을 타고서 대소 장교들을 영솔하여 번성을 치러 갔다.

이때 번성 주위가 온통 물바다인데 수세는 더욱 심해만 갈 뿐이라 성벽이 점점 물에 잠겨서 허물어진다. 성중의 남녀들이 모두 나서서 흙을 지고 벽돌을 날라다가 무너진 곳을 막으나 소용이 없다.

모든 장수들이 다 마음이 황황해서 분주히 조인에게로 와서

"오늘의 이 위급한 형세는 인력으로 구할 수 없는 것이오니 적군이 채 오기 전에 이 밤으로 곧 배를 도망하도록 하시지요. 그러면 성은 비록 잃지마는 목숨만은 건질 수가 있지 않습니까."

하고 말하니 조인은 그 말을 좇아서 바로 선척을 준비해서 달아나려 들었다.

이때 만총이 나서서

"그는 불가합니다. 산에서 난 물이 갑자기 밀려든 것이니 오래

갈 리가 있겠습니까. 불과 열흘이 못 되어 저절로 물러갈 것이요, 또 관공이 아직 성을 치러 오지 않았는데 이미 별장을 겹하로 보냈으니 제가 감히 경솔하게 나오지 못하는 것은 우리 군사가 저의 뒤를 엄습할까 두려워하기 때문입니다. 그런데 이제 우리가 만약 성을 버리고 간다면 황하 이남은 국가의 소유가 아닐 것이니 바라건대 장군은 이 성을 고수하셔서 보장을 삼도록 하십시오."

하고 간한다.

조인은 공수하여 사례하며

"백녕의 가르치심이 아니었다면 그만 대사를 그르칠 뻔하였소이다."

하고 곧 백마를 타고 성으로 올라가서, 여러 장수들을 모아 놓고

"내가 위왕의 분부를 받자와 이 성을 지키는 터이니 성을 버리고 가자는 말을 하는 자가 있으면 참하리라."

하고 호령하였다.

여러 장수들이 모두

"저희들은 죽기로써 이 성을 지키겠습니다."

하고 맹세한다.

조인은 크게 기뻐하여 성 위에다 궁노수 수백 명을 깔아 놓으니, 군사들이 밤낮으로 방어하기를 게을리 아니 하며 성내 백성은 늙은이와 어린아이들까지 다 나서서 흙과 돌을 져다가 연방 성 허물어진 데를 막는데, 열흘이 못 되어 수세도 점점 줄어들었다.

관공이 위장 우금의 무리를 사로잡은 뒤로 그 위명이 천하에 크게 떨쳐 놀라지 않는 자가 없었는데 홀연 둘째 아들 관흥(關興)

이 진중으로 근친하러 와서 관공은 여러 관원들의 공훈 세운 문서를 그에게 주어 성도로 가지고 들어가서 한중왕을 뵙고 각각 승직(陞職)을 구하게 하였다.

관흥은 부친에게 하직을 고하고 바로 성도로 향해서 떠났다.

이때 관공은 군사를 나누어서 절반은 바로 겹하로 가게 하고 자기는 몸소 남은 절반을 거느리고서 번성을 사면으로 에우고 치는데, 이날 관공이 북문에 이르러 말을 세우고 채찍을 들어 성 위를 가리키며

"이 쥐 같은 놈들아. 빨리 나와 항복하지 않고 어느 때를 기다리고 있느냐."

하고 꾸짖으니 이때 조인이 적루 위에 있다가 관공이 몸에 단지 엄심갑만을 입고 녹포의 한편 소매를 걷어 올리고 있는 것을 보자 급히 오백 궁노수를 불러서 일제히 활을 내리 쏘게 하였다.

관공은 급히 말을 돌렸으나 바른편 팔에 뇌전(弩箭)을 맞고 그대로 몸을 번드쳐 말에서 떨어졌다.

칠군을 물에 잠가 혼을 다 빼 놓더니
성에서 쏜 화살 한 대에 관공이 상했구나.

대체 관공의 생명이 어찌 되었는고.

관운장은 뼈를 긁어 독기를 다스리고
여자명은 백의로 강을 건너다

| 75 |

　관공이 말에서 떨어지는 것을 보고 조인은 곧 군사를 이끌고 성에서 짓쳐 나왔으나 관평이 내달아 이를 쳐 물리치고 관공을 구하여 영채로 돌아왔다.

　팔에 꽂힌 화살을 뽑고 보니 원래 살촉에 독약이 발라져 있어서 그 독이 이미 폐에까지 깊숙이 파고 들어가 오른팔이 시퍼렇게 부어올라서 쓸 수가 없이 되었다.

　관평은 황망히 여러 장수들과 의논한 다음에

　"부친께서 만약 이 팔을 못 쓰시고 보면 어떻게 적과 싸우실 수가 있겠소. 아무래도 잠시 형주로 돌아가서 조리하시도록 하느니만 못할까 보오."

하고 마침내 여러 장수들과 함께 장중으로 들어가서 관공을 뵈었다.

관공이

"너희들은 무슨 일이 있어서 왔느냐."

하고 물어서, 여러 사람이

"이번에 군후께서 오른팔을 상하셨으니 임진대적(臨陣對敵)하여 촉노하시고 보면 적과 싸우시기가 불편하실 듯하기에 여럿이 의논하고 잠시 회군하여 형주로 돌아가셔서 조리하시도록 여쭤 보러 들어왔소이다."

하고 대답하니, 관공이 노하여

"내가 번성을 취하는 것이 바로 목전에 있을뿐더러 번성을 취한 다음에는 그 길로 밀고 올라가서 바로 허도로 들어가 조조 도적을 초멸하고 한실을 편안케 할 생각인데 어찌 조그만 상처로 해서 대사를 그르친단 말이냐. 너희들이 감히 군심을 태만케 하는구나."

하고 꾸짖는다. 관평의 무리는 다시 아무 말 못하고 물러나왔다.

여러 장수들은 관공이 군사를 물리려고도 아니 하며 또한 상처도 낫지 않는 것을 보자 오직 사방으로 이름난 의원들을 찾아다닐 뿐이었다.

그러자 하루는 웬 사람 하나가 강동으로부터 일엽편주를 타고 왔다며 영채 앞에 나타났다. 소교(小橋)가 그를 데려다가 관평에게 보였다.

관평이 그 사람을 보니 머리에 방건을 쓰고 몸에는 도포를 입고 팔에는 청낭(靑囊)을 걸고 있는데 제 말로, 자기는 패국 초군 사람으로서 성은 화요 이름은 타요 자는 원화라고 하면서

"관 장군께서는 천하 영웅이신데 이번에 독이 있는 화살에 맞으

셨단 말씀을 들었기에 특히 치료해 드리러 급히 달려온 것이오"
하고 말하는 것이다.

관평이

"그러면 바로 지난날에 동오장수 주태를 고치신 분이 아니오
니까."

하고 물으니

"그렇소이다."

하고 대답한다.

관평은 크게 기뻐하여 그 길로 여러 장수들과 함께 화타를 인
도해서 장중으로 관공을 뵈러 들어갔다.

때에 관공은 본시 팔의 상처가 몹시 아팠으나 군심이 태만해질
까 저어하여 감히 말은 못하고 달리 소일할 거리가 없어서 마침
마량과 마주 앉아 바둑을 두고 있었는데, 의원이 왔다는 말을 듣
고 곧 불러들였다.

예가 끝난 다음에 관공이 그에게 자리를 주어 앉게 하니, 화타
는 차를 마시고 나자 팔을 보여 달라고 청한다.

관공은 웃옷을 벗고 팔을 내밀어 화타로 하여금 상처를 보게
하였다.

화타는 한 번 보더니

"이것은 뇌전에 상하신 것인데 화살에 오두(烏頭)의 독이 발려
있어서 바로 뼈에까지 들어갔으니 만일에 빨리 치료를 받지 않으
시면 이 팔은 영영 쓰시지 못하게 되오리다."

하고 말한다.

관공은 물었다.

"대체 어떻게 고칠 수 있겠소."

화타가 대답한다.

"제게 고치는 법이 있습니다마는 다만 군후께서 겁내시지나 않을까 두렵습니다."

관공은 웃었다.

"내가 죽는 것도 오히려 아무렇지 않게 여기거늘 무엇을 두려워하겠나."

화타가 말한다.

"우선 조용한 곳에다 기둥 하나를 세우고 기둥 위에다 큰 고리 하나를 달아 그 고리 속으로 팔을 넣으시게 해서 끈으로 비끄러매고, 그 위에다 보를 씌운 다음에 제가 첨도(尖刀)로 뼈가 드러나도록 살을 째서 뼈에 미친 살촉의 독을 말짱하게 긁어내고는 그 위에 약을 바르고 짼 자리를 실로 꿰매야만 비로소 아무 일이 없는데, 다만 군후께서 잘 참아 내실까 두렵소이다."

듣고 나자 관공은 웃으며

"그처럼 수월한 걸 가지고 기둥이니 고리니 할 것이 뭣이 있겠나."

하고 술자리를 차려서 화타를 대접하게 하였다.

관공은 술을 몇 잔 마신 다음에 한 편으로 마량과 바둑을 두면서 팔을 내밀어 화타로 하여금 상처를 째게 하였다.

화타가 소교를 시켜서 큰 바리를 받들어 팔의 피를 받게 한 다음에 손에 첨도를 들고 나서서

"제가 곧 칼을 댈 텐데 군후께서는 놀라지 마십시오."

하니, 관공이

"자네 마음대로 고쳐 보게나. 내 아무리 세상의 속된 무리들처럼 아픈 것을 무서워하겠나."

하고 말한다.

화타는 곧 상처에 칼을 대었다. 살을 쭉 째어 뼈가 바로 드러났는데 보니 독이 퍼져 뼈 위가 이미 푸르다.

화타는 칼로 뼈를 긁었다. 갈그락갈그락 하고 소리가 난다.

장상장하의 보는 자들이 모두 낯빛이 변해서 얼굴을 가린다.

그러나 관공은 술 마시고 고기 먹으며 담소하고 마량과 바둑 두면서 전혀 아파하는 기색이 없었다.

잠깐 동안에 피가 흘러 바리에 찼는데 화타는 독을 말끔하게 다 긁어낸 다음 그 위에 약을 바르고 짼 자리를 실로 꿰매었다.

관공이 크게 웃고 일어나서 여러 장수들을 보고

"이제는 이 팔을 놀리기가 전과 같고 또 조금도 아프지가 않으니 이 선생이 참으로 신의(神醫)로구면."

하니, 화타가 또한

"제가 한평생 의원 노릇을 했어도 이제껏 이런 일은 보지 못했으니 군후께서는 참말 천신(天神)이십니다."

하고 말하였다.

후세 사람이 지은 시가 있다.

병을 고치는 데 내외과를 나누지만
세상에 묘한 재주 그리 흔치 아니 하다.
천하의 명장으로 관운장을 꼽고 보면
명의로는 아무래도 화타밖에 더 있으랴.

華陀　화타

華陀仙術比長桑　화타의 신선 같은 의술은 장상군과 비교되고
神識如窺垣一方　귀신 같은 능력은 담장 건너편도 꿰뚫어 보았네

관공의 살 맞은 상처가 다 낫자 연석을 베풀어 화타의 수고를 사례하니, 화타가

"군후의 전창은 비록 나으시기는 하였으나 부디 그 팔을 아끼십시오. 노기로 해서 촉상(觸傷)하시는 일이 있으셔서는 아니 되는데, 백일을 지난 뒤에라야 전처럼 회복되실 것입니다."

하고 말한다.

관공은 금 백 냥으로 그 수고를 사례하려 하였으나, 화타는

"저는 군후께서 의기가 높으시단 말씀을 듣고 특히 치료해 드리러 온 것이니 어찌 갚아 주시기를 바라겠습니까."

하고 굳이 사양해 받지 않았다.

그는 상처에 바르라고 약 한 봉을 주고는 마침내 하직하고 가 버렸다.

이때 관공이 우금을 사로잡고 방덕을 베어 위명이 크게 떨치니 화하(華夏)[1]가 모두 놀란다.

탐마가 이 소식을 허도에 보하자 조조는 소스라쳐 놀라서 문무 관원들을 모아 놓고 의논하였다.

조조가

"내 본디 운장의 지모와 용맹이 세상을 덮고 있음을 아는데 이제 형양을 웅거하니 범에게 날개가 돋친 격이라, 우금이 사로잡히고 방덕이 그 손에 죽어 우리 군사의 예기가 꺾였으니 만일에 제가 군사를 거느리고 바로 허도로 온다면 이를 어찌할꼬. 내 도

---

1) 중국의 옛날 이름.

읍을 옮겨 피하리로다.”

하고 말하니, 그 말을 듣자 사마의가 나서며

“그는 불가하옵니다. 우금의 무리가 패한 것은 큰물에 잠기었기 때문이지 싸움을 잘못한 까닭은 아니니 그것이 국가 대계에 아무 손실됨이 없사옵니다. 이제 손권과 유비가 서로 불화한 터에 운장이 뜻을 얻었으니 손권이 필시 못마땅하게 생각하고 있을 것이라, 대왕께서는 사자를 동오로 보내셔서 이해를 따져서 설복하게 하시고 손권으로 하여금 가만히 군사를 일으켜 운장의 뒤를 엄습하게 하시면 일이 끝난 때에 강남 땅을 베어서 주고 손권을 왕에 봉해 주마고 하시면 번성의 위급함이 절로 풀어질 줄 아옵니다.”

하고 말하고, 또 주부 장제도

“중달의 말씀이 옳습니다. 이 길로 곧 사자를 동오로 보내시고, 구태여 도읍을 옮기셔서 인심을 소란케 마시옵소서.”

하고 권한다.

조조는 그들의 말을 좇아서 드디어 천도는 하지 않기로 하고 인하여 탄식하며 여러 장수들에게

“우금이 나를 따른 지 삼십 년에 어찌하여 급한 때 가서는 도리어 방덕만 못하였노. 이제 한편으로는 사자를 시켜서 동오에 글을 보내야 하겠고, 또 한편으로는 대장 하나를 내어서 운장의 예기를 꺾어야 하겠는데.”

하고 말하는데, 그 말이 미처 끝나기 전에 계하에서 한 장수가 소리에 응해서 나서며

“제가 한 번 가보겠습니다.”

하고 자원한다. 조조가 보니 곧 서황이다.

조조는 크게 기뻐하여 정병 오만 명을 내어서 서황으로 대장을 삼고 여건으로 부장을 삼아 날을 한해서 기병하여 양륙파(陽陸陂)에 이르러 군사를 둔쳐 놓고 강동에서 응원이 있기를 기다려서 나아가 치게 하였다.

한편 손권은 조조의 서신을 받아 보고 나자 흔연히 응낙하고 즉시 답서를 써서 사자에게 주어 먼저 돌려보낸 다음에 문무 관원들을 모아 놓고 의견을 나누니, 장소가 나서서

"근자에 들으매 운장이 우금을 사로잡고 방덕을 베어 그 위명이 화하를 진동하므로 조조가 도읍을 옮겨서 그 예봉을 피하려 하였다고 합니다. 이제 번성이 위급하게 되어서 사자를 보내 구원을 청하는 것이니 일이 정해진 뒤에 혹시 반복(反覆)이나 하지 않을까 걱정입니다."

하고 말한다.

이에 대하여 손권이 미처 말을 내기 전에 문득 보하는 말이,

"여몽이 작은 배를 타고 육구에서 왔는데 만나 뵙고 품할 일이 있다 합니다."

한다.

손권이 불러들여서 물으니 여몽이

"이제 운장이 군사를 이끌고 나가 번성을 에우고 있으니 그 멀리 나간 틈을 타서 형주를 취하는 것이 좋겠습니다."

하고 말한다.

손권이 딴전을 부리며

"나는 서주를 가서 취했으면 하는데 어떻소."

라고 한마디 하니, 여몽이

"이제 조조가 멀리 하북에 있어서 미처 동쪽을 돌아볼 겨를이 없고 또 서주에는 지키는 군사도 많지 않으니까 가기만 하면 자연 이길 수는 있습니다. 그러나 그 지세가 육전에 이롭고 수전에는 불리해서 설사 쳐서 얻는다 하더라도 역시 그대로 지켜 보전하기는 어려울 것이매, 아무래도 우선 형주를 취해서 장강 일대를 다 웅거한 다음에 따로 좋을 도리를 차리시느니만 못할까 합니다."

하고 제 소견을 말한다.

손권은

"나도 본래 형주를 취하려 생각하고 있으니, 먼저 한 말은 특히 경을 시험하자는 것이었소. 경은 속히 나를 위해서 이 일을 도모하오. 내 뒤미처 바로 군사를 일으키겠소."

하고 말하였다.

여몽은 손권을 하직하고 육구로 돌아왔다.

그러자 초마가 돌아와서 보하는데

"장강 연안 일대에 혹 이십 리만큼 혹 삼십 리만큼씩 높은 언덕마다 봉화대가 생겼소이다."

한다.

그리고 또 들으니 형주에 군마가 아주 정숙해서 미리 다 준비가 있다는 것이다.

여몽은 깜짝 놀랐다.

'만약 그렇다면 졸연히 도모하기가 어렵겠구나. 내 그걸 모르고 오후 면전에서 형주를 취하시라고 권했으니 이제 어떻게 하면 좋단 말인고.'

아무리 생각해 보아도 좋을 도리가 없다.

여몽은 마침내 병을 칭탁하여 나가지 않고 손권에게 사람을 보내서 보하게 하였다.

손권은 여몽이 병으로 누웠다는 소식을 듣자 마음이 심히 앙앙하였다.

이때 육손이 나서며

"여자명의 병은 참말 병이 아니라 거짓일 겝니다."

하고 말한다.

그 말을 듣고 손권이 곧

"백언이 이미 그게 거짓인 줄 아니 한 번 가 보는 것이 좋겠네."

하고 말해서, 육손은 명을 받고 곧 그날 밤에 육구 영채 안으로 가서 여몽을 찾아보았다.

보니 과연 여몽의 얼굴에 병색이라곤 없다.

육손은

"이 사람은 오후의 분부를 받들어 자명의 병환을 탐문하러 온 길입니다."

하니, 여몽이

"천한 몸에 병 좀 난 것을 구태여 찾아오실 일이 무엇이리까."

하여 육손은 다시

"오후께서 공에게 모처럼 중임을 맡기셨는데 때를 타서 움직이려 아니 하시고 부질없이 울울한 마음을 품고 계시니 이것은 무슨 일입니까."

하고 한마디 하였다.

여몽은 육손을 빤히 바라보며 한동안 말이 없었다.

육손은 다시

"이 사람에게 장군의 병환을 고칠 방문이 하나 있는데 한 번 써 보실 의향이 있으십니까."

하니, 이 말을 듣자 여몽은 곧 좌우를 물리치고

"백언의 좋은 방문을 빨리 좀 가르쳐 주시오."

하고 물었다.

육손은 웃으며 말하였다.

"자명의 병환이란 형주 병마가 정숙하고 장강 연안에 봉화대 준비가 있다는 데서 생긴 것에 지나지 않습니다. 이 사람에게 계책이 하나 있는데, 장강 연안의 봉화지기로 하여금 불을 들지 못하게 하고 형주 군사들로 하여금 손을 묶어 항복을 하게 하면 어떻겠습니까."

여몽이 듣고 놀라서

"백언의 말씀이 바로 내 폐부를 보시는 것 같소이다. 어디 좋은 계책을 좀 들려주시오."

하고 청하니 육손이 계책을 말한다.

"운장이 자기를 영웅으로 믿어 대적할 자가 없다 생각하고 있는데 다만 그가 꺼리는 것은 장군 한 분입니다. 장군은 이 기회를 타서 병을 칭탁하시고 자리에서 물러나 육구 지키는 소임을 다른 사람에게 물려주시는 것입니다. 그리고 그 사람을 시켜 말을 낮추어 관공을 찬미하게 해서 그 마음을 교만하게 만들어 놓으면

그가 필시 형주 군사를 모조리 걷어 가지고 번성으로 향할 것이
라, 만일 형주에 방비만 없게 되거든 일려지사(一旅之師)를 내고 또
따로 기이한 계책을 써서 엄습하고 보면 형주는 곧 우리 수중에
들고 말 것입니다."

여몽은 크게 기뻐하여

"참으로 좋은 계책이외다."

하고 말하였다.

이로 말미암아 여몽은 병을 칭탁하여 일어나지 않고 글을 올려
사직하였다.

육손이 돌아와서 손권을 보고 그 계책을 자세히 이야기해서 손
권은 여몽을 불러 올려 건업에서 병을 고치게 하였다.

여몽이 당도하여 손권을 뵈니 손권이 그에게 묻는다.

"육구의 소임은 예전에 주공근이 자기의 후임으로 노자경을 천
거했고 뒤에 자경이 또 자기의 후임으로 경을 천거했던 것이니,
이번에는 경이 또한 재주와 인망을 겸해 가진 사람을 하나 천거
해서 경을 대신하게 함이 좋겠소."

여몽은 아뢰었다.

"만약에 인망이 중한 사람을 쓰고 보면 운장이 반드시 방비를
할 것입니다. 육손으로 말씀하면 의사(意思)가 심장(深長)한 사람
인데 아직 이름이 멀리 나지 않았으므로 운장이 꺼리지 않는 터
이니 만약 그를 등용하셔서 신의 소임을 대신하게 하신다면 반드
시 일을 이루게 될 것입니다."

손권은 크게 기뻐하여 그날로 육손을 편장군 우도독을 삼아서
여몽을 대신하여 육구를 지키게 하였다.

육손은

"제가 나이 어리고 배운 것이 없어서 그런 큰 소임을 감당하지 못할까 두렵습니다."

하고 사양하였으나, 손권이

"자명이 경을 천거했으니 반드시 틀림이 없을 것이라, 경은 결코 사양하지 마라."

하고 말해서 그는 마침내 절하여 인수를 받고 밤을 도와 육구로 갔다.

육손은 마군 · 보군 · 수군 삼군의 교할을 받고 나자 곧 일봉 서찰을 닦고 명마 · 이금(異錦)과 주육 등 예물을 갖추어 사자로 하여금 번성으로 가지고 가서 관공에게 바치게 하였다.

이때 관공은 화살에 맞은 상처를 조리하느라 군사를 머물러 두고 움직이지 않고 있었는데 홀연 보하되

"강동의 육구 지키는 장수 여몽이 병이 위중해서 손권이 그를 불러올리다가 조리를 시키고 근자에 육손으로 대장을 삼아 여몽의 대로 육구를 지키게 하였사온데, 이제 육손이 사자를 시켜서 글월과 예물을 가지고 특히 군후를 와서 뵙겠다고 하옵니다."

한다.

관공은 곧 불러들이라 하여 사자를 손으로 가리키며 말하였다.

"중모가 견식(見識)이 천단(淺短)해서 이런 어린아이를 대장으로 삼았구나."

사자는 땅에 부복하고 아뢰었다.

"육 장군이 서신과 예물을 받들어 올려 첫째는 군후께 치하하옵고 둘째는 양가(兩家)의 좋은 정의를 구하는 바이오니 부디 거두

어 주시기를 바라나이다."

관공이 글을 받아서 뜯어보니 글의 사연이 극히 겸손하고 또 은근하다.

관공은 보고 나자 얼굴을 쳐들고 크게 한 번 웃은 다음에 좌우로 하여금 예물을 거두게 하고 사자를 돌려보냈다.

사자는 돌아가서 육손을 보고

"관공이 매우 기뻐하면서 다시는 강동을 근심하는 눈치가 없더이다."

하고 고하였다.

육손은 크게 기뻐하고 가만히 사람을 시켜서 알아보게 하였더니, 관공이 과연 형주를 지키고 있는 군사의 태반을 번성으로 불러다가 청령하게 하고 전창이 낫기를 기다려서 곧 진병하려 하고 있다는 것이다.

육손은 자세히 알아보고 나서 곧 밤을 도와 사람을 손권에게로 보내서 이 일을 보하였다.

손권은 여몽을 불러서

"이제 운장이 과연 형주 군사를 걷어다가 번성을 치니 곧 계책을 세워서 형주를 엄습하는 것이 좋겠는데 경이 내 아우 손교(孫皎)와 함께 대군을 거느리고 가면 어떠할꼬."

하고 물었다.

본래 손교의 자는 숙명(叔明)이니 바로 손권의 숙부 손정의 둘째 아들이다.

여몽이 대답한다.

"주공께서 만약에 저를 쓰시겠으면 단지 저만 쓰시고 만약에 숙명을 쓰시겠으면 단지 숙명만 쓰십시오. 전일에 주유와 정보가 좌우 도독이 되어 매사를 비록 주유가 결처하기는 했으나 정보는 제가 동오의 오랜 신하로서 주유 아래 있는 것을 달갑게 여기지를 않아 서로 불목하게 지내다가 뒤에 주유의 재주를 보고서야 비로소 경복했다는 이야기도 듣지 못하였습니까. 이제 제 재주는 주유에게 미치지 못하고 숙명의 친함은 정보보다 더하니 함께 일을 맡아 가지고는 혹시 서로 알력이 생기지나 않을까 두렵습니다."

손권은 크게 깨도가 되어 마침내 여몽으로 대도독을 삼아 강동의 제로 인마(諸路人馬)를 다 거느리게 하고, 손교로는 뒤에서 양초를 접응하게 하였다.

여몽은 절하여 사례하고, 군사 삼만 명을 점고하여 쾌선 팔십여 척에 나누어 싣고 가기로 하는데, 물에 익은 자들을 뽑아 장사하는 사람 모양으로 꾸며서 모두 백의를 입혀 가지고 배 위에서 노를 젓게 하며 정병들은 보이지 않게 모두 구록배 가운데 엎드려 있게 하고, 다음에 한당·장흠·주연·반장·주태·서성·정봉 등 칠원 대장으로 하여금 서로 뒤를 이어 나오게 하고, 그 외의 장수들은 모두 오후를 따라서 후군이 되어 구응하게 하였다.

그리고 한편으로 사자를 시켜서 조조에게 글을 보내 곧 진병해서 운장의 뒤를 엄습하라 이르고 또 한편으로는 육손에게 이 일을 알린 다음에 백의 입은 사람들을 시켜서 쾌선을 몰아 심양강(潯陽江)을 향해서 나아가게 하였다.

주야로 배를 저어 바로 북쪽 언덕에 이르렀는데, 강변 봉화대 위의 수직꾼이 이것저것 까다롭게 캐어묻는 것을 동오 사람들이

"우리는 다 객상인데 강중에서 풍랑을 만나 이리로 바람을 피

하러 왔소."

하고 곧 재물을 내서 봉화대 지키는 군사들에게 나누어 주니 군사들이 그 말을 믿고 드디어 마음대로 강변에 배를 대게 한다.

이날 밤 이경쯤에 구록배 가운데 숨어 있던 정병이 일제히 나와 봉화대 위의 관군을 잡아서 묶어 놓고 암호 한 번에 팔십여 척 쾌선 가운데 매복해 있던 정병들이 모두 일어나 요긴한 곳에 있는 봉화대의 수직 군사들을 하나 놓치지 않고 모조리 배로 잡아왔다.

그리고 그 길로 장구대진해서 바로 형주를 바라고 나가니 아무도 이것을 아는 자가 없다.

형주 가까이 이르자 여몽은 강변 봉화대에서 잡은 관군들을 좋은 말로 위로하며 각각 중상을 내린 다음에 성문을 속여서 열게 하고 들어가 불을 놓아서 군호를 삼게 하였다.

모든 군사들이 다 영대로 하겠다고 해서 여몽은 곧 그들을 시켜 앞을 서서 나가게 하였다.

한밤중이나 되었을까 하여 성 아래 이르러 문을 열라고 외치니 문리는 그것이 바로 형주 군사들임을 알아보고 성문을 열어 주었다.

군사들이 일시에 아우성치며 들어가 성문 안에서 군호로 불길을 들자 동오 군사들은 일제히 밀고 들어가서 형주를 엄습해 버렸다.

여몽은 곧 군중에 영을 전해서

"만약에 사람을 한 명이라도 죽이며 민간의 물건을 단 하나라도 취하는 자가 있으면 군법으로 다스리리라."

하고, 원래 있던 관리들을 다 그 자리에 눌러 있게 하며 관공의 가솔들은 따로 별택에다 수용하여 따로 부양하게 하되 일 없는 자들이 함부로 출입하지 못하게 하고 한편으로 사람을 보내서 손 권에게 보하였다.

하루는 큰비가 오는데 여몽이 말에 올라 삼사 기를 거느리고 성문들을 순시하노라니까 한 군졸이 민간의 삿갓을 빼앗아 자기 갑옷 위에 덮어 쓰고 가는 자가 있다.

여몽이 좌우를 호령해서 잡아다가 물어 보니 바로 자기와 동향 사람이다.

여몽은 말하였다.

"네가 비록 나와 동향이나 내 호령이 이미 난 뒤에 네가 알고 범했으니 마땅히 군법대로 시행을 해야겠다."

그 사람이 울며 아뢴다.

"제가 관가 갑옷이 비에 젖을까 보아서 잠깐 덮은 것이옵지 결 코 사사로이 쓴 것은 아니오니 장군께서는 부디 동향의 정리를 생각해 주십시오."

그러나 여몽은

"나도 네가 관가 갑옷을 덮느라고 한 일인 줄은 아나, 그래도 종시 취하지 말라는 민간의 물건을 취한 것이 아니겠느냐."

하고 좌우를 꾸짖어 끌어내려 목을 베어 효수경중(梟首警衆)[2]한 다 음에 그 시수를 거두어 울며 장사지내 주었다.

이로부터 삼군이 모두 두려워하여 군령을 범하는 자가 없다.

---

2) 죄인의 목을 베어 나무에 달아 놓고 여러 사람들을 경계하는 것.

하루가 못 되어 손권이 무리들을 거느리고 당도해서 여몽은 성에서 나가 그를 영접하여 관아로 들어왔다.

손권은 그를 위로하고 나서 반준(潘濬)으로 그냥 눌러 치중(治中)을 삼아 형주를 맡기고, 옥에 갇혀 있던 우금을 풀어내어 조조에게로 돌려보내고 백성을 안무하며 군사들에게 상을 내리고 연석을 베풀어 경하하였다.

손권이 여몽을 보고

"이제 형주는 이미 얻었으나 공안의 부사인과 남군의 미방, 이 두 곳은 어떻게 하면 찾을꼬."

하고 묻는데, 그 말이 미처 끝나기 전에 문득 한 사람이 나서며

"구태여 활을 다려서 화살을 쏠 것도 없이 제가 아직 썩지 않은 세 치 혀를 놀려 공안의 부사인을 달래 항복을 드리게 하겠는데 어찌 생각하십니까."

하고 말한다.

여러 사람이 보니 곧 우번이다.

손권이

"중상이 어떤 좋은 계책이 있기에 부사인을 항복시키겠다고 하오."

라고 물으니, 우번은

"제가 어려서부터 부사인과 교분이 두터우니 이제 만약에 이해를 가지고 달래면 제가 반드시 항복할 것입니다."

한다.

손권은 크게 기뻐하여 마침내 우번으로 하여금 오백 군을 거느리고 바로 공안으로 가게 하였다.

이때 부사인은 형주가 함몰했다는 말을 듣고 급히 영을 내려 성문을 닫고 굳게 지키고 있었다.

우번이 와서 보니 성문이 굳게 닫혀 있다. 그는 드디어 글을 써서 화살에다 매어 성중으로 쏘아 넣었다.

군사가 이것을 집어다가 부사인에게 바쳐서 부사인이 펴 보니 곧 항복하라는 뜻이다.

보고 나자 그는 관공이 전일에 자기를 벼르던 일이 불현듯이 생각나서 빨리 항복하느니만 못하다 생각하고 즉시 성문을 크게 열게 하고 우번을 성중으로 청하여 들였다.

두 사람은 인사 수작을 마치자 각기 옛 정을 이야기하였는데 우번이 오후의 천성이 관대하고 도량이 넓은 것과 어진 이를 예로써 대접하는 것을 말하니 부사인은 듣고 크게 기뻐하여 그 길로 우번과 함께 인수를 가지고 형주로 와서 항복을 드렸다.

손권이 크게 기뻐하여 그로 하여금 도로 공안을 가서 지키게 하려 하니 여몽이 가만히 손권에게

"아직 운장을 얻지 못하였는데 부사인을 그대로 공안에 머물러 있게 하시면 오랜 뒤에 반드시 변이 생길 것이니 차라리 남군으로 보내셔서 미방을 초항하게 하느니만 못할까 합니다."

하고 말한다.

손권은 마침내 부사인을 불러

"미방이 경과 교분이 두텁다고 하니 경이 가서 불러다가 항복하게 하면 내 마땅히 중상을 주리다."

하고 말하였다.

부사인은 개연히 응낙하고 드디어 십여 기를 데리고 남군으로

미방을 초항하러 갔다.

오늘날 공안에는 지킬 뜻이 없고 보니
그전에 왕보 말이 그게 과연 옳았구나.

대체 부사인의 이번 길이 어찌 되려는고.

서공명은 대판으로 면수에서 싸우고
관운장은 패해서 맥성으로 달아나다

| 76 |

미방이 형주가 이미 함몰하였다는 소식을 듣고 어찌할 바를 모
르고 있는데 홀연 보하되 공안을 지키는 장수 부사인이 찾아왔다
고 한다. 미방은 황망히 그를 성으로 맞아들여 그 연유를 물었다.

부사인이 말한다.

"내가 불충하기 때문이 아니라 형세가 위태하고 힘이 부쳐 그
대로 지탱해서 보전해 낼 도리가 없으므로 내 이미 동오에 항복
을 하였는데 장군도 빨리 항복하느니만 못하리다."

듣고 미방은 말하였다.

"우리가 한중왕의 두터운 은혜를 받았는데 어찌 차마 배반한단
말씀이오."

부사인이 다시 꾀인다.

"관공이 갈 때 우리 두 사람을 단단히 별렀으니 만일 이기고 돌

아오는 날에는 반드시 용서하지 않을 것이오. 공은 한 번 잘 생각해 보오."

그래도 미방이

"우리 형제가 한중왕을 섬긴 지 오랜데 어찌 일조에 배반할 법이 있으리까."

하고 한창 주저하고 있는데 문득 관공에게서 사자가 왔다고 보해서 그는 곧 청상으로 맞아들였다.

사자가 말한다.

"관공께서 군중에 양식이 떨어져 특히 남군과 공안, 두 곳에 가서 백미 십만 석을 들이게 하라 하시며 두 분 장군께 밤을 도와 영거해 가지고 와서 군전(軍前)에 교할하게 하되 만일 기일을 어기면 그 자리에 참하리라 하십니다."

미방이 깜짝 놀라 부사인을 돌아보며

"이제 형주가 이미 동오 손에 들어갔는데 어떻게 군량을 운반해 간단 말이오."

하고 말하는데, 부사인은 소리를 가다듬어

"무어 주저할 게 있단 말이오."

하고 드디어 칼을 빼어 그 자리에서 관공의 사자를 베어 버렸다. 미방이 놀라서

"공은 어쩌자고 이러오."

하고 물으니, 부사인이

"관공의 이 뜻은 곧 우리 두 사람을 죽이려고 하는 것인데 우리가 왜 손을 묶고 앉아서 죽음을 받는단 말이오. 공이 이제 빨리 동오에 항복하지 않으면 반드시 관공 손에 죽고 말리다."

82

한다.

이처럼 이야기를 하고 있을 때 문득 보하는 말이 여몽이 군사를 거느리고 성 아래로 쳐들어왔다 한다.

미방은 크게 놀라서 마침내 부사인과 함께 성에서 나가 항복을 드렸다.

여몽이 크게 기뻐하여 데리고 가서 손권에게 뵈니 손권은 두 사람에게 중상을 내리고 백성을 안무한 다음에 삼군을 크게 호궤하였다.

한편 조조는 허도에서 여러 모사들로 더불어 형주 일을 의논하고 있었는데 문득 보하는 말이 동오에서 사자가 글을 가지고 왔다 한다. 조조는 곧 불러들이게 하였다.

사자가 바치는 글월을 조조가 받아서 뜯어보니 그 사연인즉, 동오에서 항차 형주를 엄습하려 하고 있으니 운장을 협공해 달라고 조조에게 청해 온 것인데 끝으로

"행여나 누설하여 운장으로 하여금 준비가 있게 하지 마시라."
하는 부탁 말이 들어 있었다.

조조가 여러 모사들과 상의하니, 주부 동소가 나서서

"이제 번성이 형세가 곤해서 목을 늘여 구원을 바라고 있는 형편이니 사람을 시켜서 번성으로 글을 쏘아 넣어 군사들의 불안을 풀어 주게 하시며 또 관공으로 하여금 동오가 장차 형주를 엄습하려 하고 있다는 것을 알게 하면 제가 반드시 형주를 잃을까 저어해서 곧 퇴군할 것이오니 이때에 서황으로 하여금 승세해서 그 뒤를 몰아치게 하신다면 가히 전공(全功)을 얻을 수 있을까 하옵니다."

하고 계책을 드린다.

　조조는 그 계책을 좇아서 한편으로 사람을 서황에게로 보내서 급히 싸우도록 재촉하게 하고 또 한편으로 친히 대병을 거느리고 낙양의 남쪽 양륙파로 가서 군사를 둔쳐 놓고 조인을 구하기로 하였다.

　이때 서황이 바야흐로 장중에 앉아 있노라니까 문득 보하되 위왕에게서 사자가 왔다고 한다.

　서황이 맞아 들여서 물으니 사자가 말하기를

　"지금 위왕께서 군사를 거느리시고 이미 낙양을 지나셨는데 장군께 급히 관공과 싸워서 번성의 위급함을 풀게 하라는 분부십니다."

한다.

　막 이야기하고 있는 중에 탐마가 들어와서

　"관평은 언성(偃城)에 군사를 둔치고 있고 요화는 사총(四冢)에 군사를 둔치고 있는데 전후 열두 개 채책 사이에 연락이 끊이지 않고 있소이다."

하고 보한다.

　서황은 즉시 부장 서상과 여건으로 하여금 거짓 서황의 기호를 가지고 언성으로 나가서 관평과 싸우게 하고 자기는 몸소 정병 오백을 거느리고 면수(沔水)를 돌아서 언성의 뒤를 엄습하기로 하였다.

　한편 관평은 서황이 친히 군사를 거느리고 왔다는 말을 듣자 드디어 본부 군사를 데리고 싸우러 나갔다.

양편이 진을 치고 마주 대하자 관평이 말을 내어 서상과 싸우는데 단지 삼합에 서상이 대패해서 달아나고 여건이 또 나와서 싸우는데 오륙 합에 역시 패해서 달아난다.

관평이 계책에 빠진 줄 알고 급히 군사를 돌려 언성을 구하러 오는데 일표군이 내달아 쫙 벌려 서며 서황이 문기 아래 말을 세우고

"관평 현질(賢姪)아, 네 죽는 것도 모르느냐. 너희 형주가 이미 동오 수중에 들어가 버렸는데 오히려 예서 발광을 하고 있으니."
하고 큰 소리로 외친다.

관평은 크게 노하여 칼을 휘두르며 말을 놓아 바로 서황에게로 달려들었다.

그러나 삼사 합이 못 되어 삼군이 고함을 지르며, 언성 안에서 화광이 크게 일어난다.

관평이 감히 싸울 마음이 없어 큰 길로 뚫고 나가 바로 사총채로 도망해 가니, 요화가 맞아들이며

"형주가 이미 여몽에게 엄습을 당했다는 소문이 있어서 군심이 자못 황황하니 어떻게 하면 좋겠소."
하고 묻는다.

관평이

"그것은 필시 누가 지어 낸 말일세. 군사 가운데 다시 그런 말을 하는 자가 있거든 참해 버리게."
하고 말하는데 홀연 유성마가 들이닥치며 서황이 군사를 거느리고 정북 제일둔을 치러 왔다고 보한다.

관평은 요화를 보고 말하였다.

"만일 제일둔을 잃고 보면 다른 영채들을 어떻게 보전하겠나. 이곳은 면수를 의지하고 있어서 적병이 감히 오지 못할 것이니 자네는 나하고 같이 제일둔을 구하러 가세."

요화는 자기 수하의 장수를 불러서 분부하였다.

"너희들은 영채를 굳게 지키고 있되 만일에 적병이 오거든 곧 불을 들게 하라."

부장이 말한다.

"이 사총채는 녹각 열 겹으로 둘러 있어 나는 새라도 들어오지를 못하는데 어찌 적병을 염려하겠습니까."

이에 관평과 요화는 사총채의 정병을 모조리 거느리고 제일둔으로 달려가서 주찰하였다.

관평은 조병이 낮은 산 위에 둔치고 있는 것을 보고 요화에게

"서황의 군사 둔쳐 놓은 꼴이 지리(地理)를 얻지 못하였으니 오늘밤에 군사를 끌고 가서 겁채를 하면 좋겠네."

하고 말하였다.

요화가

"장군은 군사를 반만 나누어 가지고 가오. 나는 남아서 본채를 잘 지키고 있으리다."

한다.

이날 밤 관평은 일지병을 이끌고 서황의 영채로 쳐들어갔다. 그러나 단 한 사람도 볼 수가 없다.

관평이 그제야 계책임을 알고 급급히 군사를 끌고 물러 나오는데 좌편에서 서상이 나오고 우편에서 여건이 내달아 좌우에서

협공한다.

관평이 대패해서 영채로 도망해 오는데 조병이 승세해서 뒤를 쫓아와서 사면으로 에워싼다.

관평과 요화는 배겨 내지 못하고 제일둔을 버려둔 채 곧장 사총채를 바라고 왔다.

그러나 멀리서 바라보니 영채 안에서 불길이 오르고 있다. 급히 달려 영채 앞에 와 보니 영채에 꽂혀 있는 것이 모두 조병의 기호인 것이다.

관평의 무리는 급히 군사를 돌려 황망히 번성 가는 큰길로 달아났다.

그러자 전면에 한 떼의 군사가 길을 막고 나서니 거느리는 대장은 곧 서황이다.

관평과 요화는 힘을 다해서 죽기로 싸워 혈로를 뚫고 달아나서 곧장 대채로 돌아가자 관공을 보고

"이제 서황이 언성 등 여러 곳을 빼앗고 또 조조가 친히 대군을 거느리고 세 길로 나누어 번성을 구하러 오는데 여러 사람들이 말하기를 형주가 이미 여몽에게 엄습당했다고 합니다."

하고 고하니, 관공이 호령하며

"이는 적들이 공연한 말을 지어 내서 우리 군심을 어지럽게 하자는 것이다. 동오의 여몽은 병이 중해서 어린아이 육손이가 일을 대신 맡아 보는 터라 족히 염려할 것이 없느니라."

하고 말하는데 그 말이 미처 끝나기 전에 홀연 보하는 말이 서황이 군사를 거느리고 왔다 한다.

관공이 말에 안장을 지우라고 분부하니 관평이

"아버님 전창이 아직 쾌히 낫지 않으셨으니 나가 싸우셔서는
아니 되십니다."
하고 간한다.

그러나 관공은

"내가 서황과 옛적에 교분이 있어서 제 능한 것을 잘 아는 터이
라, 만약에 제가 물러가지 않으면 내 먼저 저를 베어 적진의 장수
들을 경계하겠다."
하고 드디어 갑옷 입고 투구 쓰고 칼 들고 말에 올라 분연히 나가
니 조병들이 보고 놀라며 두려워 아니 하는 자가 없다.

관공은 말을 세우고 물었다.

"서공명이 어디 있노."

조군 영채의 문기가 열리며 서황이 말을 타고 나와서 흠신하고
말한다.

"군후와 작별한 뒤로 어언 수년이 되었는데 군후의 수발(鬚髮)이
이미 반백이 되셨을 줄을 어찌 생각이나 했으리까. 전에 장년으
로서 군후와 상종하며 가르치심을 많이 받은 일을 생각하면 감사
함을 잊을 길이 없거니와, 이제 문후의 위풍이 천하를 진동하매
고인으로서 이를 듣고 마음에 감축함을 마지않던 중에 이제 다행
히 한 번 만나 뵈오니 갈망하던 회포를 적이 위로하겠소이다."

듣고 나자 관공이

"내 공명과 교분이 심히 두터워 다른 사람에게 비할 바 아닌데
이제 어찌하여 내 아이를 여러 차례나 곤하게 만드셨소."
하고 말하는데, 서황이 그 말에는 대꾸하지 않고 여러 장수들을
돌아보며 소리를 가다듬어

"만약 운장의 수급을 취하는 자가 있으면 천금의 중상을 주리라."

하고 크게 외친다.

관공이 놀라서

"공명이 어찌하여 이런 말을 하느뇨."

하니, 서황이

"오늘은 곧 국가 대사라, 내 감히 사사(私事)를 가지고 공사(公事)를 폐할 수 없소이다."

하고 말을 마치자, 대부(大斧)를 휘두르며 바로 관공에게로 달려든다.

관공은 대로하여 역시 청룡도를 휘두르며 그를 맞아 팔십여 합을 싸웠다.

그러나 관공이 아무리 무예가 전륜하다 하여도 종시 오른팔에 힘이 약하다.

관평은 공에게 혹시나 실수가 있을까 두려워하여 급히 징을 쳤다. 관공은 곧 말머리를 돌려서 영채로 돌아왔다.

이때 홀지에 사면에서 함성이 크게 진동하니 이는 원래 번성의 조인이 조조의 구병이 당도한 것을 알고 군사를 데리고 성에서 짓쳐 나와 서황과 회합하여 좌우에서 협공한 것이었다.

형주 군사들은 큰 혼란에 빠지고 말았다.

관공은 말에 올라 여러 장수들을 거느리고 급히 달려 양강 상류 쪽으로 갔다.

등 뒤에서 조병이 쫓아온다.

관공이 급히 양강을 건너 양양을 바라고 달아나는데 문득 유성마가 이르러 보하는 말이

"형주는 이미 여몽에게 빼앗겼고 가권도 함몰하였소이다."

한다.

관공이 크게 놀라 감히 양양으로 가지 못하고 군사를 이끌어 공안을 바라고 오는데 탐마가 또 보하되

"공안의 부사인이 이미 동오에 항복하였소이다."

하니, 관공이 대로하는데 또 홀연 군량을 재촉하러 갔던 사람이 와서

"공안의 부사인이 남군에 가서 사자를 죽이고 미방을 달래서 함께 동오에 항복해 버렸소이다."

하고 아뢴다.

이 말을 듣자 관공은 노기가 가슴에 꽉 차서 상처가 그대로 찢어지며 땅에 혼도해 버렸다.

여러 장수들이 구호해서 다시 깨어나자 관공은 사마왕보를 돌아보며

"내가 족하의 말을 듣지 않았더니 오늘날 과연 이 일을 당하는구려."

하고, 인하여 탐마에게

"장강 연안에서는 어찌하여 봉화를 들지 않았다더냐."

하고 물으니, 탐마가

"여몽이 주군들을 모조리 백의를 입혀서 객상 모양으로 꾸며 가지고 강을 건너오는데 정병들을 구록배 가운데 매복해 두었다가 먼저 봉화대 수직 군사부터 잡아 버린 까닭에 불을 들 수가 없었던 것이랍니다."

하고 아뢴다.

관공이 발을 절며

"내가 간적의 꾀에 속았구나. 대체 무슨 낯으로 형님을 뵙는단 말인고."

하고 한탄하는데, 관량도독 조루가

"방금 사세가 급하오니 일변 사람을 성도로 보내서 구원을 청하고 일변 육로로 해서 형주를 가 취하는 것이 좋을까 보이다."

하고 말한다.

관공은 그의 말을 좇아서 마량과 이적에게 글 세 통을 주어 밤을 도와 성도로 가서 구원을 청하게 하고, 한편으로 군사를 끌고 형주를 취하러 가는데 친히 전대를 영솔해서 먼저 가고 요화와 관평으로는 뒤를 끊게 하였다.

한편 번성의 포위가 풀리자 조인이 여러 장수들을 거느리고서 조조를 와 보는데 울며 절하고 죄를 청하니, 조조는

"이는 천수요 너희들의 죄가 아니로다."

하고 삼군에 중상을 내렸다.

조조는 친히 사총채를 가 보았다. 주위를 한 차례 자세히 돌아본 뒤에 그는 여러 장수들을 향하여

"형주 군사가 해자를 깊이 파고 녹각을 몇 겹으로 둘러놓았는데 서공명이 깊이 적진 속으로 들어가서 마침내 전공을 얻었소그려. 내가 삼십여 년을 군사를 써 오면서도 감히 한 번이라서 군사를 멀리 몰아 이리도 삼엄한 적진에 바로 들어가 본 적이 없었는데 공명은 참으로 담력과 식견이 아울러 월등한 사람이라 하겠소."

하고 말하였다. 여러 사람들은 모두 탄복하였다.

조조는 군사를 돌려 마피(摩陂)로 돌아가서 주찰하였다.

이때 서황의 군사가 당도해서 조조가 친히 영채 밖까지 나가서 맞는데 서황의 군사를 보니 모두 대오를 정연하게 해서 행하며 조금도 착란함이 없다.

조조는 크게 기뻐서

"서 장군은 참으로 주아부(周亞夫)[1]의 풍도(風度)가 있도다."

하고, 드디어 서황으로 평남장군을 봉하고 하후상과 함께 양양을 지켜 관공의 군사를 막게 하였다.

그리고 조조는 아직 형주가 결말이 나지 않은 까닭에 그대로 군사를 마피에 둔쳐 두고 소식을 기다리기로 하였다.

이때 관공이 형주 노상에서 진퇴무로(進退無路)하여 조루를 보고

"지금 앞에는 동오 군사가 있고 뒤에는 조조 군사가 있으며 우리는 그 가운데 들어 있는데 구원병이 오지를 않으니 이를 어찌 하면 좋겠소."

하고 말하니, 조루가

"전일에 여몽이 육구에 있을 때 일찍이 군후께 글월을 올려 두 집이 좋은 정의를 맺고 함께 조조 도적을 주멸하자 했었는데, 이제 도리어 조조를 도와서 우리를 엄습하니 이는 언약을 저버린 것입니다. 군후께서는 잠시 이곳에 군사를 둔치시고 사자를 여몽에게 보내시되 글로써 그 무신함을 책망하셔서 제가 어떻게 대답을 하는가 한 번 보시는 것이 좋겠습니다."

---

1) 한 문제 때의 장군으로서 흉노를 방어하고, 경제 때 대장군이 되어 칠국의 난을 평정하고 돌아와 승상이 되었다가 뒤에 남의 참소를 입어서 죽었다.

하고 권한다.

관공은 그의 말을 좇아서 드디어 글을 닦아 사자에게 주어 형주로 가게 하였다.

한편 여몽은 형주에서 호령을 전하여 형주 각 군에 관공을 따라서 출정한 장졸의 집은 동오 군사들이 함부로 범하지 못하게 하며, 다달이 양미를 대어 주고, 또 병이 있는 자에게는 의원을 보내서 치료를 해 주니 출정한 장졸의 집에서는 그 은혜에 감격해서 다 안도하고 조금도 동요하지 않는다.

그러자 문득 관공의 사자가 왔다고 보해서 여몽은 성 밖에 나가서 그를 맞아들여 빈례로 대접하였다.

사자는 여몽에게 글을 전하였다.

여몽은 글월을 보고 나자 사자를 향하여

"내가 전일에 관 장군과 좋은 정의를 맺었던 것은 곧 나 한 사람의 생각에서 한 일이고, 오늘 일로 말하면 곧 위의 분부를 받고 와서 하는 것이라 내 마음대로 하지를 못하니 사자는 부디 관 장군께 돌아가 좋게 말씀을 올려 주시오."

하고 드디어 연석을 베풀어 융숭하게 대접한 다음에 관사로 보내서 편히 쉬게 하였다.

이에 출정한 장졸들의 집에서는 모두 관사로 찾아와서 안부를 묻는다. 혹은 편지를 부탁하는 사람도 있고 혹은 입으로 소식을 전해 달라는 사람도 있는데 모두들 하는 말이란 집안이 다 무고하고 의식이 군색치 않다는 것이었다.

사자가 여몽에게 하직을 고하자 여몽은 친히 성 밖까지 나와서 그를 바래주었다.

사자는 돌아와서 관공에게 여몽의 말을 전한 다음에

"형주 성중의 군후의 보권(寶眷)과 여러 장수들의 가솔이 다 무고하옵고 의식의 공급이 떨어지지 않는 모양입니다."

하고 저의 듣고 본 바를 아뢰었다.

관공은 그 말을 듣자 더욱 노기가 충천해서

"이것은 간사한 도적놈의 계교다. 내가 살아서 이 도적놈을 죽이지 못하면 죽어서라도 반드시 도륙을 내서 내 한을 풀겠다."

하고 사자를 꾸짖어 물리쳤다.

사자가 영채에서 나가니 여러 장수들이 모두 와서 각기 저희 집안 소식들을 묻는다.

사자는 일일이 여러 집이 다 무고하며 여몽이 그들을 지극히 잘 돌보아 준다는 말을 하고 부탁받아 가지고 온 편지들을 여러 장수들에게 나누어 주었다.

이로 말미암아 장수들은 모두 기뻐하며 다들 싸울 마음이 없어지고 말았다.

관공이 군사를 거느리고 형주를 취하러 가는데 행군하는 사이에도 장수와 군사들이 형주로 도망해 가는 자가 많았다.

관공이 이를 알 때마다 더욱 마음에 한하고 노하였지만 어쩔 수 없이 군사를 재촉해 앞으로 나아가는데, 홀지에 함성이 크게 진동하며 일표군이 내달아 앞길을 가로막으니 거느리는 장수는 곧 장흠이다.

장흠은 말을 멈추어 세우고 창을 꼬나 잡으며 큰 소리로

呂蒙　　여몽

白衣搖櫓眞奇計　흰 옷 입혀 노 젓게 하는 놀라운 계책으로
一擧荊襄取次收　단번에 형주와 양양땅을 거두어 들였도다

"운장은 어찌하여 빨리 항복을 않는고."

하고 외친다.

관공은 꾸짖었다.

"나는 한나라 장수거니 어찌 도적에게 항복할 법이 있으랴."

곧 말을 몰아 칼을 춤추며 바로 장흠과 싸우는데 삼 합이 못 되어 장흠이 패해서 달아난다.

관공은 칼을 끌고 그 뒤를 쫓았다. 이십여 리나 갔을까 해서 홀연 좌편 산골짜기로서 한당이 군사를 거느리고 짓쳐 나오고 우편 산골짜기로서 주태가 군사를 끌고 짓쳐 나오며 꼬리를 잡힐 새라 도망가던 장흠이 또한 말을 돌려 세 길로 끼고 친다.

관공은 급히 군사를 거두어 달아났다.

그러나 이삼 리를 못 가서 문득 보니 남쪽 산언덕 위에 사람들이 가득 모여 있고 흰 기가 하나 바람에 나부끼며 기폭에는 '형주 토인' 넉 자가 씌어 있는데 여러 사람들이 저마다 외치는 말이 모두가

"이곳 형주 군사들은 속속히 항복해라."

하는 소리다.

관공은 대로하여 언덕 위로 올라가는데, 이때 산 밑으로서 또 양군이 짓쳐 나오니 좌편은 정봉이요 우편은 서성이라, 장흠의 무리 삼로 군마와 합쳐서 관공을 둘러싸고 치니 함성은 땅을 뒤흔들고 고각은 하늘을 진동한다.

수하 장졸이 점점 떨어져 나간다.

황혼녘에 이르러 관공이 멀리 바라보니 사방 산 위에 있는 것이 모두가 형주 노병들인데 형을 부르고 아우를 부르며 아들을

찾고 아비를 찾아 그 울부짖음이 끊이지를 않는다.

군심이 아주 변해 버려서 모두 부르는 소리를 따라서 가 버린다. 관공이 아무리 못 가느니라 꾸짖어도 듣지 않는다. 나중에는 수하 군사라고 남은 것이 겨우 삼백여 명뿐이다. 관공은 그대로 동오 군사들을 시살해서 삼경에 이르렀을 때 정동 편에서 크게 함성이 일어나니, 이는 요행 관평과 요화의 양로병이다.

겹겹이 둘린 포위 속을 뚫고 들어와서 관공을 구해 낸 다음에 관평은 아뢰었다.

"군심이 어지러워졌사오니 반드시 성지를 얻어서 잠시 군사를 둔쳐 놓고 구원병이 오기를 기다려야 하겠사옵는데 맥성(麥城)이 비록 작기는 하나 족히 주찰할 만합니다."

관공은 그 말을 좇아 남은 군사를 재촉해서 맥성으로 들어가 군사를 나누어 성의 네 문을 굳게 지키게 하고 장수들을 모아 놓고서 앞일을 의논한다.

조루가 나서서 말한다.

"이곳이 상용과 가까운데 지금 유봉과 맹달이 그곳을 파수하고 있으니 속히 사람을 그리로 보내시어 구원을 청하기로 하시지요. 만약 그곳 군마가 와서 접응하고 다시 서천서 대병이 오기를 기다리기로 하면 군심이 자연 안정될 것이옵니다."

이렇듯 의논하고 있는데 홀연 보하되 동오 군사가 이미 와서 성을 사면으로 에워쌌다고 한다.

관공이

"뉘 감히 에운 속을 뚫고 나가 상용에 가서 구원을 청할꼬."

하고 물으니,

"제가 가겠습니다."

하고 요화가 자원해 나서니,

"그럼 내가 자네를 호송해서 에운 속을 빠져 나가도록 함세."

하고 관평이 말한다.

관공은 곧 편지를 써서 요화에게 주었다.

요화는 편지를 받아서 몸에 지닌 다음에 배불리 먹고 말에 올라 문을 열고 성을 박차고 나섰다.

바로 동오 장수 정봉이 앞을 가로막고 나선다.

관평은 힘을 다해서 들이쳤다. 정봉이 마침내 패해서 달아난다. 요화는 이 기세를 타서 포위 속을 뚫고 나가 상용을 바라고 말을 몰았다.

그를 보내 놓고서 관평은 성으로 도로 들어와 굳게 지키며 나가지 않았다.

앞서 유봉과 맹달이 상용을 취하자 태수 신담이 무리를 거느리고 항복하니 이로 인해 한중왕은 유봉의 벼슬을 높여서 부장군을 삼고 맹달과 함께 상용을 지키게 하였던 것인데, 당일 두 사람은 관공이 싸움에 패했다는 말을 듣고 한창 의논하고 있노라니까 문득 보하되 요화가 왔다고 한다.

유봉이 청해 들여 물으니 요화는 말한다.

"관공께서 싸움에 패하셔서 지금 맥성에서 어려움을 당하고 계신데 적이 성을 에워 형세가 심히 위급하외다. 촉중의 구원병은 당장 조석지간에 올 수는 없는 것이라 그래 특히 저더러 에움을 뚫고 나가 여기 와서 구원을 청하게 하신 것이니 바라건대 두 분

장군은 속히 상용 군사를 일으켜 이 위급함을 구해 주십시오. 만일에 조금이라도 지체되었다가는 관공께서 반드시 적중에 떨어지시게 될 것이외다.”

듣고 나자 유봉은 맹달을 건너다보고는 요화에게 말하였다.

“장군은 좀 기다리오. 우리가 의논을 좀 해야겠소.”

요화는 관역으로 나가서 쉬며 기병하기만을 기다린다.

한편 유봉은 맹달을 보고 말하였다.

“숙부께서 위급한 지경에 계시다니 어떻게 했으면 좋소.”

맹달이 말한다.

“동오는 군사가 정예하고 장수들이 용맹한데 형주 아홉 군이 이미 다 동오에 속해 버렸고 오직 남았다는 맥성은 손바닥만 한 땅이오그려. 게다가 또 들으니 조조가 친히 대군 사오십만을 거느리고 임피에 둔치고 있다는데 우리 이 산성에 있는 군사쯤을 가지고 어떻게 두 곳 강병을 당해 내겠소. 내 생각에는 우리가 경망되게 나설 일이 아닌 것 같소.”

“그건 나도 아오. 그러나 관공은 내 숙부시니 어찌 차마 그대로 앉아 구하지 않는단 말이오.”

그 말에 맹달이 픽 웃으며 말한다.

“장군은 관공을 숙부로 생각하고 있지만 관공은 장군을 아마 조카로 치지 않을지도 모르겠소. 내가 들으매 한중왕이 처음 장군을 양자로 정하셨을 때 관공은 그리 내켜하지 않았다 하고, 뒤에 한중왕이 위에 오르신 후에 공명에게 후사는 누구를 세우는 게 좋은지 물으니 공명이 ‘이는 집안일이라 관·장공에게 물으시는 것이 좋겠습니다’ 해서 한중왕이 드디어 형주로 사람을 보내서 관공에게 물으셨더니 관공의 말이, 장군은 명령(螟蛉)[2]의 자식이라 참람하게 서는 것이 불가하다 하면서 한중왕께 권해서 장군을 멀리 이곳 상용 산성 땅에다 두어 후환을 끊게 하시라고 했답디다. 이일은 모든 사람이 다 아는 일인데 장군은 어째서 모르신단 말이오. 그래 오늘 오히려 그런 숙질간의 의리로 해서 위험을 무릅쓰고 경거망동하시려는 거요."

듣고 나자 유봉이

"공의 말씀이 비록 옳기는 하나 다만 어떻게 말을 해서 물리친단 말이오."

하고 물으니, 맹달은

"이 산성이 이제 막 항복받은 곳이라 민심이 아직 안정되지 못한 까닭에 섣불리 군사를 움직였다가 혹시 무슨 변이나 있을지 모르므로 감히 기병을 못한다고 말씀하시구려."

하고 일러 준다.

유봉은 그의 말대로 하기로 하고 이튿날 요화를 청해서

"이 산성이 갓 항복받은 곳이라 군사를 나누어서 구하러 갈 수가 없소."

하고 단호하게 말하였다.

요화는 소스라쳐 놀라 머리로 땅을 부딪치며 애원한다.

"만약에 이 같다면 관공께서는 돌아가십니다."

그러나 유봉은

"내가 이제 곧 간다 하더라도 한 잔의 물을 가지고 어찌 한 수

---

2) 빛이 푸른 접아류(蝶蛾類)의 새끼벌레인데 양자(養子)라는 뜻으로 쓰인다.

레 섶에 붙은 불을 끌 수가 있겠소. 장군은 속히 돌아가서 촉중 군사가 오는 것이나 기다리는 게 좋겠소."

할 뿐이다.

요화는 통곡을 하며 구원해 주기를 다시 청하였다. 그러나 유봉과 맹달은 모두 소매를 떨치고 안으로 들어가 버렸다.

요화는 더 있어 보아야 일이 아니 될 줄 알고 한중왕께 가서 구원을 청하는 것이 옳겠다 생각하여 마침내 말에 올라 크게 꾸짖으며 성을 나와서 성도를 바라고 말을 몰았다.

이때 관공은 맥성에서 상용 군사가 와 주기만 바라고 있는데 종시 아무 동정이 없다.

수하에는 군사라고 남은 것이 오륙백 명뿐인데 그나마 태반이 상처를 입고 있었고, 게다가 성중에는 양식이 없어서 고생이 막심하였다.

그러자 문득 보하되,

"성 아래 한 사람이 와서 화살을 쏘지 말라고 하면서 군후께 말씀 올릴 것이 있어서 왔노라고 합니다."

라고 한다.

관공이 들어오게 하여 보니 곧 제갈근이었다.

인사를 마치고 차를 파한 다음에 제갈근이 말한다.

"이번에 오후의 명을 받들고 특히 장군께 권유하러 왔소이다. 자고로 이르기를 '시무(時務)를 아는 자가 준걸(俊傑)이라' 합니다. 이제 장군이 거느리시던 한상 구군은 이미 모두 동오에 속해 버렸고 다만 외로운 성 하나가 남았을 뿐인데 안에는 양초가 없고 밖에는 구원병이 없어서 위급함이 조석에 있습니다. 그런데 장군은 어찌하여 내 말씀대로 오후에게 귀순하여 다시 형양을 진수하며 가권을 보전하려 아니 하십니까. 부디 군후는 한 번 잘 생각해 보십시오."

듣고 나자 관공은 정색하고 말하였다.'

"나는 곧 해량 땅의 일개 무부(武夫)로서 우리 주공의 수족같이 상대하심을 입었으니 어찌 의리를 저버리고 적국에 몸을 던지겠소. 성이 만일 깨어지면 오직 죽음이 있을 뿐이라. 옥을 깨뜨릴 수는 있어도 그 흰 빛을 고칠 수는 없고 대나무는 불에 사를 수는 있어도 그 절개를 휠 수 없는 것이니 몸은 비록 죽어도 이름은 가히 죽백(竹帛)에 드릴 수 있을 것이라, 그대는 여러 말 말고 속히 성에서 나가오. 내 한 번 손권과 죽기로써 싸워 보겠소."

제갈근은 다시 한마디 권해 본다.

"오후께서는 군후와 진진지의를 맺으시며 힘을 한가지 해서 조조를 깨뜨리고 함께 한실을 붙들어 세우자고 하시는 것이지 다른 뜻은 없으십니다. 그런데 군후는 어째서 이처럼 고집하십니까."

그러나 그 말이 미처 끝나기 전에 관평은 칼을 빼어 들고 앞으로 나와서 제갈근을 베려 하였다.

관공은 이를 만류하여

"저의 아우 공명이 서촉에서 너의 백부를 섬기는 터이니 이제 만약 저를 죽이면 이는 형제의 정을 상하는 것이로다."

하고 드디어 좌우를 시켜서 제갈근을 쫓아내게 하였다.

제갈근은 만면에 부끄러운 빛을 띠고 말 타고 성에서 나가 오후를 들어가 보고

"관공의 마음이 철석같아서 말로 달래지 못하겠습니다."

하고 말하였다.

　손권이 듣고

"참으로 충신이로군. 그렇다면 이를 어찌할꼬."

하니, 여범이 있다가

"제가 한 번 그 길흉을 점쳐 보겠습니다."

한다.

　손권은 즉시 점을 치게 하였다. 여범이 손에 시초(蓍草)를 잡아
한 괘를 얻으니 곧 '지수사괘(地水師卦)'[3]라 다시 현무(玄武)가 응하
는 것이 있어서 이는 원수가 멀리 달아남을 의미하는 것이다.

　손권이 여몽을 보고

"원수가 멀리 달아난다는 괘가 나왔는데 경은 어떠한 계책을
써서 이를 사로잡으려오."

하고 물으니, 여몽이 웃으며

"괘가 바로 제 생각한 바와 같습니다. 관공에게 비록 하늘에 오
를 날개가 있다 하더라도 제 그물에서 빠져나가지는 못할 것입
니다."

하고 말한다.

　　용도 웅덩이에서 놀면 새우가 희학질하고
　　봉황도 농 속에 들면 잡새들이 속이려 드네.

　필경 여몽의 계책이란 어떠한 것인고.

---

3) 『주역(周易)』의 한 괘 이름이다. 곤(坤)과 감(坎)으로 되었는데, 곤은 지(地)를 대
　표하고 감은 수(水)를 대표하는 까닭에 지수사괘라는 것이다.

옥천산에 관공이 현성(顯聖)하고
낙양성에서 조조가 감신(感神)하다

| 77 |

손권이 여몽에게 계교를 구하니, 여몽이 말하기를

"제가 요량컨대 관모가 군사가 적어서 필시 대로로 해서 도망하지는 않을 것이고 맥성 정북방에 험준한 소로가 있으니 반드시 이 길로 해서 달아날 것이라, 주연으로 하여금 정병 오천을 거느리고 맥성 북방 이십 리 되는 곳에 매복하였다가 저의 군사가 이르거든 대적하지 말고, 다만 뒤에서 엄살하게 하면 저의 군사가 필연 싸울 마음이 없어서 반드시 임저로 달아날 것이라, 반장을 시켜서 정병 오백을 데리고 임저 궁벽한 산길에 매복하게 하시면 관모를 사로잡을 수 있을 것입니다. 이제 장수들을 보내서 각 문을 치게 하시되 오직 북문을 비워 놓아 그리로 나와서 달아나게 두시지요."

한다.

손권은 계책을 듣고 나자 다시 여범을 시켜서 점을 쳐 보게 하였다. 괘가 나왔다. 여범이 아뢴다.

"이 괘는 원수가 서북방으로 달아나는 것인데 오늘밤 해시에 반드시 사로잡히고 말 것입니다."

손권은 크게 기뻐하여 드디어 주연과 반장으로 하여금 각기 정병을 거느리고 군령에 의하여 제자리로들 가서 매복하고 있게 하였다.

한편 관공이 맥성에 있으며 마보 군병들을 점고해 보니 남은 사람이 삼백여 명뿐인데 양초가 또 다 떨어졌다.

이날 밤 성 밖에서 동오 군사들이 각 군사들의 이름을 불러서 성을 넘어 나가는 자들이 심히 많다.

구원병은 아직도 감감 무소식이다.

관공은 아무리 생각해 보아도 계책이 없어서 왕보를 보고

"내 전일에 공의 말을 듣지 않은 것이 후회요. 오늘의 이 위급한 상황을 장차 어찌 헤쳐 나가야 하겠소."

하고 물으니, 왕보가 울면서

"오늘의 사세로 말씀하면 비록 자아가 다시 나온대도 써 볼 계책이 없을 것입니다."

하고 대답한다.

이때 조루가 나서며

"상용에서 구원병이 오지 않는 것은 곧 유봉과 맹달이 군사를 끼고 앉아서 꼼짝 않는 까닭이니 차라리 이 외로운 성을 버리고 서천으로 달려 들어가 다시 군사를 정돈해 가지고 와서 회복해

보도록 하시는 것이 어떻겠습니까."

하고 제 소견을 말한다.

　관공은 듣고

"나 역시 그렇게 해 볼까 하오."

하고 드디어 성에 올라 살펴보니 북문 밖이 적병이 그리 많지 않았다.

　성 안에 사는 백성을 보고

"예서 북으로 가려면 지세가 어떠하냐."

하고 물으니,

"예서부터 가자면 도시 산벽 소로인데 길은 서천으로 통합니다."

하고 아뢴다.

　관공은 듣고서

"오늘밤에 내 이 길로 가야겠군."

하고 말하였다.

　왕보가

"소로에는 매복이 있을 것이니 대로를 택해서 가시지요."

하고 의견을 말하였으나, 관공은

"설사 매복이 있기로 내 어찌 두려워하리오. 수하에 군사가 적으니 대로를 취할 수 없음이라."

하고 즉시 영을 내려서 마보 관군으로 하여금 장속(裝束)을 든든히 하고 성에서 나갈 준비를 하게 하였다.

　왕보가 울면서 말한다.

"다만 바라옵기는 군후는 험로에 부디 조심하셔서 소중하신 몸 보중(保重)하소서. 왕보는 군졸 백여 명을 데리고 죽기로써 이 성을 지켜, 성은 비록 깨지는 한이 있어도 몸은 항복하지 않을 것이오니 청컨대 군후께서는 속히 오셔서 저희를 구원해 주사이다."

관공도 역시 눈물을 뿌려 작별하고 드디어 주창을 남겨 두어 왕보와 더불어 백성을 지키게 한 다음, 자기는 관평·조루와 함께 남은 군사 이백여 명을 거느리고 북문으로 짓쳐 나갔다.

관공이 칼을 비껴들고 말을 달려 초경 이후에 한 이십여 리나 갔는데 문득 산골짜기로부터 징소리·북소리가 요란하게 일어나며 일표군이 내달으니 거느리는 대장은 주연이다.

주연이 창을 꼬나 잡고 말을 몰아 나오면서

"운장은 도망하지 말고 빨리 항복해서 죽기를 면하라."

하고 외친다.

관공은 대로하여 말을 몰아 나가서 칼을 휘둘러 그와 싸웠다. 주연이 곧 말을 돌려 달아난다.

관공이 승세해서 그 뒤를 쫓는데 문득 북소리 한 번 크게 울리며 사면에서 복병이 모두 일어난다.

관공은 감히 싸우지 못하고 임저 소로를 바라고 달아났다.

주연이 군사를 몰아 그 뒤를 친다.

관공을 따르는 군사들이 점점 줄어 가는데 사오 리를 못 다 가서 전면에 함성이 또 진동하고 화광이 크게 일어나며 반장이 칼을 춤추면서 말을 풍우같이 몰아 짓쳐 나오니,

관공들을 쫓는 군사는 갈수록 는다. 관공은 대로해서 칼을 휘두르며 나아가서 맞아 싸웠다.

단지 삼 합에 반장이 패해서 달아나는데 관공은 감히 그 뒤를 쫓지 못하고 급히 산길을 바라고 말을 몰았다.

등 뒤로 관평이 쫓아오며 조루는 이미 난군 속에서 죽고 말았다고 말한다.

관공은 슬프고 창황함을 이기지 못하여 눈물을 머금고, 드디어 관평으로 뒤를 끊게 한 다음 몸소 앞을 서서 길을 열고 나가는데 이때 수하에 따르는 군사라고는 단지 십여 명이 남았을 뿐이다.

결석(決石)에 이르니 양편이 모두 산이요 산변은 갈대와 잡초며 수목이 총잡하다.

때는 이미 오경이 다할 무렵이다.

한창 말을 달려 나가는 중에 문득 함성이 일어나며 양편에서 복병이 일시에 내달아 일제히 긴 갈고리와 올가미를 늘려서 먼저 관공이 타고 있는 말을 걸어 쓰러뜨린다.

관공은 몸을 번드쳐 말에서 떨어졌다. 이리하여 관공은 마침내 반장의 부장 마충의 손에 사로잡히고 말았다.

이때 관평은 부친이 사로잡힌 것을 보고 급히 구하러 오는데 등 뒤로서 반장과 주연이 군사를 거느리고 일제히 쫓아와서 관평을 사면으로 에워쌌다.

관평은 필마단기로 그들과 싸웠으나 마침내 힘이 부쳐서 역시 적에게 사로잡히고 말았다.

날이 훤히 밝아 올 무렵에 손권은 관공 부자가 이미 사로잡혔다는 말을 듣고 크게 기뻐하여 여러 장수들을 장중에 모아 놓았다.

얼마 있지 않아서 마충이 관공을 옹위하고 들어왔다.

손권은 관공에게 말한다.

"내가 장군의 성덕을 사모한 지 오래라 진진지의를 맺고자 한 것인데 어째서 거절하시었소. 공이 평일에 스스로 천하에 대적할 자가 없다고 하더니 오늘은 내게 사로잡히고 마시었구려. 장군이 이제는 손권에게 복종하시겠소."

관공은 소리를 가다듬어 손권을 꾸짖었다.

"이 눈깔 푸르고 수염 붉은 쥐새끼 같은 놈아. 내 유황숙과 도원에서 결의하여 한실을 붙들어 세우기로 맹세를 하였나니 어찌 널로 더불어 한나라를 배반하는 도적이 될까 보냐. 내 이제 잘못해서 너희들의 간계에 빠졌은즉 오직 죽음이 있을 따름이라 무슨 여러 말을 할 것이 있으랴."

손권은 여러 관원들을 돌아보며 물었다.

"운장은 천하 호걸이라 내 심히 사랑하는 터이오. 내 이제 예로써 저를 대접해서 항복하기를 권해 볼까 하는데 어떻겠소."

이때 주부 좌함이 나서서 말한다.

"그는 불가하옵니다. 옛적에 조조가 이 사람을 얻었을 때 제후를 봉해서 작을 내리고 삼일에 소연을 하고 오일에 대연을 하며 상마에 금일봉이요 하마에 은일봉으로 그 베푼 은혜와 대접이 그처럼이나 극진했건만 필경은 붙들어 두지 못하고서 오관참장하고 갔다는 말을 듣더니 오늘 와서는 도리어 그의 핍박을 받아서 심지어는 도읍을 옮겨 그 예봉을 피해 보려고까지 했던 것이 아닙니까. 이제 주공께서 이미 사로잡으셨으니 만약 곧 없애지 않으시면 후환을 남기시는 것이 될까 하옵니다."

듣고 나서 손권은 한동안 침음하다가

"그 말이 옳도다."

하고 드디어 밖으로 밀어내게 하였다.

이리하여 관공 부자는 모두 해를 받았으니 때는 건안 이십사년

겨울 섣달이라 관공의 나이 오십팔 세였다.

후세 사람이 탄식해서 지은 시가 있다.

한 말의 관운장은 인물도 출중하다
그 위엄 그 무예에 유아(儒雅)할사 글도 아네.
거울같이 맑은 마음 의기도 중할시고.
만고를 두고 빛나거니 삼국 시절만이 아니로다.

또 이러한 시가 있다.

만고의 인걸은 해량 땅에 나신 그분
사람들은 다투어서 관운장을 추모하네.
도원에서 하루아침 형과 아우 되시었고
사당(祠堂)에서 만세토록 제(帝)와 왕(王)이 되셨구나.
장하다 그 기개는 우레냐 바람이냐
크신 뜻은 일월 같아 광망(光芒)이 만장(萬丈)이라
지금에 관왕묘(關王廟)는 간 곳마다 있거니와
고목나무에 앉은 까마귀 몇 저녁을 울었던고.

관공이 돌아간 뒤에 그가 타던 적토마는 마충의 얻은 바가 되었다. 마충이 손권에게 바쳤더니 손권이 마충더러 타라고 도로 내어 주었는데 이 말은 수일 동안 꼴을 먹지 않더니 마침내 굶어 죽고 말았다.

한편 왕보는 맥성에서 가슴이 두 방망이질을 하고 몸이 자꾸

떨려서 마침내 주창을 보고

"간밤 꿈에 주공께서 온 몸이 피투성이가 되셔서 내 앞에 와 서시기에 내 급히 그 연유를 여쭤어 보려다가 그만 놀라 잠이 깼으니 이것이 대체 무슨 조짐인지를 모르겠소."

하고 이야기하는 중에 홀연 보하는 말이, 동오 군사들이 성 아래 와서 관공 부자의 수급을 가지고 항복을 권한다고 한다.

왕보와 주창은 소스라쳐 놀라 급히 성 위로 올라가서 내려다보았다. 과연 관공 부자의 수급이 틀림없다.

왕보는 크게 한 번 부르짖자 그대로 성 위에서 떨어져 죽어 버렸다. 주창은 제 손으로 목을 찔러 죽었다.

이리하여 맥성마저 동오에 속해 버리고 말았다.

이때 관공의 혼백이 흩어지지 않고 유유탕탕(悠悠蕩蕩)하여 바로 한 곳에 이르니 이는 형문주 당양현에 있는 산이라 이름을 옥천산(玉泉山)이라고 한다.

산 위에 한 노승이 있으니 법명은 보정이라 원래 사수관 진국사에 있던 장로로서 뒤에 천하를 운유하다가 이곳에 이르러 산명수려한 것을 보고 이곳에다 암자 하나를 짓고 매일 좌선(坐禪)[1]하여 도를 닦으며 신변에는 다만 어린 행자(行者)[2] 하나를 두고 밥을 빌게 하여 날을 보내고 있었던 것이다.

이날 밤 달은 밝고 바람은 맑은데 삼경이 지나서 보정이 바야

---

1) 불도(佛道)를 닦는 법의 하나니, 가만히 앉아서 마음을 안락자재(安樂自在)한 경계에 소요(逍遙)하게 하는 것.
2) 중이 되지 않고 참선(參禪)을 공부하는 사람.

흐로 암자 안에 혼자 잠잠히 앉아 있노라니까 홀연 공중에서 어떤 사람이 큰 소리로

"내 머리를 돌려다오."

하고 부르는 소리가 들린다.

보정이 얼굴을 들고 자세히 살펴보니 공중에 한 사람이 손에 청룡도를 들고 적토마에 앉아 있는데 좌편에는 한 젊은 장군이 우편에는 한 얼굴 검고 규염(虯髯)[3]이 난 사람이 서로 따라서 일제히 구름을 좇아 옥천산 마루터기로 온다.

보정은 그가 관공임을 알아보자 곧 손에 들고 있던 주미(麈尾)[4]로 지게문을 탁 치고

"운장이 어디 계시오."

하고 부르니, 관공의 혼이 문득 깨달아 곧 말에서 내려 바람을 타고 암자 앞으로 와 차수(叉手)[5]하고 서서

"사부는 누구시오니까. 바라건대 법명을 일러 주사이다."

하고 말한다.

보정은 대답하였다.

"노승은 보정이라 하니 전일 사수관 앞 진국사 안에서 일찍이 군후와 상봉한 일이 있는데 오늘 어찌 잊어버리시단 말씀이오니까."

관공이 그를 알아보고

"향일에 이 사람을 구해 주셔서 이제도록 그 은혜를 잊을 길이

---

3) 곱슬곱슬한 수염.
4) 총채.
5) 공손한 뜻을 보이기 위해서 두 손을 어긋매껴 마주 잡는 것.

없거니와 이번에 이 사람이 화를 당해 죽었으니 부디 가르치심을 내리시어 길을 지시해 주사이다."

하니, 보정이

"석비금시(昔非今是)[6]를 일절 논하지 마십시오. 전인후과(前因後果)[7]가 피차에 상쾌하지 않소이다. 이제 장군이 여몽에게 해침을 받으시고 '내 머리를 돌려 다오' 하시니, 그러면 안량·문추며 오관·육장 등 여러 사람의 머리는 장차 뉘에다 대고서 찾아야만 하오리까."

하니 이에 관공이 황연히 크게 깨달아 마침내 머리를 땅에 대고 절하며 귀의(歸依)[8] 하고 돌아갔다.

그 뒤로 왕왕이 옥천산에 현성(顯聖)[9]하여 백성을 보호하니 그 고장 사람들이 그의 덕을 감사해서 산 위에 사당을 지어 놓고 사시(四時)로 제를 지내는데 후세 사람이 그 사당에다 연구(聯句)를 지어 붙이니 그 구는 다음과 같다.

붉은 그 얼굴에 붉은 그 마음	赤面秉赤心
적토 추풍 말을 타고	騎赤免追風
달릴 때에도	馳驅時
적제를 잊은 적 없었고	無忘赤帝
푸른 등 아래 청사를 보며	青燈觀青史
청룡언월도를 잡아	仗青龍偃月

6) 지난 일은 그르고 지금은 옳다는 말.
7) 앞서 있은 원인과 뒤에 오는 결과.
8) 부처를 깊이 믿고 몸을 의탁하는 것.
9) 신령이 나타난다는 것.

| 남 못 보는 데서도 | 隱微處 |
| 청천에 부끄러울 바 없었네. | 不愧靑天 |

한편 손권이 관공을 죽이고 형양 지방을 몰수하여 수중에 거둔 다음 삼군을 호상하고 크게 연석을 배설하여 여러 장수들을 모아 놓고 전공을 경하하는데, 여몽을 상좌에 앉히고 여러 장수들을 돌아보며

"내 오랫동안 두고 형주를 얻지 못해 하다가 이번에 반 푼의 힘을 안 들이고 얻은 것은 전수이 자명의 공로요."

하고 말하니 여몽이 재삼 겸사한다.

손권은 다시 말을 이어

"전일에 주랑이 웅략(雄略)이 과인해서 조조를 적벽강에서 깨쳤으나 불행히 요사(夭死)하여 노자경이 그를 대신하게 되었소. 자경이 처음에 나를 보았을 때 곧 제왕의 대략(大略)을 내게 일러 주었으니 이는 첫째로 쾌하다 할 일이요, 조조가 강동으로 내려올 때 모든 사람이 나더러 항복하라고 권하였건만 자경이 홀로 나를 권해서 공근을 불러다가 치게 해서 마침내 조조를 깨뜨렸으니 이것이 둘째로 쾌하다 할 일이라. 그러나 다만 나를 권해서 유비에게 형주를 빌리게 한 것이 한 가지 실수였다고 하겠는데 이제 자명이 계책을 세우고 꾀를 정해서 단번에 형주를 찾았으니 실로 자경이나 주랑보다 월등하게 낫다고 하겠소."

하고 그는 친히 술을 부어서 여몽에게 주었다.

여몽이 잔을 받아서 막 마시려 하더니 무엄하게도 홀지에 잔을 땅에 던지고 한 손으로 손권의 멱살을 움켜쥐며 소리를 가다듬어

"이 눈깔 푸르고 수염 붉은 쥐새끼 같은 놈아. 네가 나를 아는가."

하고 크게 꾸짖는다.

여러 장수들은 크게 놀라 급히 그에게 달려가려 하였다.

그러나 이때 여몽은 손권을 밀어서 쓰러뜨리고 뚜벅뚜벅 걸어 손권의 권좌에 떡 버티고 앉아 눈썹을 거스르고 눈을 부릅뜨며

"내 황건적을 깨뜨린 뒤로 천하를 횡행하기 삼십여 년인데 이제 일조에 네놈의 간계에 빠지고 말았으니 내 살아서 네 고기를 씹지 못한다면 죽어 마땅히 여몽이 놈의 혼을 쫓아다니리라. 나는 곧 한수정후 관운장이다."

하고 호통 친다.

손권은 소스라쳐 놀라 황망히 대소 장사들을 거느리고 내려가서 배복하였다.

그러자 보니 여몽은 땅 위에 쓰러져서 칠규로 피를 흘리고 쓰러져 이미 죽어 있는 것이다.

모든 장수들은 이를 보고 누구라 마음에 송구해하지 않는 자가 없었다.

손권은 여몽의 시체를 거두어 관곽을 갖추어서 안장하고 남군태수 잔릉후(屛陵侯)를 증직해서 그 아들 여패에게 습작(襲爵)시켰다.

손권은 이로부터 관공의 일에 감동해서 마음에 놀라고 의아해하기를 마지않았다.

그러자 문득 보하되 장소가 건업에서 왔다고 한다.

손권이 불러들여서 그 온 뜻을 물으니 장소는 말한다.

"이번에 주공께서 관공 부자를 죽이셨으니 강동의 화가 멀지 않았소이다. 이 사람이 유비와 도원에서 결의할 때 생사를 함께

하기로 맹세했던 바인데, 이제 유비가 이미 양천의 군사를 거느리고 있고 제갈량의 지모와 장비·황충·마초·조운의 용맹을 겸해서 가지고 있으니 운장의 부자가 해를 입은 것을 유비가 만약 아는 때에는 반드시 경국지병을 일으켜서 힘을 다해 원수를 갚으려들 것이라, 이렇게 되면 우리 동오로서는 대적하기가 어려울까 합니다."

손권이 듣고 크게 놀라서 발을 구르며

"내가 일을 잘못하였구나. 이 일을 대체 어찌하면 좋단 말인고."

하니, 장소가 곧

"주공은 아무 근심 마십시오. 제게 서촉 군사로 하여금 동오를 범하지 못하게 하며 형주를 반석같이 편안하게 할 계책이 하나 있습니다."

하고 말한다.

"어떤 계책이오."

손권이 묻자 장소는 말하였다.

"이제 조조가 백만 대병을 끼고 앉아 범처럼 화하를 어찌하면 손아귀에 넣을 수 있을까 하고 있으니, 유비가 원수 갚을 마음이 급하고 보면 반드시 조조와 화친하고 동맹을 맺을 것이라 만약에 두 곳에서 군사를 연합해 가지고 온다면 동오가 위태로워질 것입니다. 그러니 먼저 사람을 시켜서 조조에게 관공의 수급을 보내 놓으면 유비는 필시 그 일이 조조가 시킨 일로 알아 조조를 통한(痛恨)히 여길 것이라, 서촉의 군사는 동오로 오지 않고 위로 갈 것입니다. 그때 우리는 그 승부를 보아 중간에서 이를 취하자는 것이니 이것이 곧 상책일 줄 압니다."

손권은 그 말을 좇아 관공의 수급을 잘 짠 목갑에다 담아 사자로 하여금 밤을 도와 조조에게로 갖다 바치게 하였다.

이때 조조는 마피로부터 회군해서 낙양에 돌아와 있었는데 동오에서 관공의 수급을 보내 왔다는 말을 듣자

"운장이 이미 죽었으니 내 이제는 잠을 편안히 자겠다."

하고 좋아하니, 계하에서 한 사람이 나서며

"이는 동오에서 화를 옮기는 계책입니다."

하고 말한다. 조조가 보니 곧 주부 사마의다.

조조가 그 연고를 물어서 사마의는 대답하였다.

"옛적에 유비 · 관우 · 장비 세 사람이 도원에서 결의할 때 생사를 함께하자고 맹세했던 바인데 이제 동오에서 관공을 죽여 놓고는 복수당할 것이 두려워 수급을 대왕께 바치어 유비로 하여금 대왕께로 노여움을 옮겨 오를 치지 않고 위를 치게 하고 저희는 중간에서 편을 보아 일을 도모하자는 것이옵니다."

듣고 나서 조조가

"중달의 말이 옳소. 그러면 대체 무슨 계책으로 이것을 풀어 볼꼬."

하고 물으니, 사마의가 곧

"이것은 극히 용이한 일입니다. 대왕께서는 관우의 수급에 향나무로 몸을 해 붙이시고, 대신의 예로써 장사를 지내 주십시오. 유비가 알면 반드시 손권을 통한하게 여겨 힘을 다해 동오를 칠 것이니 우리는 그 승부를 보아 촉이 이기거든 오를 치고 오가 이기거든 촉을 치기로 하는데, 두 곳 중에 한 곳만 얻고 보면 나머

지 한 곳도 오래가지는 못할 것입니다."

하고 계책을 드린다.

조조는 크게 기뻐하여 그 계교대로 하기로 하고 드디어 동오에서 온 사자를 불러들였다.

사자가 들어와서 목갑을 바친다. 조조가 받아서 뚜껑을 열고 보니 관공의 얼굴이 평시나 다를 것이 없다.

조조는 웃으며

"운장공, 별래무량(別來無恙)[10]하시오."

하고 인사를 한마디 하였다.

그러자 그 말이 미처 끝나기 전에 문득 보니 관공의 얼굴이 입을 벌리고 눈알을 굴리며 수염과 머리털을 다 거스른다.

조조는 그를 보자 놀라서 그대로 까무러쳤다.

여러 관원들이 급히 구호해서 한참만에 깨어나자 조조가 여러 사람들을 돌아보며

"관 장군은 참으로 천신(天神)이시로군."

하고 말하니, 동오 사자가 또한 관공이 현성해서 여몽의 몸에 붙어 손권을 꾸짖고 여몽을 죽인 일을 낱낱이 조조에게 고한다.

조조는 더욱 마음에 송구스러워서 드디어 희생(犧牲)을 갖추어서 제사를 지내고 침향목(沈香木)을 깎아 몸을 만들어 가지고 왕후의 예로써 낙양 남문 밖에 장사지내는데, 대소 관원들로 하여금 영구를 모시고 가게 하며 조조 자기가 친히 절하여 제를 지낸 다음에 증직해서 형왕(荊王)을 봉하고 관원을 보내서 묘를 지키게

---

10) 한 번 작별한 후 별고 없느냐는 인사말.

하였다.

　이리하여 관운장은 낙양성 십 리허에 고이 잠들고, 동오에서 온 사자는 곧 강동으로 돌아갔다.

　이야기는 앞으로 돌아간다.

　한중왕이 동천으로부터 성도로 돌아오자, 법정이

　"왕상께서 선부인은 세상을 버리셨고 손 부인은 또 동오로 돌아가셨으매, 다시 돌아오시기를 기약하지 못하겠습니다. 인륜지도(人倫之道)[11]는 폐할 수 없사오니 반드시 왕비를 책립하셔서 내정을 세우도록 하십시오."

하고 아뢴다.

　한중왕이 윤종(允從)하니 법정이 다시 아뢰되

　"오의에게 한 누이가 있어 용모가 아름답고 또 현숙한데 일찍이 관상 보는 자가 그의 상을 보고 뒤에 반드시 대귀(大貴)하리라고 하였다 하옵니다. 앞서 유언의 아들 유모에게 출가하였다가 유모가 요사해서 지금에 이르도록 과수로 지내 오는 터이오니 대왕께서는 그를 맞아들이셔서 왕비로 책립하심이 가할까 하옵니다."

하고 말한다.

　한중왕은 듣고

　"유모가 나와 같은 한실 종친이니 이 일이 도리에 옳지 않을까 보오."

하고 말하였으나, 법정이

---

11) 유교에서 말하는, 사람이 지켜야 한다는 떳떳한 도리.

"그 친하고 친하지 않은 것을 논한다 하오면 진 문공이 회영(懷嬴)[12]을 맞아들인 것과 무엇이 다르겠습니까."

하고 말해서 한중왕은 마침내 의윤(依允)하고 오씨를 맞아들여서 왕비를 삼았다.

오씨는 뒤에 아들 형제를 낳았으니 맏아들 유영(劉公)의 자는 공수(公壽)요 둘째 아들 유리(劉理)의 자는 봉효(奉孝)다.

이때 동서 양천에 백성은 편안하고 나라는 가멸며 연사가 또 잘 되었다.

그러자 문득 사람이 형주로부터 와서 하는 말이

"동오에서 관공에게 청혼을 해 왔는데 관공이 굳이 거절해 버렸소이다."

해서 공명이 현덕을 보고

"형주가 위태합니다. 다른 사람을 보내고 운장은 불러들이는 것이 좋겠습니다."

하고 바야흐로 의논하는 중에 형주로부터 첩보를 올리는 사자가 낙역부절로 들어오는데

"관공이 크게 적군과 싸워 이겼다 하옵니다."

하고 또 수일이 못 되어 관흥이 와서 강물을 터서 조조의 칠군을 전몰시킨 일을 자세히 이야기하더니, 다시 탐마가 들어와서 보하는 말이

"관공이 장강 연안에 봉화대를 많이 만들어 놓아 방비가 매우 든든하매 형주는 만에 하나도 실수가 없사오리다."

---

12) 회영은 중국 춘추시대 진 목공의 딸이다. 처음에 진 혜공의 며느리가 되었다가 뒤에 다시 진 혜공의 아우 진 문공의 아내가 되었다.

해서, 이로 인하여 현덕은 마음을 놓고 있었던 것이다.

그러자 문득 하루는 현덕이 전신의 살이 떨리며 앉으나 서나 불안해서 견딜 수가 없다.

밤에도 편히 잠들지 못하고 내실에 앉아 등불을 밝혀 놓고 글을 보는데 정신이 혼미해서 그는 잠시 서안을 의지하여 누워 있었다. 그러자 홀연 방 한가운데로부터 찬바람이 일어나더니 등불이 한 번 꺼졌다가 다시 켜진다.

현덕이 괴이하게 여겨 고개를 들어 보니 등불 아래 웬 사람 하나가 서 있는 것이다. 현덕은 물었다.

"네 어떤 사람이건대 이 깊은 밤에 내 내실에는 들어왔는고."

그러나 그 사람은 아무 대답이 없다.

현덕이 마음에 의아하여 일어나서 자세히 보니 그는 바로 관공인데 어인 까닭인지 등불 밑 어두운 속을 왔다 갔다 하며 자꾸 몸을 그림자 속으로 피하려 드는 듯하다.

현덕이 그를 향해서

"현제는 그간 별고 없으시오. 밤도 야심한데 내게 왔으니 필히 무슨 연고가 있겠는데, 내가 자네와 정이 골육 같은 터에 어찌하여 그처럼 나를 피한단 말이오."

하고 정을 주며 말하니, 관공이 울면서

"형님은 부디 군사를 일으켜 아우의 원한을 풀어 주십시오."

라고 한마디 하는데, 그 말이 끝나자 찬바람이 갑자기 일어나더니 관공이 사라져 버리고 없다.

현덕은 문득 놀라 깨니 이는 바로 꿈인데 때는 마침 삼경, 텅 빈 방이다.

현덕은 마음에 크게 의아해서 급히 외전으로 나가 사람을 보내 공명을 청해 오게 하였다.

공명은 들어오자 현덕이 몽조를 자세히 이야기하니, 공명이 듣고 나자

"이는 왕상께서 관공을 생각하시는 까닭이 깊어 그러한 꿈을 꾸신 것이온데 구태여 그렇듯 의혹을 두실 것이 무엇이오니까."

하고 말한다.

그래도 현덕이 자꾸 의려하기를 마지않아서 공명은 좋은 말로 그 의혹을 풀어 주었다.

공명은 현덕에게 하직을 고하고 나오다가 마침 중문 밖에서 허정을 만났다.

허정이 공명을 보자

"이 사람이 바로 지금 기밀사가 있어서 군사부로 갔더니 군사께서 예궐하셨다고 하기에 다시 예까지 오는 길이올시다."

하고 말한다.

공명은 물었다.

"무슨 기밀이오니까."

허정이 대답한다.

"내 마침 바깥사람들의 전하는 말을 들으니 동오 여몽이 이미 형주를 엄습하고 관공도 벌써 해를 입었다고 하기에 특히 군사께 가만히 알려 드리러 온 것입니다."

공명이 듣고 나서

"내가 밤에 건상을 보았는데 장성이 형·초 지경에 떨어지기에 운장이 이미 화를 입은 줄은 알았으나 다만 왕상께서 우려하실

일이 두려워서 감히 말씀을 올리지 못했던 것이외다.”

하고 두 사람이 이렇듯 이야기하고 있는 중에 홀연 전각 안으로부터 한 사람이 나오더니 공명의 옷소매를 잡으며

“그 같은 흉보를 공은 어찌하여 내게 말하지 않소.”

한다. 공명이 보니 바로 현덕이다.

공명과 허정은 함께 아뢰었다.

“지금 말씀한 바는 모두가 전해들은 일이라 족히 믿을 것이 못되오니 왕상께서는 마음을 너그러이 가지시고 과도히 근심 마십시오.”

현덕은 말한다.

“내가 운장으로 더불어 생사를 함께하기로 맹세하였으니 만일에 운장에게 무슨 일이 있다면 내 어찌 홀로 살겠소.”

공명과 허정이 연해 좋은 말로 그를 위로하고 있는데 홀연 근시가 들어와서

“마량과 이적이 왔습니다.”

하고 아뢴다.

현덕이 급히 불러들여서 물어보니 두 사람은 형주가 함몰한 일과 관공이 싸움에 패해서 구원을 청하는 일을 갖추 고한 다음에 가지고 온 표장(表章)을 올린다.

현덕이 그것을 받아서 미처 뜯어볼 사이도 없이 근시가 또 아뢰는데 형주로부터 요화가 왔다고 한다.

현덕이 급히 불러들이니 요화는 땅에 엎드려 울며 유봉과 맹달이 구원병을 내지 않은 일을 자세히 아뢴다.

현덕은 듣고 크게 놀랐다.

"만일 그렇다면 내 아우는 죽었구나."

공명이 현덕을 보고

"유봉과 맹달이 이렇듯 무례하니 그 죄가 죽이는 것도 오히려 경합니다. 그러나 왕상께서는 근심 마십시오. 량이 친히 일려지사를 거느리고 가서 형양의 위급함을 속히 구하겠습니다."

하고 말하니, 현덕은 울며

"운장에게 무슨 일이 있으면 내 결단코 혼자 살아 있지는 않겠소. 내가 내일 몸소 일군을 거느리고 가서 운장을 구하려오."

하고 드디어 한편으로는 낭중으로 사람을 보내서 익덕에게 알리고 또 한편으로는 사람을 시켜서 크게 인마를 모아 들이는데, 미처 날이 밝기 전까지에 연달아 두어 차례나 급보가 들어 온 끝에 마침내 관공이 밤에 임저로 도망하다가 동오 장수에게 사로잡혀 끝끝내 절개를 굽히지 않고 부자가 다 화를 입었다는 보도가 들어왔다.

현덕은 듣고 나자 크게 외마디 소리를 한 번 지르고는 그대로 땅에 혼절해 버렸다.

> 그 옛날에 함께 죽자 맹세한 일 생각하니
> 내 어찌 오늘날에 홀로 살 수 있을쏘냐.

대체 현덕의 목숨이 어찌 되려는고.

풍질을 고치다가 신의(神醫)는 비명에 죽고
유명(遺命)을 전하고서 간웅은 세상을 버리다

| 78 |

한중왕은 관공 부자가 해를 입었다는 말을 듣고 그대로 울며
땅에 쓰러져 정신을 잃었는데 문무백관이 급히 구호해서 한참만
에야 겨우 깨어났다.

내전으로 부축해 들어가자 공명이

"왕상께서는 과도히 애통해하시지 마십시오. 예부터 이르기를
'죽고 사는 것이 명이 있다(死生有命)'고 하옵니다. 관공이 평일에
성질이 강하고 자긍이 심했던 까닭에 오늘날 이 화를 당한 것이오
니 왕상께서는 부디 옥체를 보중하셔서 서서히 보수(報讐)하시기
를 도모하시지요."

하고 권하니, 현덕이

"내가 관우·장비 두 아우로 더불어 도원에서 결의할 때 생사
를 같이하기로 맹세하였소. 이제 운장이 이미 죽었는데 내 어찌

홀로 부귀를 누린단 말이오.”

하고 말하는데, 말을 채 맺기 전에 문득 관흥이 통곡을 하며 오는 것을 보고 현덕은 크게 외마디 소리를 지르고는 또 땅에 혼절하여 버렸다.

여러 관원들이 구호해서 다시 깨어났으나 하루에 이처럼 울다가는 기절하기를 사오 차례나 하며 사흘 동안을 물 한 모금 마시지 않고 오직 통곡만 하니 눈물이 옷깃을 적셔서 얼룩진 자리마다 그대로 피가 된다.

공명이 여러 관원들로 더불어 재삼 좋은 말로 권하는데, 현덕이

“나는 동오와 맹세코 일월(日月)을 같이 못하겠소.”

하고 말해서 공명이

“근자에 들으매 동오가 관공의 수급을 조조에게 갖다 바쳤더니 조조가 왕후의 예로써 장사를 지냈다고 합니다.”

하니, 현덕이

“그것은 또 무슨 뜻이오.”

하고 묻는다.

“이는 동오에서 화를 조조에게다 옮기려 한 것이온데 조조가 그 꾀를 아는 까닭에 후한 예로 관공을 장사지내서 왕상으로 하여금 동오를 원망하시게 하자는 것입니다.”

듣고 나자 현덕이

“내 이제 곧 군사를 거느리고 가서 동오에 죄를 물어 내 한을 풀겠소.”

하니, 공명이

“그것은 옳지 않으십니다. 지금 오는 우리로 하여금 위를 치게

하고 위는 또한 우리로 하여금 오를 치게 하려 하며 저마다 흉계를 품고 틈을 엿보아 도모하려는 것이니, 왕상께서는 아직 군사를 동하시지 마시고 우선 관공을 위해 발상하시며 오와 위가 불화해지기를 기다리셔서 때를 타 치시는 것이 옳을 줄로 압니다."

하고 간할뿐더러 여러 관원들이 또한 재삼 좋은 말로 권해서 현덕은 그제야 상을 받아 입매를 하고 영지를 전해서 천중(川中)의 모든 장병들로 하여금 다 복을 입고 문상하게 하는데, 한중왕 자기는 몸소 남문 밖에 나가 초혼제를 지내고 종일을 통곡하였다.

한편 조조는 낙양에서 관공을 장사 지낸 뒤로 밤마다 눈만 감으면 곧 관공이 보이는 통에 마음에 심히 송구해서 여러 관원들에게 물으니, 관원들의 말이

"낙양 행궁의 전각들이 오래되어 요얼(妖孼)[1]이 많사오니 새로이 궁전을 이룩하시고 거하심이 옳을까 하나이다."

한다.

조조가

"내 새로 궁전을 짓고 이름을 건시전(建始殿)이라 하고 싶으나 좋은 장색(匠色)이 없는 것이 한이로군."

하는데, 가후가 있다가

"낙양에 좋은 장색으로 소월(蘇越)이라고 하는 자가 있사온데 가장 공교한 생각을 가지고 있다 하옵니다."

하고 말한다.

---

1) 요악한 귀신의 재앙.

조조는 그를 불러들여다가 새로 지을 궁전의 도본을 그리게 하였다.

소월이 구간대전(九間大殿)과 전후의 낭무(廊廡)[2]와 누각을 갖추 그려서 조조에게 바치자, 조조가 보고 나서

"네 그림이 매우 내 마음에 든다마는 다만 들보로 쓸 재목이 있을 것 같지 않구나."

하니, 소월이

"성 밖 삼십 리 되는 곳에 한 못이 있사온데 이름은 약룡담(躍龍潭)이옵고 그 앞에 사당 하나가 있사온데 이름은 약룡사(躍龍祠)이옵니다. 그 사당 바로 옆에 큰 배나무 한 그루가 있어 높기가 십여 장이나 되오니 족히 건시전 들보감이 될 수 있으리라 생각하옵니다."

하고 아뢴다.

조조는 크게 기뻐하여 즉시 장인들을 그곳으로 보내서 배어 오게 하였다.

그러나 이튿날 장인들이 돌아와서 보하는데, 그 나무가 톱으로 켜려도 톱날이 걸리지 않고 도끼로 찍어도 날이 들어가지 않아서 베어 낼 도리가 없다고 한다.

조조는 믿지 않고 친히 수백 기를 거느리고 바로 약룡사 앞으로 가서 말에 내려 그 나무를 쳐다보니 우뚝 솟은 모양이 흡사 화개(華蓋)[3] 같은데 바로 은하를 찌를 듯하고 도무지 굽은 마디 하나가 없이 쭉 뻗었다.

---

2) 익랑(翼廊), 월랑(月廊). 본채 주위에 있는 곁채.
3) 천자가 받는 일산(日傘).

128

조조가 어서 베라고 명하는데 촌 늙은이 삼사 명이 앞으로 나와서

"이 나무로 말씀하오면 이미 수백 년이 된 것이옵고 매양 신인(神人)이 그 위에서 사는 터이오니 베셔서는 아니 될까 보이다."

하고 간한다.

조조는 대로하여

"내 평생에 천하를 두루 다니기 사십여 년에 위로는 천자로부터 아래는 서인에게 이르기까지 나를 두려워 않는 사람이 없는데 이 어떤 요망한 귀신이기에 감히 내 뜻을 어기는고."

하고, 말을 마치자 차고 있던 칼을 빼어 손수 한 번 치니 쩡 하고 쇳소리가 나며 그리로부터 피가 뻗쳐서 조조의 전신을 피 칠갑을 해 놓았다.

조조는 악연히 놀라서 칼을 내던지고 말에 올라 바로 궁전으로 돌아와 버렸다.

이날 밤 이경이다.

조조가 누워서 자려 하나 마음이 불안해서 궁전 안에 앉아 있다가 서안을 의지해서 잠깐 잠이 들었는데, 홀연 한 사람이 머리 풀고 칼 들고 몸에 검은 옷을 입고 바로 면전에 와서 조조를 가리키며

"나는 바로 배나무 신령이다. 네가 건시전을 지으려는 것이 곧 찬역하려는 생각인데 내 신목을 베려 든단 말이냐. 네 수가 이미 다한 것을 내 아는 까닭에 특히 너를 죽이러 온 길이다."

하고 호령한다.

조조가 깜짝 놀라서

"무사는 어디 있느냐."

하고 급히 부르는데 검은 옷 입은 사람이 칼을 번쩍 들어서 조조를 찍으려 들어서 조조가 그만 외마디 소리를 버럭 지르고 문득 놀라 깨니 머리가 온통 쑤시고 아파서 견딜 수가 없다.

급히 영지를 전해서 널리 이름난 의원들을 구해다가 치료를 받아 보았으나 낫지를 않는다.

여러 관원들이 모두 근심 중에 있는데 화흠이 들어와서

"대왕께서는 혹시 신의 화타를 아십니까."

하고 묻는다. 조조가

"바로 강동 주태를 고친 사람 말이오."

하고 되물으니,

"그러하옵니다."

한다.

조조가

"비록 그 이름은 들었으나 아직 그 의술은 알지 못하오."

하고 말해서 화흠은 화타 이야기를 시작하였다.

"화타의 자는 원화로서 패국 초군 사람이옵니다. 그 의술의 신통하기란 세상에 드문 바로서 환자가 있으면 혹 약도 쓰고 혹 침도 놓고 혹 뜸도 뜨는데 그의 손만 가면 단번에 낫습니다. 만약 오장육부에 병이 있어서 약으로 고칠 수 없는 것은 먼저 마폐탕(麻肺湯)을 먹여 병자를 취해서 죽은 것처럼 만들어 놓고는 첨도로 배를 가른 다음에 약탕(藥湯)으로 그 장부를 씻어 내는데 병자가 조금도 고통을 느끼지 않는다 하옵니다. 다 씻어 낸 다음에 쨴 자리를 약선(藥線)으로 꿰매고 약을 붙여 두면 혹 한 달이나 혹 스무

날이면 곧 병이 나으니 그 신통하기가 이러하옵니다.

하루는 화타가 길을 가다가 한 사람이 신음하는 소리를 듣고 '이것은 음식이 내리지 않은 병이로군' 하여 물어보니 과연 그렇더랍니다. 화타는 그 사람에게 산제즙(蒜虀汁) 서 되를 먹였는데 그것을 먹더니 길이가 두어 자나 되는 뱀 한 마리를 토하고 곧 음식이 내려가더라고 하옵니다.

또 광릉태수 진등이 가슴이 답답하고 얼굴이 시뻘개 가지고 도무지 먹지를 못하게 되어 화타에게 치료를 청했더랍니다. 화타가 약을 주어서 그것을 먹고 벌레를 서 되나 토했는데 모두 대가리가 새빨간 것이 살아서 움질움질 하더라지요. 진등이 까닭을 물어서 화타는 '비린 생선을 많이 자시기 때문에 이 독이 생긴 것인데 오늘 병이 낫기는 하셨으나 삼 년 후에 반드시 재발할 것이고 그때는 고칠 도리가 없사오리다' 하고 말했는데 뒤에 진등이 과연 삼 년 있다 같은 증세로 작고하였다 하옵니다.

또 어떤 사람이 미간에 혹이 하나 생겼는데 가려워 견딜 수가 없어서 화타에게 보였더니, 화타 말이 '그 안에 나는 물건[飛物]이 들었소' 하여 사람들이 모두 웃었는데, 막상 화타가 칼로 쨌더니 황작(黃雀) 한 마리가 그 속에서 나와 날아가 버리자 병도 씻은 듯 나았다고 하옵니다. 또 한 사람은 개한테 발가락을 물렸는데 굳은살이 두 개가 나와서 하나는 아프고 하나는 가렵고 모두 참을 수가 없더랍니다. 화타가 보고 '아픈 쪽은 그 안에 비늘이 열 개가 들어 있고 가려운 쪽은 그 안에 검지 백지 바둑 두 개가 들어 있소' 하고 말하는데 아무도 그 말을 믿지 않았으나 화타가 칼로 쨌는데 보니까 과연 그 말과 꼭 같았다고 하옵니다.

이 사람이야말로 참으로 편작(扁鵲)[4]·창공(倉公)[5] 같은 사람으로서 지금 바로 금성(金城)에 있어 이곳에서 멀지 않사온데 대왕께서는 어찌하여 불러 보시지 않으십니까.”

조조가 곧 사람을 시켜 밤을 도와 가서 화타를 청해 오게 하여 맥을 짚어 병을 보게 하니, 화타가

“대왕의 두뇌가 쑤시고 아프신 것은 풍으로 인해서 일어난 것이라 병 근원이 뇌대(腦袋) 속에 들어 있사온데, 풍연(風涎)이 나오지 못한 까닭이니 탕약을 잡수시는 것으로는 고치실 수 없습니다. 제게 한 가지 법이 있사온데 먼저 마폐탕을 잡수신 연후에 잘 드는 도끼로 뇌대를 쩌개고 풍연을 빼내야만 비로소 병근을 뽑게 되어 골머리가 쑤시는 게 낫게 되오리다.”

하고 말한다.

듣고 나자 조조는

“네가 나를 죽일 작정이냐.”

하며 대로하였다.

화타가 말한다.

“대왕께서는 관공이 독전에 맞아서 오른팔을 상했을 때 제가 그 뼈를 긁어 독기를 치료하는 동안 관공이 조금도 두려워하는 빛이 없었다는 이야기도 듣지 못하셨습니까. 대왕의 병환은 대단치 않은 것인데 무얼 그리 의심하십니까.”

---

4) 중국 춘추시대의 이름난 의원으로서 성은 진(秦)이요 이름은 월인(越人)이다.
5) 중국 서한의 명의로서 성은 순우(淳于)요 이름은 의(意)다. 편작과 아울러 편창(扁倉)이라 하면 곧 명의라는 뜻으로 쓰이도록 둘이 다 의술이 고명했다고 전해지는 사람들이다.

조조는 더욱 노하여

"팔 상한 것쯤은 긁기도 하겠지만 뇌대야 어떻게 쪼갠단 말이냐. 네가 필시 관공과 정의가 두터운 까닭에 이 기회를 타서 관공의 원수를 갚으려는 게다."

하고 좌우를 불러서 그를 옥으로 잡아내리려다가 고문하게 하였다.

이것을 보고 가후가

"그러한 양의(良醫)는 세상에 짝을 구하기가 힘드오니 죽이지 마옵소서."

하고 간하였으나, 조조는

"이놈이 기회를 타서 나를 해치려 하니 바로 길평과 다를 것이 없어."

하고 꾸짖고 화타를 단단히 잡도리해서 직토(直吐)를 받아 내라고 영을 내렸다.

화타가 옥에 갇혀 있는데 이때 한 옥졸이 있었으니 성은 오(吳)가라 사람들이 모두 그를 '오 압옥(押獄)'[6]이라 부르는 터인데, 이 사람이 화타가 억울한 옥살이를 하는 것을 애석히 여겨 매일 주식을 마련해다가 화타를 공궤하였다.

화타는 그 은혜에 감격해서 그에게 말하였다.

"내 이제 죽게 되었는데 청낭서(靑囊書)[7]를 아직 세상에 전하지 못한 것이 한이오. 내 공의 후의에 감격하나 갚을 길이 없으매,

---

6) 옥쇄장이.
7) 푸른 주머니 속에 들어 있는 책이란 뜻으로, 화타가 가지고 있던 의서(醫書)를 말한다.

편지를 한 장 써 드릴 것이니 공은 사람을 내 집으로 보내서 편지를 전하고 청낭서를 받아오게 하시오. 내 그것을 공에게 드리겠으니 공은 부디 내 의술을 물려받으시오."

오 압옥이 크게 기뻐하여

"제가 만약 그 책을 얻고 보면 이 구실을 버리고 천하의 병자들을 치료해 주어 선생님의 덕을 전하도록 하겠습니다."
하고 말한다.

화타는 즉시 편지를 써서 오 압옥에게 주었다.

오 압옥이 바로 금성으로 가서 화타의 아내에게서 청낭서를 받아 가지고 옥으로 돌아와서 화타에게 보이니 화타는 그 책을 처음부터 끝까지 한 번 쭉 훑어보고 나서 오 압옥에게 내어 주었다.

오 압옥은 그 책을 받아 가지고 집으로 돌아가서 소중히 간직해 두었다.

그로써 한 열흘 지나 화타는 필경 옥중에서 죽고 말았다.

오 압옥은 관을 사서 장사를 지내 준 다음 구실을 내어 놓고 집으로 돌아왔다. 그는 이제부터 청낭서를 가지고 공부해 보자는 것이다.

그런데 집에 와 보니 아내가 바로 그 책을 불에다 넣어 사르고 있는 중이다.

오 압옥은 소스라쳐 놀라서 와락 달려들어 불 속에서 책을 끄집어내었으나 이미 다 타서 못 쓰게 되고 겨우 한두 장이 남았을 뿐이다.

오 압옥이 노해서 그 아내를 욕을 하니 아내가 하는 말이

"임자가 설사 의술을 배워서 화타만치 고명해진다 하더라도 필

경은 옥 속에서 죽게나 될 것이니 그 책을 뭣에다 쓴단 말이오."
한다.

　오 압옥은 길이 탄식하고 말았다.

　이로 인해서 청낭서는 세상에 전하지 않고, 소위 전한다는 것이
'엄계저(閹鷄猪)' 따위 하찮은 것인데 이는 바로 불에 타다 남은 한
두 장 속에 실려 있는 것이다.

　후세 사람이 탄식해서 지은 시가 있다.

　　　담을 뚫고 들여다보듯 뱃속 일을 환히 아니
　　　신령하다 화타 의술 장상군(長桑君)[8]에 비하련만
　　　애달프다 사람 죽자 방문마저 없어져서
　　　후인이 청낭서를 다시 얻어 못 보누나.

　이때 조조가 화타를 죽인 후에 병세는 더욱 침중하고 또 오 ·
촉의 일이 근심이 되어 우려 중에 있었는데 근신이 문득 아뢰되
동오에서 사자가 글을 가지고 왔다 한다.

　조조가 그 글을 가져 오라 하여 펴 보니 글 뜻은 대강 다음과
같다.

　신 손권은 천명이 이미 왕상께 돌아갔음을 안 지 오래오니 엎

---

8) 중국 고대의 양의(良醫)다. 전하는 말에, 편작(扁鵲)이 젊었을 때 객관을 관리하고
있었는데 장상군이란 사람이 들를 때마다 대접을 은근히 하였더니 장상군이 품속
에 간직해 두었던 약을 편작에게 내어 주고 약방(藥方)을 모두 일러 주어서 편작이
그 약을 먹은 지 삼십 일이 되자 담 뒤에 있는 사람이 보이게 되어서 병을 보매 환
자의 오장육부를 환히 들여다보고 고쳤다 한다.

드려 바라옵건대 빨리 대위(大位)를 바르게 하시고 장수를 보내셔서 유비를 초멸하시며 양천을 소평하시옵소서. 신이 곧 수하 무리들을 거느리고 땅을 바쳐 항복하겠나이다.

조조는 보고 나자 크게 웃고, 그 글을 여러 신하에게 보이며
"이 아이가 나더러 화로 위에 올라앉으라는군."
하고 말하였다.

시중 진군의 무리가 아뢴다.
"한실이 이미 쇠미한 지 오래옵고 전하의 공덕이 높고 높으셔서 만백성이 모두 우러러 바라는 바이온데 이제 손권이 칭신(稱臣)하고 귀순하오니 이는 하늘과 사람이 함께 응하는 것이요 사람은 다르나 소리는 같은 것이라 전하께서는 부디 응천순인(應天順人)하셔서 빨리 대위를 바르게 하옵소서."

조조가 웃으며
"내 한나라를 섬겨 오기 여러 해라 비록 공덕이 백성에게 미친 것이 있다고는 하나 위가 왕에 이르렀은즉 명작(名爵)이 이미 지극하다고 하겠는데 어찌 감히 더 바랄 것이 있겠소. 만일에 천명이 내게 있다고 하면 나는 주 문왕(文王)[9]이 되려 하오."
하니, 사마의가 있다가
"이제 손권이 이미 칭신하고 귀순하였으니 왕상께서는 벼슬을

---

9) 중국 은나라 때의 제후. 천하의 삼분의 이를 차지하고 덕망이 높았으나 자기는 끝까지 은나라를 섬겼고, 그 아들 무왕에 이르러 온 나라를 멸하고 비로소 주나라를 세웠으니, 조조의 자기는 주 문왕이 되겠다는 것은 곧 아들 조비가 천자의 위에 오를 것을 희망해서 한 말이다.

봉하시고 작을 내리셔서 유비를 막게 하시는 것이 좋을까 보이다."
하고 아뢴다.

조조는 그 말을 좇아서 천자에게 표주하고 손권으로 표기장군 남창후(南昌侯)를 봉하며 형주목을 거느리게 한 다음 그날로 사신에게 고명(誥命)[10]을 주어 동오로 가지고 내려가게 하였다.

조조의 병세는 점점 더해 갔다.

그러나 어느 날 밤 그는 말 세 필이 한 구유통에서 꼴을 먹고 있는 꿈을 꾸고 날이 밝자, 가후를 보고

"내 전일에 말 세 필이 한 구유에서 먹는 꿈을 꾼 일이 있어서 혹시 마등 부자가 화를 끼치려는 것이나 아닐까 의심했는데 이제 마등은 이미 죽었건만 간밤 꿈에 또 말 세 필이 한 구유에서 먹고 있는 꿈을 꾸었으니 대체 이게 무슨 조짐이오."
하고 물으니, 가후가

"녹마(祿馬)는 길조입니다. 녹마가 조(曹)[11]로 돌아왔는데 왕상께서는 의심하실 일이 무엇이오니까."
하고 아뢴다. 조조는 그 말을 믿어 다시 의심하지 않았다.

후세 사람이 지은 시가 있다.

한 구유에 세 필 말 일이 장히 괴이하다
이때 이미 진(晉)나라의 뿌리가 내렸던가.
간웅 조조가 꾀가 비상하다 해도

---

10) 관직을 임명하는 천자의 조서.
11) 조조의 성인 조(曹)가 구유통 조(槽) 자와 음이 같은 데서 한 말이다.

조반(朝班)에 사마사(司馬師)를 제 알아 못 보았구나.

이날 밤 조조가 침실에 누워 있는데 삼경이 되자 머리가 어지럽고 눈앞이 캄캄해진다.

일어나서 서안을 의지하고 엎드려 있노라니까 문득 전각 안에서 깁 찢는 것 같은 소리가 들려온다.

조조가 놀라서 눈을 들어 보니 복 황후와 동 귀인이며 두 황자와 복완·동승 등 이십여 인이 전신이 피투성이가 되어 운무 중에 서 있는데 은은히 목숨을 찾는 소리가 들리는 것이다.

조조는 급히 칼을 빼어 공중을 바라고 내리쳤다. 그 순간 벼락치는 소리가 나며 전각 서남편 한 모서리가 허물어진다. 조조는 놀라서 그대로 땅에 쓰러져 버렸다.

근시가 그를 구호해서 별궁으로 자리를 옮기고 병을 조리하는데, 이튿날 밤에 또 들으니 전각 밖에서 남녀들의 우는 소리가 그치지 않는다.

날이 밝자 조조는 여러 신하들을 불러들여

"내가 병마(兵馬) 속에서 지내 오기를 삼십여 년이나 하였으나 일찍이 괴이한 일을 믿지 않았는데 오늘은 어찌하여 이럴꼬."

하고 물었다.

여러 신하들이 아뢴다.

"대왕께서는 부디 도사(道士)에게 명하시어 초제(醮祭)를 지내게 하시고 하늘에 빌어 보시지요."

그러나 조조는 한숨을 지으며

"성인께서 이르시기를 '죄를 하늘에 얻으면 빌 곳이 없느니라'

하셨소. 내 천명이 이미 다하였는데 무슨 수로 구하겠소."

하고 드디어 초제 지낼 것을 허락하지 않았다.

이튿날 기운이 상초(上焦)[12]를 찔러서 눈이 전혀 보이지 않는다. 조조는 일을 의논하려고 급히 하후돈을 불렀다.

하후돈이 궁문 앞에 이르러 보니 문득 음운(陰雲)이 몽몽한 가운데 복 황후과 동 귀인이며 두 황자와 복완·동승의 무리가 서 있다.

하후돈은 깜짝 놀라 그 자리에 정신을 잃고 쓰러졌다. 좌우가 곧 부축해서 데려 내갔는데 하후돈은 이것이 빌미로 병을 얻고 말았다.

조조가 조홍·진군·가후·사마의 등을 함께 와탑(臥榻) 앞으로 불러들여서 후사를 당부하는데, 조홍의 무리가 머리를 조아리며

"대왕께서는 옥체를 보중하옵소서. 불일 내로 평복되실 것입니다."

하니, 조조가

"내가 천하를 종횡하기 삼십여 년에 군웅을 다 멸했으나 오직 강동의 손권과 서촉의 유비를 초멸하지 못하였소. 내 이제 병이 중하매 다시 경들과 서로 이야기하지 못하겠기에 특히 집안일을 부탁하는 바요. 내 장자 조앙은 유씨 소생인데 불행히 젊은 나이에 완성에서 죽었고, 이제 변씨가 사형제를 낳았으니 비·창·식·웅이라. 내가 평생에 사랑한 것이 셋째 아이 식이나 위인이 허황해서 성실한 품이 적고 또 술을 좋아하며 언행이 방종한 까

---

12) 사람의 육부(六腑)를 한방의에서는 삼초(三焦)라고 해서 상초, 중초, 하초의 셋으로 나누는데 상초는 가슴 위를 가리킨다.

닭에 세우지 않았고, 둘째 아이 창은 용맹은 하나 꾀가 없으며, 넷째 아이 웅은 병이 많아서 보전하기 어려운데 오직 큰아이 비가 사람이 돈후공근(敦厚恭謹)해서 가히 내 업을 이을 만하니 경들은 부디 잘 보좌해 주오."

하고 후사를 부탁한다.

조홍의 무리가 울며 명을 받고 밖으로 나가자 조조는 근시더러 평일에 감추어 두었던 명향(名香)을 여러 시첩(侍妾)들에게 나누어 주게 하고, 다시 그들에게 당부하되

"나 죽은 뒤에 너희들은 모름지기 여공(女工)을 부지런히 하며 사리(絲履)[13]를 많이 만들어 팔아서 돈을 벌어먹고 살도록 하여라."

하고, 또 여러 첩들에게 명하여 동작대 안에 있으면서 매일 제를 지내되 반드시 여기(女伎)들을 시켜서 풍류를 치게 하며 상식(上食)[14]을 올리라고 이르고, 또 유언하되

"창덕부(彰德府) 강무성(講武城) 밖에다 의총(疑塚)[15] 일흔두 개를 만들어 놓아 후세 사람이 나 묻힌 곳을 알지 못하게 하여라."

하니 이는 남이 제 무덤을 파헤칠까 두려워하기 때문이다.

부탁을 다 하고 나자 한 번 한숨을 길게 내쉬며 눈물이 비 오듯 하더니 조금 있다 숨을 거두고 말았다.

그의 수는 육십육 세요 때는 건안 이십오년 춘정월이다.

후세 사람이 「업중가(鄴中歌)」 한 편을 지어 조조를 탄식하였으

---

13) 비단으로 만든 신.
14) 상사 난 집에서 조석으로 영좌(靈座)에 음식을 차려 놓는 것.
15) 남이 시체를 발굴하는 것을 막기 위해서 어느 무덤에 정작 시체가 들어 있는지 모르게 하려고 만들어 놓은 가짜 무덤.

니 그것은 다음과 같다.

　　업(鄴)은 업성(鄴城)이요 물은 창수(彰水)로다
　　하늘이 내신 이인(異人) 이곳에서 일어나다.
　　웅대한 그 도략(韜略)에 그 시와 그 문장
　　그 부자 그 형제에 다시 또 군신이라.
　　영웅의 흉중이 속인과는 다르거든
　　출소 진퇴가 범인과 같을쏘냐.
　　공수(功首)와 죄괴(罪魁)가 사람이 둘 아니요
　　유취(遺臭)와 유방(流芳)이 본래가 한몸이라.
　　신령한 그의 문장 패기도 놀라우니
　　제 어찌 구차하게 무리 속에 들 것이랴.
　　태행산(太行山) 마주 보며 강을 끼고 대를 싸니
　　기(氣)와 이(理) 그 형세가 하나는 낮고 하나는 높다.
　　만일에 이 사람이 모반 곧 아니 하면
　　작게는 패(霸)가 되고 크게는 왕이 되리.
　　왕패를 할 사람이 아녀(兒女)되어 울음 우니.
　　불경한 그 심사를 홀로 억제 못하누나.
　　여색을 밝힘은 유익할 바 없지마는
　　명향을 나누어 준 일 무정타곤 못하리라.
　　슬프다 옛 사람의 하는 일이 크건 작건
　　적막하고 호화한 게 모두 뜻이 있는 것을.
　　서생(書生)은 경망되게 총중인(塚中人)을 시비하나
　　도리어 총중인은 서생을 비웃으리.

　조조가 죽자 문무백관이 모두 발상하고 일변 사람을 보내서 세자 조비와 언릉후 조창과 임치후 조식과 소회후 조웅에게 각각 상사 난 것을 보하였다.

그리고 그들은 조조의 시체를 금관은곽에 넣어서 밤을 도와 영구를 업군으로 가져왔다.

조비는 부친이 돌아간 것을 알자 방성통곡하고 대소 관원들을 거느리고서 성 밖 십 리에 나와 길에 엎드려서 영구를 맞아 성으로 들어가서 편전에 안치하였다.

모든 관원들이 다 복을 입고 전상에 모여서 곡을 하는데 문득 한 사람이 앞으로 썩 나서며

"세자께서는 곡을 그치시고 대사를 의논하도록 하십시오."

하고 말한다.

여러 사람이 보니 그는 바로 중서자(中庶子) 사마부(司馬孚)였다.

사마부는 말한다.

"위왕께서 붕어하셨으니 천하가 진동할 것입니다. 마땅히 사왕(嗣王)을 빨리 세워서 모든 사람의 마음을 안정시켜 주어야 할 터인데 어찌 곡만 하고 계신단 말이오니까."

여러 신하들이

"세자께서 마땅히 왕위를 이으셔야 하겠는데 다만 천자의 칙명을 얻지 못하였으니 어찌 경솔하게 행하겠소."

하고 말하니, 병부상서 진교가 나서서

"왕께서 외방에서 붕어하셨으니 사랑하는 아들이 사사로 서서 피차에 변이 생기고 보면 사직이 위태로울 것이오."

하고 드디어 칼을 빼어 도포 소매를 베어 버리고 소리를 가다듬어

"바로 오늘 세자께 청해서 왕위를 이으시게 하는 터이니 관원들 가운데 이의가 있는 자는 이 도포로 전례를 삼겠소."

한다.

백관은 모두 송구해하였다.

그러자 홀연 보하되 화흠이 허창으로부터 말을 달려왔다고 한다.

모든 관원들이 다 크게 놀라는데 얼마 안 있다 화흠이 들어와서 여러 사람은 그가 온 뜻을 물었다.

화흠이

"이제 위왕께서 붕어하시매 천하가 진동하는데 어찌하여 빨리 세자께 청해서 위를 이으시게 아니 하오."

하고 되묻는다.

그 말에 여러 관원들이

"아직 칙명이 내리지 않은 까닭에 지금 막 왕비 변씨의 자지(慈旨)[16]로써 세자를 세워 왕위에 오르시게 하려고 의논 중에 있소."

하고 말하는데, 화흠이

"내 이미 천자에게서 칙명을 받아 내어 여기 가지고 왔소."

한다.

여러 사람들이 모두 좋아하며 하례하자 화흠은 품에서 칙명을 꺼내 들고 읽었다.

원래 화흠이 위왕을 아첨해서 섬기는 까닭에 미리 이 조서를 초해 놓았다가 헌제를 위엄으로 핍박해서 내리게 한 것이니 천자는 하는 수없이 윤종해서 마침내 칙명을 내려 조비로 위왕을 봉하며 승상을 삼고 기주목을 거느리게 한 것이었다.

조비는 그날로 왕위에 올라 대소 관원들의 조하를 받은 다음

---

16) 임금의 어머니를 자성(慈聖) 혹은 자전(慈殿)이라 하는데, 자지는 곧 그가 내린 전교(傳敎)이다.

연석을 배설하여 경하하는데 홀연 보하는 말이 언릉후 조창이 장안으로부터 십만 대군을 거느리고 들어온다고 한다.

조비는 소스라쳐 놀라서 곧 여러 신하들을 보고

"노랑 수염 난 아우가 천성이 강하고 또 무예에 깊이 통했는데 이제 군사를 거느리고 멀리서 오는 것은 반드시 나와 왕위를 다투려는 것이라, 이 일을 어찌하면 좋겠소."

하고 물으니, 문득 계하에서 한 사람이 소리에 응해서 나오며

"신이 한 번 가서 언릉후를 만나 보고 한마디로 꺾어 놓겠사옵니다."

하고 말한다.

여러 사람들은 모두

"대부가 아니면 능히 이 화를 풀 사람이 없으리다."

하고 말하였다.

조비와 조창이 어쩌는가 한 번 보자
원담과 원상의 전례도 있었거니.

대체 이 사람이 누군고.

형이 아우를 핍박하니 조식은 시를 읊고
조카로서 삼촌을 함해하고 유봉은 처형을 당하다

| 79 |

조창이 군사를 거느리고 온다는 말을 듣고 조비가 놀라서 여러
관원들에게 묻는데 한 사람이 앞으로 썩 나서며

"제가 한 번 가서 설복하겠소이다."

하고 말해서 모두들 보니 그 사람은 곧 간의대부 가규(賈逵)다.

조비는 크게 기뻐하여 즉시 가규에게 명해서 가게 하였다.

가규가 왕명을 받들고 성에서 나가 조창을 맞는데, 조창이 그
를 보자 대뜸

"선왕의 새수는 어디 있소."

하고 묻는다.

가규는 정색을 하고 말하였다.

"집에는 장자가 있고 나라에는 세자가 계시니 선왕의 새수는
군후께서 물으실 바가 아니외다."

조창은 그만 묵연히 아무 말 못하고 마침내 가규와 함께 성으로 들어갔다.

궁문 앞에 이르자 가규는 한마디 묻는다.

"군후의 이번 길이 분상(奔喪)[1]하러 오신 것입니까, 그렇지 않으면 왕위를 다투러 오신 것입니까."

조창이

"내 분상하러 온 것이지 다른 뜻은 별로 없소."

하고 대답하니, 가규는 다시

"이미 다른 뜻이 없으시다면 무슨 까닭에 군사는 데리고 입성하시는 것입니까."

라고 물으니, 조창은 즉시 좌우의 장병들을 꾸짖어 물리치고 단신으로 궁중에 들어가서 조비에게 절하고 뵈었다.

형제 두 사람은 서로 얼싸안고 대성통곡하였다.

조창이 본부 군마를 모조리 조비에게 교할해 주니 조비는 그더러 언릉으로 돌아가서 지키고 있으라고 분부한다.

조창은 그를 하직하고 돌아갔다.

이에 조비는 왕위에 편안히 앉아 건안 이십오년을 고쳐서 연강(延康) 원년이라 하고, 가후를 봉해서 태위를 삼고 화흠으로 상국을 삼고 왕랑으로 어사대부를 삼고, 대소 관료들을 모두 벼슬을 높여 주며 상급을 내려 주었다.

조조의 시호(諡號)[2]를 무왕(武王)이라 하여 업군 고릉(高陵)에 장

---

1) 먼 곳에서 상을 당해 급히 집으로 돌아오는 것.
2) 돌아간 왕의 공덕을 칭송하는 아름다운 이름.

사지냈는데 우금을 시켜서 능역을 맡아 보게 하였다.

우금이 봉명하고 그곳에 이르러 보니, 능옥(陵屋) 안 백분(白粉) 벽상에 관운장이 강물을 터서 칠군을 함몰하고 우금을 사로잡은 사적을 그림으로 그려 놓았는데, 관운장은 엄연히 앉아 있고 방덕은 분노하여 굴하지 아니하며 우금은 땅에 엎드려서 살려 달라고 애걸하고 있는 형상이 낱낱이 그려져 있는 것이다.

이는 원래 우금이 싸움에 패해서 사로잡히자 죽어 절개를 온전히 하지 못하고 또 이미 적에게 한 번 항복했으면서 다시 돌아온 것을 조비가 마음에 아주 비루하게 생각하여, 먼저 사람을 시켜서 능옥 분벽(粉壁)에다 그처럼 그림을 그려 넣게 하고 고의로 그를 보내서 제 눈으로 보고 부끄럼을 알게 하려고 한 노릇이었다.

이때 우금은 이 화상을 보고 한편으로는 부끄럽고 한편으로는 분해서 마침내 울화병이 들어 얼마 안 있다 죽고 말았다.

후세 사람이 탄식해서 지은 시가 있다.

> 삼십 년래의 주종간 정리로
> 어쩌다 난에 임해 조씨에게 불충한고.
> 사람을 안다 해도 마음 알긴 어려우니
> 범을 그리려건 뼈부터 그릴진저.

한편 화흠은 조비에게 아뢰었다.

"언릉후는 이미 군마를 교할하고 저의 본국으로 돌아가 버렸사오나, 임치후 식과 소회후 웅의 두 사람은 종시 분상하러 오지 않으니 죄를 물으시는 것이 사리에 당연할까 하옵니다."

조비는 그 말을 좇아서 사자 둘을 내어 두 곳에 가서 각각 문죄하게 하였다.

하루가 못 되어 소회후에게 갔던 사자가 돌아와서

"소회후 조웅이 죄를 두려워하여 제 손으로 목을 매어 죽었사옵니다."

하고 보한다.

조비는 그를 후히 장사지내 주게 하고 소회왕(蕭懷王)을 추증하였다.

그로써 다시 하루가 지나서 임치후에게 갔던 사자가 돌아와서 보하는데

"임치후가 매일 정의(丁儀)·정이(丁廙) 두 형제와 술만 마시며 패만무례하온데, 사신이 왔다는 말을 듣잡고도 임치후는 그대로 자리에 앉아서 일어나려고도 아니 하오며, 정의가 있다가 신을 보고 '전일에 선왕께서는 본래 우리 주공으로 세자를 삼으려 하셨으나 참소하는 신하가 막아서 못하신 것인데, 이제 선왕 상사가 있은 지 얼마 안 되어 골육 간에 죄를 묻는 것은 무엇이냐' 하고 꾸짖사옵고, 정이는 또 '우리 주공께서 총명하시기가 세상에 으뜸이시니 당연히 대위를 계승하셔야만 하실 것인데 도리어 그렇지 못하셨으니 너희 묘당의 신하란 것들은 어째서 인재를 이처럼이나 몰라본단 말이냐' 하고 욕하옵는데, 임치후가 그만 노해서 무사를 꾸짖어 신을 난장질해 내어 쫓았사옵니다."

하고 아뢴다.

조비는 듣고 대로하여 즉시 허저에게 영을 내려서 호위군 삼천을 거느리고 급히 임치에 가서 조식 이하로 관련 있는 자들을 사

로잡아 오게 하였다.

허저가 봉명하고 군사를 이끌고서 임치성에 이르니 지키는 장수가 막고 들이지 않는다.

허저가 한 칼에 베어 버리고 바로 성중으로 들어가는데 누구라 한 사람 감히 나서서 그 앞을 막는 자가 없었다.

곧장 부당으로 들어가 보니 조식이 정의·정이의 무리로 더불어 모두 술이 만취해서 쓰러져 있다.

허저는 다 묶어서 수레에다 싣고 또 부중의 대소 관원들을 모조리 잡아서 업군으로 압령해다가 조비의 처분을 기다리게 하였다.

조비는 영을 내려서 우선 정의와 정이의 무리를 모조리 죽이게 하니, 정의의 자는 정례(正禮)요 정이의 자는 경례(敬禮)로서 패군 사람인데다 당시 이름난 문사라 그들이 처형당한 것을 보고 애석히 생각한 사람이 많았다.

이때 조비의 모친 변씨는 조웅이 목을 매어 죽었다는 소식을 듣고 서러워하기를 마지않던 중에 또 조식이 붙잡혀 오고 그의 일당 정의의 무리가 이미 참을 당했다는 말을 듣고 소스라쳐 놀라 급히 외전으로 나와서 조비더러 보자고 하였다.

조비가 모친이 외전에 나온 것을 보고 황망히 와서 배알하니 변씨는 울면서 그에게 말한다.

"네 아우 식이가 평생에 술을 좋아하며 기탄없이 구는데 이는 제 흉중의 재주를 믿기 때문에 그처럼 방종한 것이니 네 부디 형제간의 정리를 생각해서 그 목숨을 붙여 주면 내가 구천에 가서도 눈을 감겠다."

조비가 말한다.

"저도 그 재주를 깊이 사랑하는 터이온데 어찌 해칠 법이 있겠습니까. 이제 그 성품을 좀 경계하려 하는 것이니 모친께서는 근심하지 마십시오."

변씨는 눈물을 흘리며 안으로 들어갔다.

조비가 편전으로 나와서 조식을 불러들이는데, 화흠이 있다가

"지금 태후께서 전하께 자건을 죽이지 마시라고 권하신 것이나 아니오니까."

하고 묻는다.

조비가

"그렇소."

하고 대답하니, 화흠이 다시 입을 열어

"자건이 재주가 있고 꾀가 있어서 종시 '못 가운데 물건[池中物]'이 아니오니 만약에 빨리 없애지 않으신다면 반드시 후환이 되오리다."

한다.

조비가

"모후의 청을 어길 수는 없소."

하니, 화흠이 다시

"남들은 모두 자건이 입만 열면 글이 된다고 하옵는데 신은 아무래도 믿지 못하겠으니 주공께서는 불러들이셔서 재주를 한 번 시험해 보십시오. 그래서 만약에 못하거든 곧 죽이시고 또 만약에 과연 잘하거든 깎아 말씀하셔서 천하 문인들의 입을 봉해 버리십시오."

하고 일러 준다.

조비는 그러하기로 하였다.

조금 있다 조식이 들어와서 보이는데 황공해서 엎드려 절을 하며 죄를 청한다.

조비는 호령하였다.

"네가 나와 정(情)으로는 비록 형제나 의(義)로는 군신에 속했는데 네 언감 재주를 믿고 예를 우습게 안단 말이냐. 전에 선군께서 계실 때 네가 매양 문장을 가지고 남에게 자랑을 하더라마는 나는 암만해도 네가 남에게 대필을 해 받은 것으로만 생각이 든다. 그래 이제 내 네게 일곱 발자국 갈 동안을 한해서 시 한 수를 읊게 하는 터이니 과연 능히 하면 죽음을 면해 주려니와 만약 못하는 때는 종중(從重)[3]해서 죄를 다스리기로 하되 추호의 용서가 없으리라."

조식이 아뢴다.

"바라옵건대 제목을 내려 줍소사."

이때 마침 전상에 수묵화 한 폭이 걸려 있었는데 그림인즉 소두 마리가 토담 아래서 싸우다가 한 마리가 우물에 떨어져서 죽는 모양이 그려져 있는 것이었다.

조비는 손을 들어 그 그림을 가리키며

"네 이 그림으로 글제를 삼되 시 가운데 '두 소가 담 밑에서 싸웠네(二牛鬪墻下)나 한 마리가 우물 속에 빠져 죽었네(一牛殞井死) 같은 말은 일절 써서는 안 될 줄로 알아라."

---

3) 두 가지 죄가 함께 발각되었을 때 중한 죄를 따라서 처단하는 것.

하고 분부하였다. 조식은 힐긋 그림을 한 번 보고 걷기 시작하여 칠 보를 가자 시가 되니 그 시는 이러하다.

두 고깃덩어리가 함께 길을 가네	兩肉齊道行
머리 위에 얹힌 뼈는 휘어져 활 같구나.	頭上帶凹骨
흙덩이로 뭉쳐 놓은 산 밑에서 서로 만나	相遇凸山下
땅을 차고 일어나자 맞다들려 서로 친다.	欻起相搪突
두 적수 강한 품이 똑같지는 못하구나.	二敵不俱剛
한 고깃덩어리는 토굴에 자빠졌네.	一肉臥土窟
힘이 지쳐 누웠는가, 그런 것이 아니로세.	非是力不如
왕성한 그 기운을 다 뽑지 못했다네.	盛氣不泄畢

조비와 여러 신하들은 모두 놀랐다.

조비는 다시 말한다.

"칠 보에 글 짓는 것을 나는 오히려 더디다고 생각하니 네 능히 소리에 응해서 시 한 수를 지어 낼 수 있겠느냐."

조식은 아뢰었다.

"바라옵건대 제목을 내어 주십시오."

조비가 말한다.

"내가 너와 형제이니 이것으로 제목을 삼되 역시 형제란 말은 쓰지 못할 줄로 알아라."

조식은 별로 생각도 않고 곧 시 한 수를 구점(口占)[4]하니 그 시는 다음과 같다.

---

4) 즉석에서 시를 짓는 것을 말함.

콩대를 때서 콩을 삶으니	煮豆燃豆萁
가마 속에서 콩은 운다오.	豆在釜中泣
한뿌리에서 본시 났건만	本是同根生
어이 삶기가 이리 급하오.	相煎何太急

조비가 듣고 저도 모르게 눈물을 흘리니, 모친 변씨가 전각 뒤에서 나오며

"형이 어찌 아우를 이리도 심히 구느냐."

하고 책망한다.

조비는 황망히 자리에서 일어나며

"국법은 폐할 수가 없습니다."

하고 마침내 조식의 벼슬을 깎아서 안향후(安鄕侯)를 삼았다.

조식은 절하여 하직하고 말에 올라 떠났다.

조비가 대를 이어 왕위에 오른 뒤로 법령을 일신하게 해서 천자에게 위엄 부리기를 제 아비보다 심하게 한다.

세작이 이 일을 알아다가 성도에 보하니 한중왕은 듣고 크게 놀라 즉시 문무 관원들과 의논하였다.

"조조는 이미 죽고 조비가 대를 이었는데 위엄으로 천자를 핍박하기를 조조보다도 더 심하게 한다 하며 동오 손권이 공수하여 칭신했다 하니 내 먼저 동오를 쳐서 운장의 원수를 갚고 다음에 중원을 쳐서 난적을 없앨까 하오."

현덕의 말이 미처 끝나기 전에 요화가 반열에서 나와 땅에 엎드려 울며

"관공 부자가 해를 입은 것이 실로 유봉과 맹달의 죄이오니 부

디 이 두 도적을 죽여 줍소서."
하고 아뢴다.

현덕이 곧 사람을 보내서 사로잡아 오게 하려고 하니, 공명이
"그것은 불가하옵니다. 서서히 도모하시는 것이 좋지 급히 하시면 변이 생기니 이 두 사람을 승직시키셔서 군수를 삼아 각각 떼어 놓은 다음에 잡으시는 것이 가할까 하옵니다."
하고 간한다.

현덕은 그 말을 좇아 드디어 사자를 보내서 유봉을 승직시켜 면죽을 가서 지키게 하였다.

원래 팽양이 맹달과 교분이 심히 두터운 사이였는데 이 일을 알자 급히 집으로 돌아가서 편지를 써 가지고 심복인을 시켜서 맹달에게 전하게 하였다.

그러나 편지 가지고 가는 사람이 막 남문 밖에 나서자 마초 수하 순시군에게 잡혀서 마초 앞으로 끌려갔다.

마초는 이 일을 자세히 알아 가지고 그 길로 팽양을 찾아갔다. 팽양이 그를 맞아들여서 술대접을 하는데 술이 서너 순 돌자 마초는 한마디 건네어 보았다.

"전일에는 한중왕이 공을 심히 후하게 대접하더니 지금은 어찌해서 점점 박해 가오."

팽양은 술이 취한 김에 분노해서
"늙은 졸병 놈이 너무 도리를 모르니 내 반드시 앙갚음을 하고야 말겠소."
하며 욕을 한다. 마초는 다시

"나 역시 원한을 품은 지가 오래요."

라고 한마디 하니, 팽양이

"공은 본부 군사를 일으켜서 맹달과 손을 잡아 밖에서 일을 일으키면 내가 진중의 군사를 거느리고 내응할 것이니 대사를 가히 도모할 수 있으리다."

하고 말한다.

듣고 나자 마초는

"선생의 말씀이 심히 좋소. 우리 내일 다시 의논합시다."

하고 팽양을 작별하자 그 길로 곧 편지 가지고 가던 사람을 끌고 한중왕에게로 가서 편지를 바치고 전후수말을 자세히 고하였다.

현덕은 대로해서 즉시 팽양을 잡아다가 옥에 가두고 형장을 쳐가며 죄상을 물어보게 하였다. 팽양은 옥중에서 후회막급이었다.

현덕이 공명을 보고

"팽양이 모반할 생각을 가지고 있으니 어떻게 죄를 다스렸으면 좋겠소"

하고 물으니, 공명이

"팽양이 비록 미친 선비이기는 하지만 그대로 두어 두면 후일에 반드시 화를 지어 내고 말 것입니다."

하고 대답한다.

이에 현덕은 죽음을 내려서 팽양은 옥에서 죽었다.

팽양이 죽자 이 소식을 맹달에게 알려 준 사람이 있었다.

맹달이 크게 놀라서 어찌할 바를 몰라 하는데 문득 사자가 이르러 왕명을 전하고 유봉더러 면죽을 가서 지키라 하여 유봉은 떠나갔다.

맹달은 황망히 상용·방릉의 도위들인 신탐·신의 형제를 청해다 놓고

"내가 법효직과 한가지로 한중왕에게 유공(有功)한 사람인데 이제 효직은 이미 죽었고 한중왕이 내 전일의 공로는 생각지 않고서 도리어 해치려 드니 이 노릇을 어찌하면 좋소."

하고 의논하니, 신탐이 대뜸

"한중왕이 공에게 해를 가하지 못하게 할 계책이 하나 내게 있습니다."

하고 말한다.

맹달이 크게 기뻐하여

"어떤 계책이오."

하고 급히 물으니, 신탐은

"우리 형제가 위에 항복하려고 생각한 지가 오랩니다. 공은 표문 한 통을 써서 한중왕에게 올려 하직을 고하시고 위왕 조비에게로 가시면 조비가 필연 중용할 것입니다. 우리 두 사람도 뒤미처 가서 항복하겠습니다."

하고 말하는 것이다.

맹달은 맹연히 깨닫고 즉시 표문 한 통을 써서 성도에서 내려온 사자에게 주고 그날 밤에 오십여 기를 거느리고 위로 항복하러 갔다.

사자가 표문을 가지고 성도로 돌아가서 맹달이 위에 항복한 일을 한중왕에게 아뢰니 현덕은 대로하여 그가 올린 표문을 보았다.

표문의 내용은 다음과 같다.

156

신 달은 엎드려 생각하오매 전하께서 장차 이윤·여상의 업을 세우시며 제환·진문의 공을 따르려 하시고 대사를 처음으로 경륜하심에 오와 초의 세를 비시니 이로 하여 유위(有爲)한 선비들이 소문을 듣고 모두 전하께로 돌아왔나이다.

신이 전하께 귀순하온 뒤로 과실이 산 같아서 신도 오히려 스스로 알거든 하물며 전하께서 보시는 바오리까. 이제 왕조에 영특하고 준수한 무리가 구름처럼 모였사온바 신이 안으로는 보좌하올 그릇이 못 되옵고 밖으로는 장수의 재목이 못 되면서 공신의 열에 서 있으니 진실로 참괴하기 그지없나이다.

신이 듣사오매 범려(范蠡)⁵⁾는 기미를 미리 알아 오호에 배를 띄웠다 하옵고, 구범(舅犯)⁶⁾은 죄를 사례하여 황하 가로 떠돌아다녔다 하오니 대저 임금과 신하가 서로 만난 자리에 굳이 목숨을 빌어 물러남은 어인 까닭이오니까. 이는 거취를 깨끗이 하기 위함이온데, 항차 신은 한미한 몸으로서 나라에 큰 공훈도 세운 것이 없으면서 몸이 매어 있으매 옛날 어진 이들이 미리 생각하고 욕을 면하여 온 일을 은근히 사모한 바로소이다.

옛적에 신생(新生)⁷⁾은 효성이 지극했사오나 그 어버이에게 의

---

5) 춘추시대 초나라 사람. 월나라에 벼슬하여 월왕 구천과 함께 오나라를 쳐서 멸한 공로로 상장군이 되었으나, 그는 구천의 위인이 안락을 함께하기 어려운 것을 깨닫고 마침내 벼슬을 버린 다음에 변성명하고 오호(五湖)에 배를 띄워 마침내 종적을 감추고 말았다.

6) 춘추시대 초나라 사람. 진 문공을 따라서 국외로 망명해 다니기 십여 년이었는데, 그 뒤 귀국하게 되자 그는 진 문공이 자기의 공로는 잊어버리고 오직 과실만 마음에 품고 있는 것을 두려워해서 마침내 진 문공에게 죄를 사례한 다음 하직을 고하였다.

7) 춘추시대 진 헌공의 태자. 헌공의 총애를 받는 여희가 제 몸에서 낳은 아들 해제

심을 받았사오며, 자서(子胥)[8]는 충성을 다하고도 임금에게 죽음을 당하였고, 몽념(蒙恬)[9]은 국토를 크게 넓히고도 극형을 입었사오며, 악의(樂毅)[10]는 제(濟)나라를 깨뜨리고도 남의 참소를 만났으니 신은 매양 그 글을 읽을 때마다 일찍이 마음에 느꺼워 탄식하며 눈물짓지 않은 적이 없사온데 이제 제가 친히 그일을 당하오매 더욱 마음이 비감하여이다.

근자에 형주가 엎어지고 대신이 절개를 잃어서 백에 하나도 돌아온 것이 없으며 신이 구태여 일을 찾아서 스스로 방릉과 상용을 버리고 다시 살기를 도모하여 몸을 빼쳐서 밖으로 나가오니, 엎드려 바라옵건대 전하께서는 하해 같으신 성은으로 신의 심중을 어여삐 여기시며 신의 거동을 가엾이 보옵소서. 신은 진실로 소인(小人)이라 시종이 여일하지 못하여 온 바 이를 알면서 행하오니 어찌 죄가 아니라 하오리까.

신이 매양 듣사오니 '사귐을 끊으매 악한 소리가 없고 떠나는 신하는 원망하는 말을 아니 한다'고 하옵니다. 신의 잘못은 군자(君子)에게 가르침을 받으려 하옵거니와 바라옵건대 전하께서는 더욱 힘쓰소서.

(奚齊)를 세우려 하여 신생을 참소해서 헌공이 그 말을 믿고 그를 죽이려 하니 신생은 마침내 제 손으로 목숨을 끊고 말았다.
8) 춘추시대 초나라 사람으로 성은 오(伍)요 이름은 원(員)이다. 오왕 부차를 보좌하여 월나라를 크게 깨뜨렸으나 뒤에 간신의 참소를 입어 옥중에서 자살하고 말았다.
9) 진(越)나라의 대장. 북방을 정비해서 나라에 공로가 있었으나 뒤에 조고(趙高)의 미움을 받아서 자살하였다.
10) 전국시대 연(燕)나라 장수. 조(趙)·초(楚)·한(韓)·위(魏)·연(燕), 다섯 나라의 군사를 거느리고 제(齊)나라를 쳐서 칠십여 성을 항복 받아 연 소왕(昭王)은 그를 창국군(倉國君)으로 봉했는데, 소왕이 죽고 혜왕(惠王)이 서자 그를 냉대해서 악의는 마침내 조(趙)나라에 항복하고 말았다.

신은 실로 황공하와 몸 둘 바를 알지 못하나이다.

현덕이 보고 나자 대로하여
"필부가 나를 배반하면서 언감 글을 가지고 희롱하려 든단 말이냐."
하고 즉시 군사를 일으켜서 잡아 오게 하려고 하니, 공명이 있다가
"유봉더러 군사를 거느리고 나가라 하셔서 두 범이 서로 삼키게 하시는 것이 좋을까 봅니다. 그래서 유봉이 혹은 공이 있거나 혹은 패하거나 간에 반드시 성도로 돌아올 것이니 그때 곧 잡아 없애면 두 해를 한꺼번에 끊어 버릴 수가 있사옵니다."
하고 계책을 말한다.
현덕은 그 말을 좇아 드디어 사자를 면죽으로 보내서 유봉에게 왕명을 전하게 하였다.
유봉은 명을 받자 즉시 군사를 거느리고서 맹달을 사로잡으러 나갔다.

한편 조비가 마침 문무 관원들을 모아 놓고 일을 의논하고 있노라니까 문득 근신이 아뢰되
"촉장 맹달이 와서 항복을 드립니다."
한다.
조비는 그를 불러들여서
"네가 이번에 거짓 항복하러 온 것이나 아니냐."
하고 물으니, 맹달이
"신이 관공을 구하지 않아서 한중왕이 신을 죽이려 하오므로

죄를 두려워하여 항복하러 온 것이옵지 다른 뜻은 조금도 없사옵
니다.”

하고 아뢴다.

조비가 그래도 오히려 그를 믿지 못하는데 홀연 보하는 말이,
유봉이 오만 군을 거느리고 양양을 취하러 오는데 다만 맹달을
불러내서 시살하려 한다고 한다.

조비가 맹달에게

“네가 이미 진심이라면 곧 양양에 가서 유봉의 수급을 베어 오
너라. 그러면 내 믿겠다.”

하니, 맹달이

“신이 이해를 따져서 말하면 구태여 군사를 동하지 않고도 유
봉으로 하여금 역시 항복하러 오게 할 수가 있사옵니다.”

하고 아뢴다.

조비는 크게 기뻐하여 마침내 맹달을 봉해서 산기상시(散騎常侍)
건무장군(建武將軍) 평양정후(平陽亭侯)를 삼고 신성태수(新城太守)를
거느리게 하여 양양과 번성을 가서 지키게 하였다.

원래 양양에는 하후상과 서황이 먼저 와 있어서 바야흐로 상용
제부(諸部)를 쳐 뺏으려 하는 판이었다.

맹달이 양양에 당도하여 두 장수와 인사를 마친 다음에 유봉의
소식을 알아보니 성에서 오십 리 떨어진 곳에 하채하고 있다 한다.

맹달은 곧 편지 한 통을 써서 사자에게 주고 촉병 영채로 가지
고 가서 유봉에게 항복을 권하게 하였다.

유봉은 글월을 보고 대로하여

“이 도적놈이 우리 숙질의 의리를 그르쳐 놓더니 이번에는 우

리 부자 사이를 이간해서 나를 불충불효한 사람으로 만들어 놓으려고 하는구나."
하고, 드디어 맹달에게서 온 편지를 갈가리 찢고 그 사자를 베어 버렸다.

그리고 그 이튿날 유봉은 군사를 거느리고 앞으로 나가서 싸움을 돋우었다.

맹달은 유봉이 편지를 찢고 사자를 벤 것을 알자 발연대로해서 역시 군사를 거느리고 나와서 맞았다. 양편 군사가 서로 진 치고 대하자 유봉은 문기 아래 말을 세우고 칼을 들어 맹달을 가리키며
"나라를 배반하는 도적이 어찌 감히 미친 수작을 하느냐."
하고 꾸짖었다.

맹달이 대꾸한다.

"네 죽음이 당장 머리 위에 임박했는데 그래도 아직 모르고 있단 말이냐."

유봉은 대로해서 말을 몰아 칼을 휘두르며 바로 맹달에게로 달려들었다.

서로 싸우기 삼 합이 못 되어 맹달이 패해서 달아났다.

유봉이 적의 허한 틈을 타서 그대로 뒤를 몰아치는데 이십여 리나 갔을까 해서 문득 함성이 일어나며 복병이 일시에 일어나, 좌편에서는 하후상이 짓쳐 나오고 우편에서는 서황이 짓쳐 나오며 맹달이 또한 군사를 돌려서 다시 싸워 삼군이 협공한다.

유봉은 대패해서 달아났다. 밤을 도와 상용으로 돌아가는데 배후에서 위병들이 뒤를 쫓아온다.

유봉은 성 아래 이르자 문을 열라고 소리쳤다.

그러자 성 위에서는 어지러이 화살을 쏘아 내리며 신탐이 적루 위에 나서서

"나는 이미 위에 항복을 했다."

하고 외친다.

유봉은 대로해서 성을 치려 하였다. 그러나 배후에서는 추병이 가까이 들어오고 있다.

유봉은 그대로 버티고 있을 도리가 없어서 방릉을 바라고 말을 달렸다.

그러나 이르러 보니 성 위에는 이미 위의 기치가 죽 꽂혀 있고 신의가 적루 위에서 기를 한 번 휘두르자 성 뒤로부터 일표군이 나오는데 기 위에는 '우장군 서황'이라고 크게 씌어 있다.

유봉은 대적하지 못하고 급히 서천을 바라고 달아났다.

서황이 승세해서 그 뒤를 몰아친다.

유봉은 수하에 겨우 백여 기를 남겨 가지고 성도에 이르자 한중왕을 들어가 뵙고 땅에 엎드려 울면서 지난 일을 자세히 아뢰었다. 현덕은 노해서 꾸짖었다.

"욕된 자식이 무슨 낯짝을 들고 나를 다시 와 보느냐."

유봉이 아뢴다.

"숙부의 환난은 제가 구해 드리지 않은 것이 아니라 맹달이 못하게 했기 때문이올시다."

그 말에 현덕은 더욱 노하여

"네가 사람이 먹는 것을 먹고 사람이 입는 옷을 입으니 흙이나 나무로 만든 꼭두각시는 아니겠지. 어찌 참소하는 도적놈의 말을

들고 바른 일은 아니 했더란 말이냐."

하고 좌우에 명해서 끌어내어다 목을 베게 하였다.

한중왕은 유봉을 참한 뒤에야 맹달이 항복을 권해 왔을 때 유봉이 편지를 찢고 사자를 벤 사실을 알고 속으로 후회하기를 마지않았다.

그는 또 관공을 애통하는 나머지 병이 되어 이로 인해서 군사를 머물러 두고 동하지 않았다.

한편 위왕 조비는 왕위에 오르자 문무 관료들에게 모조리 벼슬을 올려 주며 상급을 내리고 드디어 갑병 삼십만 명을 거느리고 남으로 패국 초현에 내려가서 선영(先塋)[11]에 제사를 장하게 지냈다.

향리의 부로(父老)들이 떼를 지어 나와서 길을 막고 잔을 받들어 술을 올린다. 이것은 바로 한 고조가 패현에 돌아왔을 때의 고사를 본뜬 것이다.

그러자 대장군 하후돈의 병이 위중하다는 기별이 있어서 조비는 즉시 업군으로 돌아왔다.

그러나 하후돈은 이미 세상을 떠난 뒤다. 조비는 복을 입고 후한 예로 그의 장사를 지냈다.

이해 팔월 중에 사람들이 이르는 말이, 석읍현에는 봉황이 날아들고 임치성에는 기린이 나타나고, 그뿐이 아니라 업군에서는 황룡이 보였다고 한다.

이에 중랑장 이복(李伏)과 태사승 허지(許芝)는

---

11) 조상의 무덤.

"이 가지가지 상서(祥瑞)는 곧 위가 한을 대신할 조짐이니 수선 (受禪)하는 예를 갖추고 한제(漢帝)로 하여금 위왕께 천하를 물려드 리도록 하는 것이 좋겠소."

한다.

이렇게 의논을 정하고 드디어 화흠·왕랑·신비·가후·유이· 유엽·진교·진군·환계 등 일반 문무 관료 사십여 인과 함께 바 로 내전으로 들어가서 한 헌제에게 배알하고 위왕 조비에게 선위 하십사 하고 주청하였다.

위나라 사직이 장차 서려 하매
한나라 강산이 문득 옮겨지는구나.

대체 헌제가 무엇이라 대답을 할 것인고.

조비는 헌제를 폐하여 한나라를 찬탈하고
한중왕은 제위에 올라 대통을 계승하다

| *80* |

화흠 등 문무 제신이 궐내로 들어가서 헌제를 뵈옵는데 화흠이
나서서 아뢴다.

"엎드려 생각하옵건대 위왕이 위에 오른 뒤로 그 덕이 사방에
퍼지고 그 인자함이 만물에 미쳐서 고금을 통하여 비록 당(唐)·
우(虞)[1]라 할지라도 이에서 지나지는 못하올 듯, 이에 여러 신하
들이 모여서 의논하옵기를 한나라의 종사는 이미 끝났으니 폐하
께서 이제 요순의 도(道)를 본받으시어 산천과 사직을 위왕에게
물려주시면 위로는 천심에 합하며 아래로는 민의에 합하고 폐하
께서도 청한(清閑)한 복을 편안하게 누리실 수 있을 것이라, 조종
에 이만 다행이 없으며 생령에 이만 다행이 없으리라 하여, 신 등

---

1) 중국 상고시대의 제요도당씨(帝堯陶唐氏)와 제순유우씨(帝舜有虞氏) 두 왕조. 성
군의 치세로 알려져 있다.

이 의논을 정하옵고 이에 특히 들어와서 폐하께 주청하는 바로소이다."

헌제는 듣고 크게 놀라 반상(半晌)이나 말이 없다가 백관을 돌아보고 울며 말하였다.

"짐이 생각하매 우리 고조께오서 손에 삼척검을 드시고 참사기의하신 뒤로 진을 평정하시며 초를 멸하시고 기업을 세우시어 대대로 전하여 오기 사백 년이라. 짐이 비록 능하지는 못하나마 이제까지 아무런 허물이 없는 터에 어찌 조종의 대업을 차마 등한하게 버리리오. 경들 백관은 다시 한 번 공변되게 의논해 보도록 하라."

화흠은 이복과 허지를 앞으로 나오게 하고 다시 아뢰었다.

"폐하께서 만약에 믿지 못하시겠으면 이 두 사람에게 하문해 보옵소서."

이복이 아뢴다.

"위왕이 즉위한 이래로 기린이 내려오며 봉황이 날아들고 황룡이 출현하며 가화(嘉禾)²⁾가 울생하고 또한 감로(甘露)가 내리니, 이는 바로 상천이 상서를 보이셔서 위가 마땅히 한을 대신하게 될 징조인 줄로 아뢰오."

허지가 또한 아뢴다.

"신 등의 소임은 천문과 역수(曆數)³⁾를 맡아 보는 것이온바, 밤에 건상을 살펴보니 대한의 기수가 이미 다하여 폐하의 제성(帝星)⁴⁾

---

2) 좋은 벼라는 뜻. 좀처럼 보기 드물게 이삭이 큰 벼가 나면 옛날에는 이것을 상서로운 조짐으로 쳤다.
3) 운명(運命) 혹은 천명(天命)이라는 말과 같다.

은 숨어서 그 빛이 밝지 않사옵고, 위국의 건상은 천지로 더불어 무궁하여 이루 다 말씀할 수 없사옵니다. 거기다가 또 겸하여 위로 도참(圖讖)[5]에 응했으니 그 참어(讖語)[6]인즉 이러하옵니다.

<blockquote>
귀신은 가에 있고 맡길 위자 연했으니　　鬼在邊委柜連
한을 대신하리로다 말을 해 무엇 하리　　當代漢無可言
말씀은 동쪽에 말은 서쪽에　　　　　　　言在東午在西
해 둘이 함께 나와 위 아래로 옮기네.　　兩日並光上下移
</blockquote>

이로써 논하오면 폐하께서는 속히 선위(禪位)하심이 가하니, '귀신(鬼)은 가에 있고 맡길 위(委)자 연했으니'는 곧 '위(魏)'자이옵고, '말씀(言)은 동쪽에 말(午)은 서쪽에'는 바로 '허(許)'자, '해(日) 둘이 함께 나와 위 아래로 옮기네'는 또 바로 '창(昌)'자라, 이는 곧 위나라가 허창에서 마땅히 한나라의 선위를 받으리라는 말이오니 바라옵건대 폐하께서는 이를 살피시옵소서."

헌제가 듣고

"상서니 도참이니 하는 것이 다 허망한 일이거늘, 어찌 그러한 허망한 일을 가지고 갑자기 짐더러 조종의 기업을 버리라고 하는고."

하니, 이번에는 왕랑이 나서서

"자고로 흥함이 있으면 반드시 폐함이 있고 성함이 있으면 반드시 쇠함이 있는 법이니, 어찌 멸망하지 않는 나라가 있으며 패

---

4) 천자의 별.
5) 점(点)을 치는 책.
6) 예언(豫言).

망하지 않는 집안이 있사오리까. 한실이 전해 내려오기를 사백여 년이라 폐하의 대에 이르러 기수가 이미 다하였으니 일찍이 물러나 피하시고 공연히 의심하여 주저하지 마소서. 주저하여 때를 놓친즉 변이 일어나오리다."

하고 아뢴다.

헌제가 통곡하며 후전으로 들어가 버리니 백관은 웃고 물러나 간다.

그 이튿날 관료들은 다시 대전에 모여 환관을 시켜서 들어가 헌제를 청해 내오게 하였다.

천자가 두려워하여 감히 나가지 못하니 조 황후가 한마디 한다.

"백관들이 폐하께 조회를 받으시라 청하옵는데 폐하께서는 어이하여 이를 물리치시나이까."

헌제는 울며 말하였다.

"그대의 오라비가 찬위(簒位)하려 하여 백관을 시켜서 핍박하므로 그래 짐이 나가지 않노라."

조 황후가 듣고 크게 노하여

"우리 오라버니가 어찌하여 이런 대역부도한 짓을 하는고."

하고 말하는데 그 말이 채 끝나지 않아 조홍과 조휴가 칼을 차고 들어와서 천자더러 대전으로 나가시자 청한다.

조 황후는 큰 소리로 꾸짖었다.

"모두가 너희들 난적이 부귀를 도모해서 함께 부동이 되어 역모를 하기 때문이다. 우리 아버님은 그 공훈이 세상을 덮고 위엄이 천하를 진동했건만 그래도 제위를 엿보실 생각만은 감히 하지 못하셨는데 이제 우리 오라버니가 왕위를 이은 지 얼마 아니 되어 문득 찬탈할 생각을 품으니 황천이 반드시 저를 돕지 않으시리라."

조 황후는 꾸짖고 나자 통곡하며 내전으로 들어가니 좌우에 모시는 자들이 모두 흐느껴 운다.

조홍과 조휴는 그대로 헌제를 보고 대전으로 나가시자 굳이 청한다.

헌제가 핍박에 못 이기어 하는 수 없이 의대를 갈아입고 전전으로 나가니 화흠이 나서서 아뢴다.

"폐하께서는 부디 신 등이 어제 주달하온 의논을 좇으시어 큰 화를 면하도록 하소서."

천자는 통곡하며 말하였다.

"경들이 모두 한나라의 녹을 먹은 지 오래고, 그 가운데는 한조 공신의 자제들도 많이 있건만 어찌하여 이렇듯 신하로서는 차마 못할 짓을 하려 하는고."

화흠이 아뢴다.

"폐하께서 만약 여러 사람의 의논을 좇지 않으시면 당장에라도 지척에서 화가 일어나오리니 이는 신 등이 폐하에게 불충하기 때문이 아니외다."

헌제가 한마디

"뉘 감히 짐을 시(弑)하겠는고."

하자, 화흠이 목소리를 가다듬어

"폐하에게 인군의 복이 없으므로 해서 세상이 크게 어지러워진 것은 이미 천하가 다 알고 있는 일이오. 만약에 위왕이 조정에 계시지 않는다면 폐하를 시할 자가 어찌 한 사람뿐이리까. 그런데 폐하는 그 은혜를 알아 덕을 갚을 생각은 하지 않고 마침내 천하 사람들로 하여금 다 함께 일어나 폐하를 치게 하실 작정이시오."

하고 외친다.

천자가 깜짝 놀라 소매를 떨치고 자리에서 일어나는데 왕랑이 있다가 화흠에게 눈짓을 하였다.

화흠이 곧 앞으로 썩 나서더니 천자의 용포 자락을 한 손으로 덥석 잡으며

"허락하겠는가, 허락 아니 하겠는가. 어서 한마디로 말을 하오."

하고 사뭇 낯빛을 변해 가지고 말한다.

헌제가 떨며 대답을 못하는데 조홍과 조휴가 칼을 빼어 손에 들고 큰 소리로 불렀다.

"부보랑(符寶郞)[7]이 어디 있는고."

조필이 곧 소리에 응해서 나서며

"여기 있소."

하고 대답한다.

조홍은 그에게 옥새를 가져오라고 명하였다.

조필은 그를 꾸짖었다.

"옥새로 말하면 곧 천자의 보배거늘 어찌 함부로 가져오랄 법이 있을꼬."

조홍은 곧 무사들을 호령해서 그를 밖으로 끌어내어다가 목을 베게 하였다.

조필은 죽을 때까지 그 입에서 꾸짖는 소리가 그치지 않았다.

---

7) 천자의 부절(符節)과 인새(印璽) 등을 맡아 가지고 있는 관원.

후세 사람이 그를 칭찬해서 지은 시가 있다.

간신이 전권(專權)하매 한실은 망했구나.
당우(唐虞)를 본뜬다고 사특할 손 선위(禪位) 놀음.
만조한 문무백관 모두 위를 섬기거니
충신은 다만 한 명 부보랑뿐이었네.

헌제가 송구해서 떨기를 마지않으며 문득 전폐 아래를 내려다보니 몸에 갑옷 입고 손에 창 들고 쭉 늘어 서 있는 수백여 명이 모두가 위왕 수하의 군사들이다.

그는 울면서 여러 신하들에게 말하였다.

"짐이 천하를 들어 위왕에게 물려드리겠으니 부디 잔명(殘命)이나 부지해서 천년(天年)[8]이나 마치게 하여 주오."

허후가 아뢴다.

"위왕이 반드시 폐하를 저버리지 않사오리니 폐하께서는 속히 조서를 내리시와 모든 사람의 마음을 편안하게 하소서."

헌제는 하는 수 없이 진군에게 명하여 선위하는 조서를 초하게 한 다음에 화흠으로 하여금 조서와 옥새를 받들어 문무백관을 거느리고 바로 위 왕궁으로 가서 바치게 하였다.

조비가 크게 기뻐하며 조서를 열고 읽게 하니 그 조서의 내용인즉 대개 이러하다.

짐이 재위 삼십이 년간에 천하가 크게 어지러워 하마 뒤집힐

---

8) 본래 타고난 수명.

뻔하였으나 다행히 조종의 보우하심을 힘입어 자칫 위태로운 가운데 다시 보존함을 얻었도다.

그러나 이제 우러러 천상(天象)을 보고 굽어 민심을 살피매 한의 기수는 이미 다하고 행운이 조씨에게 있으니, 그러므로 전왕(前王)이 이미 신무(神武)의 공적을 세웠으며 금왕(今王)이 또한 명덕(明德)을 빛내어 그 기약에 응한 것이라, 역수가 소소하게 밝음을 가히 알리로다.

대저 대도(大道)를 행함에는 천하로 공(公)을 삼나니 당요(唐堯)가 그 아들에게 사(私)를 두지 않으므로 해서 그 이름을 천추만대에 전하게 된 것이라 짐은 마음에 은근히 이를 사모하거니와 이제 요임금의 본을 받아서 승상 위왕에게 선위하노니 왕은 이를 사양하지 말지어다.

조비가 듣고 나자 그 자리에서 조서를 받으려 하니 사마의가 나서서 간한다.

"아니 되십니다. 이제 비록 조서와 옥새는 이미 이르렀으나 전하께서는 한 번 표문을 올리시고 이를 사양하셔서 천하의 비방을 막으시도록 하셔야 하옵니다."

조비는 그의 말을 좇아서 왕랑을 시켜 표문을 짓게 하는데

"저는 덕이 박하니 달리 어진 사람을 구하셔서 천위(天位)[9]를 잇게 하소서."

라고 하였다.

---

9) 상제(上帝)에게서 받은 지위. 천자의 위.

헌제는 조비의 표문을 보고 마음에 심히 놀라고 또 의아하여 신하들을 돌아보며

"위왕이 겸손하니 이를 어찌하였으면 좋겠소"

하고 물었다. 화흠이 대답한다.

"옛적에 위 무왕이 왕의 작을 받을 때에도 세 번 사양하여 허락지 않으신 연후에 받았으니 이제 폐하가 다시 조서를 내리시면 위왕이 자연 윤종하오리다."

헌제는 하는 수 없이 이번에는 환계를 시켜서 조서를 쓰게 하여 고묘사 장음(張音)으로 절을 가지고 옥새를 받들어 다시 위 왕궁으로 가게 하였다.

조비가 조서를 읽게 하니 그 내용은 다음과 같다.

슬프다 위왕이여, 글을 올려 겸양하는도다.

짐이 가만히 생각하매 한나라의 도가 쇠퇴해 오기 날이 이미 오래더니 다행히 무왕 조가 부명(符命)[10]을 받아 신무(神武)를 크게 떨쳐 흉포한 무리를 소탕해서 천하를 태평하게 하고, 금왕비가 선왕의 유업을 이으매 지덕이 밝고 밝아 성교(聲敎)[11]는 사해를 덮고 인풍(仁風)[12]이 천하를 불었으니 하늘의 역수가 실로 그대에게 있도다.

옛적에 우순(虞舜)이 큰 공로가 스물이 있으매 방훈(放勳)[13]이

---

10) 천자가 될 사람에게 하늘로부터 내린 상서로운 조짐.

11) 천자의 위엄과 문교(文敎).

12) 어진 덕의 교화(敎化).

13) 제요도당씨(帝堯陶唐氏)의 이름.

그에게 천하를 물려주었으며, 대우(大禹)가 치수(治水)[14]한 공적
이 있으매 중화(重華)[15]가 제위(帝位)로써 물려주었으니 한(漢)이
요(堯)의 명운을 이어 성인의 길을 전할 의리가 있는지라, 영검
한 땅 신령에 순종하고 하늘의 명명(明命)을 받아 행어사대부 장
음으로 하여금 절을 가지고 황제의 새수를 받들게 하였으니 왕
은 받을지어다.

조비가 다시 조서를 접하고 마음으로 기뻐하면서도 한편 가후
를 돌아보고

"비록 두 차례 조서가 있었으나 그래도 종시 천하 후세에 과인
이 한나라를 찬탈했다는 악명을 면할 수는 없지 않겠나뇨."
하고 말하니, 가후가

"그것은 지극히 용이한 일이올시다. 다시 한 번 장음에게 새수
를 도로 가지고 돌아가라 명하신 다음에 한편으로 화흠에게 이르
셔서 천자로 하여금 대를 하나 쌓게 하시되 이름은 '수선대(受禪
臺)'라, 길일양진(吉日良辰)을 택해서 대소 공경을 모아 모두 대 아
래 이르게 한 다음, 천자로 하여금 친히 새수를 받들어 천하를 왕
상께 물려 드리게 하오면 바로 여러 사람들의 의혹을 풀 수 있을
것이요 따라서 뭇 사람들의 공론을 막을 수 있사오리다."
하고 꾀를 일러 준다.

조비는 크게 기뻐하여 즉시 장음으로 하여금 새수를 도로 가지
고 돌아가게 한 다음 다시 표문을 올려서 겸사하였다.

---

14) 하우씨(夏禹氏)의 '구년치수(九年治水)'를 일컫는다.
15) 제순유우씨(帝舜有虞氏)의 이름.

장음이 돌아가서 헌제에게 아뢰어서 헌제가 여러 신하들을 돌아보고

"위왕이 또 사양하니 그것이 무슨 뜻이오."

하고 물으니, 화흠이 나서서

"폐하는 대를 하나 쌓게 하시되 이름을 '수선대'라 하시고 공경과 서민들을 다 모으신 다음에 명백하게 선위를 하시고 보면 폐하는 자자손손이 위나라의 은혜를 입으시게 되오리다."

하고 아뢴다.

천자는 그 말을 좇아 곧 태상원(太常院)[16]의 관원들을 보내서 번양(繁陽)에 터를 잡아 삼층 고대를 쌓아 올리게 하고 시월 경오일로 날을 택해서 그날 인시에 선양하기로 하였다.

그날이 이르자 헌제가 위왕 조비를 대 위로 청해 올려서 선위를 받게 하는데 대 아래 모인 사람은 대소 관료들이 사백여 명에 어림호분금군(御林虎賁禁軍)이 삼십여 만이다.

천자가 친히 옥새를 받들어 조비에게 바쳐서 조비가 이것을 받자 대 아래 모든 신하들이 무릎들을 꿇고 책명(册命)[17]을 들으니 그 내용은 이러하다.

슬프다 위왕이여.

옛적에 당요가 우순에게 선위하고 순이 또한 우에게 전했으니 천명은 떳떳함이 없어 오직 덕이 있는 이에게 돌아갈 뿐이라.

한나라의 도가 차차로 쇠퇴하여 세상이 그 차서를 잃고 내려

---

16) 한나라 때 종묘의 의식(儀式)을 맡아 보던 관청.
17) 칙서(勅書)와 같다.

와서 짐의 몸에 이르르는 난이 크게 일어 흉패한 무리들이 반역을 자행해서 나라가 하마 엎어질 뻔하였더니 무왕의 신무를 힘입어 사방의 도적들을 무찌르고 구주를 태평하게 하여 우리 종묘를 보유하였으니 어찌 나 한 사람이 현재를 얻은 것이랴. 만천하가 모두 그 은혜를 받았다고 하리로다.

금왕이 유업을 이어 덕에 빛나고 문무의 대업을 넓히며 선대의 빛나는 공업을 밝히매, 하늘은 상서를 내리고 사람과 귀신은 징조를 고하니 모두 이르기를, 네가 헤아려 보아 능히 우순에 맞거든 우리 당의 전범을 좇아서 경건히 너의 위를 사양하라 하니, 아아, 하늘의 역수가 그대의 몸에 있으매 군은 삼가 대례를 좇아 만국을 받아서 삼가 천명을 잇도록 하라.

책명을 다 읽고 나자 위왕 조비가 곧 팔반대례(八般大禮)를 받고 황제의 위에 오르니 가후는 대소 관료들을 거느리고 대 아래서 조하를 드렸다.

연강 원년을 고쳐서 황초(黃初) 원년이라 하고 국호를 대위(大魏)라 하였다. 조비는 곧 책령을 내려서 천하를 대사(大赦)하고 아비 조조를 추존하여 태조 무황제(武皇帝)라 하였다.

화흠이 나서서

"하늘에는 두 해가 없고 백성에게는 두 임금이 없다고 하옵니다. 한제가 이미 천하를 내어 놓았으니 도리가 마땅히 번복(藩服)[18]으로 물러나 나가야 하오리다. 유씨를 어느 땅에다 안치(安置)하시

---

18) 천자가 있는 서울에서 가장 멀리 떨어진 지방.

려는지, 바라옵건대 성지를 내려지이다."

하고 아뢰고, 말을 마치자 헌제를 붙들어 대 아래에 꿇어앉힌 후 칙지를 받게 하였다.

조비가 칙지를 내려 헌제를 봉해서 산양공(山陽公)을 삼고 그날로 곧 떠나라 한다.

화흠은 칼을 들어 헌제를 가리키며 소리를 가다듬어 호령하였다.

"한 임금을 세우고 한 임금을 폐하는 것은 예부터 내려오는 떳떳한 길이라, 금상께서 인자하셔서 해를 가하시지 않으시고 그대를 봉하여 산양공을 삼으셨으니 오늘로 곧 떠나되 소명(召命)이 없으시면 입조하지 못할 줄로 알라."

헌제는 눈물을 머금고 절하여 사례한 다음 말 타고 떠났다. 대 아래에 늘어선 군사와 백성이 이를 보고 모두 마음에 애달파하기를 마지않는다.

조비가 신하들을 보고

"순·우의 일을 짐이 아는도다."

하고 말하니 모든 신하들은 다 만세를 불렀다.

후세 사람이 이 수선대를 보고 시를 지어 탄식하였다.

창업 중흥 그 신고가 엉키고 맺힌 강산
그 강산을 하루아침 남의 손에 떼인단 말가.
조씨는 당우 사적 본뜨노라 하였지만
뒷날에 사마씨가 제 본을 뜰 줄 몰랐구나.

백관이 조비에게 청해 천지(天地)에 사례하게 해서 조비가 바야흐로 절을 하려 하는데 홀연 수선대 앞에서 일진 괴풍(怪風)이 일어나더니 모래를 날리고 돌을 달리게 하며 그 급한 형세가 마치 소낙비 퍼붓듯 해서 얼굴을 마주 대하고도 서로 보지 못할 지경이라, 대 위의 촛불들이 이 통에 모조리 꺼지고 말았다.

조비는 너무나 놀라서 대 위에서 그대로 쓰러져 버렸다.

백관이 급히 구호해서 대 아래로 내려가 반상이나 하여서야 겨우 깨어나서 시신들의 부축을 받아 궁중으로 들어갔으나 수일 동안은 조회도 보지 못하였다.

뒤에 병이 좀 낫자 비로소 정전에 나가서 문무백관의 조하를 받고 인하여 화흠을 봉해 사도를 삼으며 왕랑으로 사공을 삼고 그 밖의 대소 관료들에게도 일일이 벼슬을 높여 주고 상을 내렸다.

조비는 아직도 병이 쾌히 낫지 않아서 이것은 혹시 허창 궁실에 요귀가 많기 때문이나 아닌가 의심하고 마침내 허창에서 낙양으로 행행(行幸)하여 궁전을 크게 이룩하였다.

이때 사람이 성도로 들어가서 보하기를 조비가 자립해서 대위황제가 되고 낙양에다 궁전을 이룩한다 하며, 또 전하는 말이 헌제가 이미 시해를 당했다고 하였다.

한중왕은 이 소식을 듣자 종일 통곡하고 영을 내려서 모든 관원들로 하여금 거상을 입게 하며 멀리 허창을 바라고 제를 지내고 헌제에게 시호를 올려서 '효민황제(孝愍皇帝)'라 하였다.

현덕은 이로 인하여 근심이 커서 마침내 병을 이루어 능히 정사를 보지 못하고 모든 정무를 다 공명에게 맡겨 버렸다.

공명은 태부 허정과 광록대부 초주를 보고, 천하에는 하루라도 임금이 없을 수 없으니 한중왕을 높여서 황제로 모시자는 의논을 내었다.

초주가 있다가

"근자에 상서로운 바람[祥風]과 경사스러운 구름[慶雲]의 좋은 조짐이 있으며 성도 서북쪽에 황기(黃氣) 수십 장이 하늘을 찔러 일어나고, 또 제성(帝星)이 필(畢)·위(胃)·묘(卯)[19]의 분야에 나타나는데 그 휘황하기가 마치 달과 같으니 이는 바로 한중왕께서 황제의 위에 오르시어 한나라의 대통을 이으실 조짐입니다. 다시 무엇을 의심하오리까"

하고 말한다.

이에 공명은 허정으로 더불어 대소 관료들을 거느리고 들어가서 표문을 올리고 한중에게 황제의 위에 나아가십사 하고 청하였다.

한중왕이 표문을 보고는 크게 놀라서

"경 등은 과인을 불충불효한 사람으로 만들려는가."

하고 말한다.

공명은 아뢰었다.

"그런 것이 아니옵니다. 조비가 한나라를 찬탈하고 스스로 제위에 올랐사온데, 주상께서는 곧 한실의 묘예시니 이치가 마땅히 대통을 계승하시어 한나라의 종사를 보유하셔야 하옵니다."

그 말에 한중왕은 갑자기 역정을 내서 낯빛을 변하며

"과인이 어찌 역적의 하는 짓을 본받을꼬."

---

19) 필·위·묘는 모두 이십팔 수 가운데 있는 성좌이다.

하고 즉시 소매를 떨치고 일어나서 후궁으로 들어가 버렸다. 모든 관원들은 다 흩어져 돌아갔다.

그로써 사흘이 지나 공명은 다시 모든 관원들을 거느리고 들어가서 한중왕을 청해 내어 모두 그 앞에 부복하였다.

허정이 나서서 아뢰었다.

"이제 한 천자께오서 이미 조비의 손에 시해를 당하셨으니 왕상께서 곧 즉위하시어 군사를 일으키시어 역적을 치시지 않는다면 이는 충의라 말씀할 수 없사옵니다. 지금 천하에 왕상께서 제위에 오르시어 효민황제의 한을 푸시기를 원하지 않는 자가 없사온데, 만약에 왕상께오서 신 등의 의논하온 바를 윤종하시지 않는다 하오면 이는 백성의 소망을 잃으시는 것이옵니다."

한중왕은 듣지 않는다.

"과인이 비록 경제의 현손이라고는 하나 아직 아무런 덕택도 백성에게 펴지 못하였으니 이제 일조에 자립해서 제위에 오른다 하면 찬탈하는 것과 무엇이 다르다 하리오."

공명은 여러 차례나 간곡하게 권하여 보았다. 그러나 한중왕은 종시 고집하고 듣지 않는다.

이에 공명은 한 계교를 생각해 내고 모든 관원들에게

"이러이러하게 하라."

하고 말을 이른 다음에 병을 칭탁하고 나가지 않았다.

한중왕은 공명의 병이 위독하다는 말을 듣고 친히 부중에 이르러 바로 공명이 누워 있는 와탑 앞으로 가서

"군사는 무슨 병을 앓으시오."

하고 물었다.

공명이 대답해 아뢴다.

"근심이 가슴에 가득 차서 불같이 타니 아무래도 신의 목숨이 오래지는 않을까 하옵니다."

한중왕은

"대체 군사가 근심하는 것이 무엇이오."

하고 연하여 두어 차례나 물었다. 그러나 공명은 오직 병이 위중하다는 것을 핑계 삼아 눈을 감은 채 대답을 하지 않는다.

한중왕이 부디 말을 하라고 다시 재삼 청하자 그제야 공명은 위연히 탄식하고 말하였다.

"신이 초려를 나온 뒤로 대왕을 만나 오늘에 이르기까지 모시고 지내는 동안에 신의 말씀은 모두 들어주셨으며 신의 계책은 모두 써 주셨습니다. 오늘날 대왕께서 다행히도 양천의 땅을 가지시게 되셨으니 이는 바로 지난날 신이 예언했던 바와 같사옵거니와 지금 조비가 천자의 위를 찬탈하여 한실의 종사가 끊어지려 하므로 문무 관료들이 오직 대왕을 받들어 천자로 모신 후에 위나라를 멸하고 유씨를 일으켜 한가지로 공명을 도모하려 하옵는데, 뜻밖에도 대왕께서 군이 고집하시고 윤종하지 않으시니 모든 관원들이 다 원망하는 마음을 가져 머지않아 반드시 다 흩어지고 말 형편이라, 만약에 문무 관료가 모두 흩어진 뒤 오와 위가 쳐들어온다면 양천을 보전하기 어려울 것이니 신이 어찌 근심하지 아니 할 수 있사오리까."

한중왕이 말한다.

"내 군이 마다기보다도 천하 사람들의 공론을 두려워할 뿐이오."

공명은 다시 아뢰었다.

"성인께서도 '이름이 바르지 않으면 말이 순하지 않다' 하셨거니와 이제 대왕께서는 명정언순(名正言順)하신 터에 또 무슨 공론이 있으리라고 그러시나이까. '하늘이 주시는 것을 취하지 않으면 도리어 그 앙화를 받는다'는 말씀도 듣지 못하셨습니까."

그제야 한중왕이

"군사의 병이 낫기를 기다려서 하더라도 늦을 것은 없을까 하오."

하고 말하는데, 공명이 그 말을 듣고 나자 와탑 위에서 벌떡 일어나 손으로 병풍을 한 번 치니 밖으로부터 문무 제신이 모두 들어와서 땅에 절하고 엎드려서

"왕상께서 이미 윤허하셨으니 청컨대 곧 길일을 택하시어 대례를 행하시옵소서."

하고 아뢴다.

한중왕이 보니 그들은 곧 태부 허정, 안한장군 미축, 청의후 향거, 양천후 유표, 별가 조조, 치중 양홍, 의조 두경, 종사 장상, 태상경 뇌공, 광록경 황권, 제주 하종, 학사 윤묵, 사업 초주, 대사마 은순, 편장군 장예, 소부 왕모, 소문박사 이적, 종사랑 진복 등의 무리이다.

한중왕은 놀라서

"과인을 불의에 빠뜨리는 것은 모두 경들이로다."

하고 말하였으나, 공명은 곧

"왕상께서 신 등의 주청하온 바를 이미 윤허하셨으니 바로 대를 쌓고 길일을 택하여 공손히 대례를 행하심이 가할까 하나이다."

하고 아뢰고 즉시 한중왕을 배웅하여 환궁하게 한 다음, 한편으로 박사 허자와 간의랑 맹광으로 하여금 대례를 주관하게 하여

성도 무담(武擔) 남쪽에 대를 쌓았다.

모든 준비가 다 되자 백관이 난가를 정비해 가지고 가서 한중왕을 맞아다가 단에 올라 제를 지내게 하는데, 초주가 단상에서 소리를 높여 제문을 낭독하니 그 내용은 이러하다.

유(惟) 건안(建安) 이십사년 사월 경오 삭(朔) 월(越) 십이일 정사(丁巳)에 황제 비는 감히 황천후토에 밝히 고하옵나니, 한이 천하를 가지매 역수가 무궁하와, 예전에 왕망이 나라를 찬탈하였으나 광무 황제께오서 진노하시고 이를 주멸하시매 사직이 다시 보존되었나이다.

이제 조조가 제 병력을 믿고 잔인함을 행하며 주후(主后)[20]를 시해하여 그 죄악이 하늘에 찬 중에 조의 아들 비가 다시 흉역을 마음대로 하며 가만히 제위에 오르니, 비의 군하장사(羣下將士)[21]들이 모두 말하기를, 한나라의 종사가 그쳤으니 비가 마땅히 그 뒤를 받아야 하며, 이조의 업을 이어 몸소 천벌(天罰)을 행함이 옳으리라고 하나이다.

그러나 비는 덕이 없사오므로 천자의 위를 욕되이 할 것을 저어하여 일반 서민이며 밖으로 하향군장(遐鄕君長)[22]들에게 널리 물어보오매 모두들 이르기를, 천명은 가히 이에 응하지 않을 수 없으며 조업(祖業)[23]은 가히 이를 오래 폐하지 못할 것이며 사해

---

20) 황후. 여기서는 조조가 시해한 복 황후를 가리켜서 하는 말.
21) 신하와 장수와 군졸.
22) 하향은 먼 시골 또는 서울에서 멀리 떨어진 지방이며, 군장은 지방 관원 혹은 추장(酋長)을 말한다.
23) 조상 때부터 전하여 오는 가업(家業). 여기서는 한 고조가 창조하고 광무제가 중

는 가히 그 임금이 없어서는 아니 되리라 하와 국내의 여망(輿
望)이 비 한 사람에게 있사옵기로,

　비는 하늘의 명명(明命)을 어려워하고 또 고 황제와 광무 황제
의 업이 장차 땅에 떨어질 것을 두려워하여 삼가 길일을 택해서
단에 올라 제를 지내서 고하옵고 황제의 새수를 받아 사방을 어
루만져 다스리려 하오니, 바라옵건대 신령은 한실에 복을 내리
시옵고 길이 변방에 이르기까지 평안히 해 주옵소서.

　제문을 읽는 것이 끝나자 공명은 모든 관원들을 거느리고 공손
히 옥새를 받들어 올렸다.

　현덕이 받아서 단상에 고이 놓은 다음에

　"비는 재주도 덕도 없으니 청컨대 따로 재덕이 있는 사람을 가
려서 이를 받게 하오."

하고 다시 재삼 사양한다.

　공명은 아뢰었다.

　"왕상께서는 사해를 평정하셨고 공덕이 천하에 뚜렷하실뿐더
러 또한 대한 종파시니 마땅히 정위(正位)에 나아가실 만하옵고
더욱이 이미 제를 지내시고 천신에게 고하고 나신 터에 새삼스러
이 무엇을 다시 사양하시나이까."

　문무백관이 모두 만세를 부르고 배무(排舞)하는 예를 마치자 연
호를 고쳐서 장무(章武) 원년이라 하고, 왕비 오씨를 책립하여 황
후를 삼으며 장자 유선으로 태자를 삼고, 차자 유영을 봉해서 노

─────────────

　흥한 한나라의 기업(基業)을 말한다.

184

왕(魯王)을 삼으며 유이로 양왕(梁王)을 삼고, 제갈량을 봉해서 승상을 삼으며 허정으로 사도를 삼고, 대소 관료들도 일일이 벼슬을 높여 주고 상을 내리며 천하에 대사령(大赦令)을 펴니 양천 군사와 백성으로서 기뻐하지 않는 자가 없다.

그 이튿날이다.

조회를 베풀어 문무 관료들이 배례를 마치고 양반(兩班)으로 나뉘어 늘어서자 선주(先主)가 조서를 내려,

"짐이 도원에서 관·장과 결의하고 생사를 한가지로 하기로 맹세한 터에 불행히 큰아우 운장이 동오 손권의 손에 죽었으니 만약에 원수를 갚지 않는다면 이는 맹세를 저버림이라. 짐은 경국지병을 일으켜 동오를 치고 역적을 사로잡아 이 한을 풀려 하노라."

하고 말하는데, 그 말이 미처 끝나지 않아서 반별 안으로부터 한 사람이 나와 계하에 배복하며

"그것은 아니 되옵니다."

하고 간한다.

선주가 보니 곧 호위장군 조운이다.

아직 천자는 기병도 하기 전에
앞질러 신하가 직언을 드리누나.

자룡의 간하는 바가 무엇인고.

형의 원수를 급히 갚으려다 장비는 해를 입고
아우의 한을 풀려고 현덕은 군사를 일으키다

| *81* |

　선주가 군사를 일으켜서 동오를 치려 하니 조운이 나서서 간
한다.
　"국적은 바로 조조요 손권이 아니옵니다. 이제 조비가 한나라
를 찬탈하오매 하늘과 사람이 한가지로 노하는 터이라 폐하께서
는 빨리 관중을 도모하도록 하시되 군사를 위하 상류에 둔쳐 놓
으시고 역적을 토벌하실 말이면 관동의 의사(義士)들이 반드시 양
식을 싸 가지고 말을 채찍질해서 왕사(王師)[1]를 맞으려니와, 만약
에 위를 버려두시고 동오를 치셔서 병세가 한 번 어우러지고 보
오면 갑자기 풀리지 못할 것이오니 바라옵건대 폐하께서는 이를
살피시옵소서."

---

1) 천자의 군대.

그러나 선주는 말한다.

"손권이 짐의 아우를 해쳤고 또한 부사인과 미방이며 반장과 마충이 모두 짐의 이가 갈리는 원수들이라 그 살을 씹어 삼키고 삼족을 다 멸해야만 비로소 짐의 한이 풀리겠는데 경은 어찌하여 막는고."

조운은 다시

"한나라의 원수는 공(公)이옵고 형제의 원수는 사(私)이오니 바라옵건대 폐하께옵서는 부디 천하를 중히 아시옵소서."

하고 간하였다.

그러나 현덕은

"짐이 아우를 위해서 원수를 갚지 않는다 하면 비록 만 리 강산을 가졌기로 대체 무슨 귀할 것이 있으리오."

하며 드디어 조운의 간하는 말을 듣지 않고 영을 내려서 군사를 일으켜 동오를 치기로 하는데, 오계(五谿)²⁾로 사신을 보내서 번병(番兵) 오만 명을 빌려 책응(策應)하게 하며, 한편으로는 낭중으로 사람을 보내서 장비의 벼슬을 높여 거기장군 영사예교위 서향후 겸 낭중목을 삼았다.

사신은 조서를 받들고 떠났다.

한편 장비는 낭중에서, 관공이 동오 손에 죽었다는 소식을 듣고 밤낮으로 통곡하니 피눈물이 옷깃을 다 적셔 놓는다.

여러 장수들은 그에게 술을 권해서 그의 마음을 풀어 주려고도

---

2) 지명.

하여 보았다.

그러나 술이 취하면 장비는 노기가 더욱 대발해서 장상장하에 조금이라도 자기 비위에 거슬리는 짓을 한 자가 있으면 곧 아프게 매질을 했다.

그래서 그중에는 매를 너무 맞아서 죽는 자까지도 적지 않게 있는 형편이었다.

이렇듯 그는 매일같이 눈을 부릅뜨고 남쪽을 노려보며 이를 북북 갈고 통분해하면서 목을 놓아 통곡하기를 마지않던 중에 문득 칙사가 내려 왔다는 말을 듣고 그는 황망히 나가서 이를 영접해 들였다.

천자의 조서를 받들어 읽고 장비는 북향 사배해서 벼슬을 받은 다음에 그 길로 연석을 배설하여 칙사를 대접하는데 장비는 사신을 향하여

"우리 형님이 해를 입으셨으매 그 원한이 바다처럼 깊은 터에 조정의 신하들은 어찌하여 빨리 군사를 일으키시라고 천자께 상주하지 않는 것이오."

하고 한마디 물었다.

그 물음에 사자는

"우선 위부터 멸하고 다음에 오를 치도록 하시라고 권하는 사람들이 많습니다."

하고 대답하였다.

장비는 듣고 노해서

"그게 대체 웬 말이오. 옛날에 우리 세 사람이 도원에서 결의할 때 생사를 같이하기로 맹세한 터에 이제 불행히 둘째 형님이 중

도에서 돌아가셨는데 내 어찌 홀로 부귀를 누릴 수 있단 말이오. 내 마땅히 천자를 가서 뵈옵고 전부 선봉이 되어서 복을 입고 동오를 치기로 하되 역적을 생금해서 둘째 형님 영전에 바쳐 지난 날의 맹세를 저버리지 않겠소."

하고 마침내 사자와 함께 성도를 바라고 올라왔다.

이때 선주는 날마다 친히 교장에 나가서 군마를 조련하며 기일을 정해서 군사를 일으켜 어가 친정하려 하고 있었다.

이것을 보고 만조 공경들이 모두 승상 부중으로 가서 공명에게

"이제 천자께서 처음으로 대위에 오르신 터에 친히 군사를 거느리시고 나가려 하시니 이는 사직을 중히 여기시는 바가 아닐까 보이다. 그런데 승상은 국가의 추기(樞機)를 장악하고 계신 몸으로 어찌하여 사리를 밝혀 천자를 간하려 아니 하십니까."

하고 말하였다.

공명은

"내 여러 차례 간곡히 말씀을 올렸건만 종시 윤종하시지 않소그려. 오늘은 여러분이 나를 따라 함께 교장으로 들어가서 말씀을 올려 보십시다."

하고 그 길로 백관을 거느리고 천자께 가서 아뢰었다.

"폐하께오서 처음으로 보위에 오르셨으니 만일에 북으로 한나라의 역적을 치셔서 대의를 천하에 펴려 하시는 것이오면 친히 육사(六師)[3]를 통솔하시고 나가시는 것도 가하려니와, 단지 오를 치

---

3) 천자의 육군(六軍).

려 하시는 것이면 한 상장에게 명하시어 군사를 거느리고 가서 치게 하시면 될 일이온데 구태여 성가(聖駕)를 수고로이 하실 일이 무엇이오니까."

선주는 공명이 그처럼이나 간곡히 간하는 것을 보고는 적이 마음을 돌렸다.

그러자 홀연 장비가 왔다고 보한다. 선주는 급히 그를 불러들였다. 장비는 연무청에 이르러 절하고 땅에 엎드리자 선주의 발을 껴안고 울었다.

현덕이 따라서 우니 장비가

"폐하께서 오늘날 인군이 되시자 벌써 도원의 맹세를 잊으셨습니까. 둘째 형님의 원수를 어째서 갚으려 안 하십니까."

하고 아뢴다.

현덕이

"여러 관원들이 간하고 막는 까닭에 내 감히 경솔하게 동하지 못하고 있는걸세."

하고 답하니, 장비는

"다른 사람들이 우리 옛날 맹세를 어떻게 알겠습니까. 만약에 폐하께서 가시지 않는다면 신이 이 몸을 버려 둘째 형님을 위해서 원수를 갚겠습니다. 그래서 만약에 갚지 못하는 때에는 신은 차라리 죽어 버리옵지 다시 폐하를 뵙지는 않을 작정입니다."

한다.

이에 선주는

"짐이 경과 함께 가겠네. 경은 본부 군사를 거느리고 낭주로 먼저 나가게. 그러면 짐이 정병을 거느리고 강주로 가 서로 만나 함

190

께 동오를 쳐서 이 한을 풀기로 하겠네."

하고 답하고, 장비가 떠나려 하니 그에게 당부하였다.

"짐이 잘 알거니와 경은 매양 술을 먹은 후에는 성벽을 부려 군사들을 매질하고 그런 후에는 그 사람을 다시 좌우에다 그대로 두어 두는데 이것은 화를 자초하는 짓일세. 앞으로는 힘써 군사들을 너그럽게 대하고 결코 전 같이는 하지 말게."

장비는 절하여 하직을 고하고 돌아갔다.

그 이튿날이다. 선주가 군사를 정제히 하여 떠나려 하는데 학사 진복이 나서서 아뢴다.

"폐하께서 만승의 존귀하신 몸을 버리시고 한낱 작은 의리를 지키려고 하시니 이는 고인의 취하는 바가 아니라, 바라옵건대 폐하께서는 깊이 살피시옵소서."

선주가 말한다.

"운장은 짐으로 더불어 일신동체라 할 것이니 대의가 뚜렷이 있는 터에 어찌 잊을 법이 있을꼬."

진복은 그대로 땅에 부복한 채 일어나지 않고 아뢰었다.

"폐하께서 신의 말씀을 윤종하지 않으시니 진실로 일을 그르치실까 두려워하나이다."

그 말에 선주는 대로하여

"짐이 군사를 일으키려 하는데 너는 어찌해서 이렇듯 불리한 말을 하느냐."

하고 무사를 꾸짖어 그를 끌어내어다가 목을 베라 하였다.

그러나 진복은 조금도 낯빛을 변하지 않은 채 선주를 돌아보고

웃으며

"신은 죽사온대도 한될 것이 없사옵니다마는, 다만 새로이 이룩해 놓으신 기업이 다시 전복하고 마올 일이 진실로 마음에 애석합니다그려."

하고 말하는 것이다.

여러 관원들이 모두 나서서 진복을 위하여 용서를 빌자 선주는

"그럼 아직 옥에 가두어 두라. 짐이 원수를 갚고 돌아와서 다시 처분을 내리겠다."

하고 분부하였다.

공명이 이 소식을 듣자 진복을 구하려 즉시 표문을 올리니 그 내용은 대강 다음과 같다.

신 량 등은 생각하옵거니와, 동오 역적이 간흉한 꾀를 제 마음껏 부려서 마침내 형주에 복망지화(覆亡之禍)[4]를 가져오고 장성(將星)을 두·우 사이에 떨어뜨리며 천주(天柱)[5]를 초지(楚地)에 꺾어 놓았으니 이 애통함이야 진실로 잊을 길이 없사옵니다.

그러나 생각해 보오매 한 천하를 옮겨 놓은 것은 그 죄가 조조에게 있사오며, 유씨 종사 끊어 놓은 것은 그 허물이 손권에게 있는 것이 아니옵니다.

가만히 헤아려 보오매 위나라 도적만 만약에 없애고 보면 동오는 자연히 와서 복종하오리니 바라옵건대 폐하께서는 부디 진복의 금석 같은 말씀을 가납(嘉納)[6]하옵시고 군사들의 힘을 기

---

4) 전복·멸망하는 화.
5) 하늘 기둥, 즉 하늘을 버티고 있는 기둥이란 말이니 여기서는 관운장을 의미한다.

르셔서 달리 좋은 계책을 세우신다 하오면 사직에 이만 다행이 없겠삽고 천하에 이만 다행이 없을까 하나이다.

보고 나자 선주는 표문을 땅에 내던지며
"짐은 이미 뜻을 결단했으매 다시는 간하려들 마라."
하고 드디어 승상 제갈량에게 명하여 태자를 보호해서 양천을 지키고 있게 하며, 표기장군 마초와 마대로 진북장군 위연을 도와 한중(漢中)을 지켜 위병을 막게 하고, 호위장군 조운으로 후응을 삼되 겸하여 양초를 동독하게 하고, 황권과 정기로는 참모를 삼고, 마량과 진진으로는 문서를 맡아 보게 하며, 황충으로 전부 선봉을 삼고, 풍습·장남으로는 부장을 삼으며, 부동과 장익으로는 중군호위를 삼고, 조용과 요화로는 후군을 삼으니, 천중(川中)의 장수들이 수백 명에 또 오계의 번장(番將)들이 있고, 군사는 모두 합해서 칠십오만 명이라, 장무 원년 칠월 병인일로 날을 잡아 출사하기로 한다.

한편 장비는 낭중으로 돌아오자 곧 군중에 영을 내려 사흘 안으로 백기(白旗)와 백갑(白甲)을 준비하여 삼군이 모두 거상을 입고 동오를 치러 나가게 하라 하였다.
이튿날이다.
장하의 말장 범강과 장달이가 장중으로 들어와서
"백기와 백갑을 졸연히 마련해 놓을 길이 없사오니 한을 좀 늦

---

6) 남의 말을 옳다고 생각하여 받아들이는 것.

추어 주셔야만 할까 보이다."

하고 아뢴다.

　장비는 대로하였다.

　"내가 형님 관후의 원수를 갚기가 급해서 당장 내일로 역적 있는 곳에 이르지 못하는 게 한인데, 너희 놈들은 감히 내 장령을 어겨 이 일을 늦추려 든단 말이냐."

　무사를 꾸짖어서 그들을 나무에다 붙들어 매어 놓게 한 다음, 채찍으로 각각 오십 대씩 등을 치게 하는데, 화가 머리끝까지 치민 장비 눈에 매질이 시원찮아 보이자 제가 달려들어 장비는 손을 들어 범강·장달을 가리키며

　"내일로 모든 것을 완비하도록 하라. 만약에 한을 어기는 때에는 너희 두 놈을 죽여 모든 무리를 경계할 터이로다."

하고 호령하였다.

　어찌나 독하게 매를 맞았는지 두 사람은 입으로 피들을 토하며 영채로 돌아오자 서로 의논이다.

　범강이 먼저

　"오늘은 이처럼 형벌에 그쳤지만, 무슨 수로 우리가 그걸 내일 안에 다 해 놓는단 말인가. 그 사람의 천성이 사납기가 불같아서 만약에 내일 완비해 놓지 못하면 자네나 나나 그 손에 그예 죽고 마네."

라고 한마디 하니, 신음을 하던 장달이가

　"제 손에 우리가 죽느니 차라리 우리 손으로 저를 죽여 버리세 그려."

하고 말한다.

이 말에 놀라 입이 딱 벌어진 범강이

"하지만 그 앞으로 감히 가까이 갈 수나 있겠어. 난 그 눈이 너무 무서워 범접도 못하겠는데."

하니, 장달이

"우리 두 사람이 만약에 죽지 않을 수라면 제가 술이 만취해 와상에 쓰러져 잘 것이고, 만약에 우리가 죽어야만 할 수라면 제가 술이 취해 있지를 않을 걸세."

한다.

이리하여 그들 사이에는 장비 죽일 의논이 정해졌다.

한편 장비는 장중에서 심사가 산란하고 정신이 어지럽고 황홀해서 수하 장수를 보고 물었다.

"내가 지금 가슴이 두근거리고 살이 떨리며, 앉으나 누우나 도무지 불안해서 견딜 수가 없으니 이것이 대체 웬 까닭이냐."

수하 장수가 대답한다.

"이는 바로 군후께서 너무 관공을 생각하시기 때문에 그러신 것이외다."

장비는 사람을 시켜 술을 가져 오라 하여 수하 장수와 함께 마시고 또 마셔 저도 모르게 대취해서 장중에 쓰러져 잠이 들어 버렸다.

범강과 장달 두 놈이 온 종일 장비의 거동만 살피다 이 소식을 탐지하자 초경 때쯤 해서 각기 단도들을 몸에 지니고 몰래 장중으로 들어가는데, 장하에 있던 군사가 이들을 제지하니 급히 군후께 중대한 기밀을 품하려 한다 말하고 들어가 바로 와상 앞까지 갔다.

그런데 장비에게는 본시 눈을 뜨고 자는 버릇이 있는 터라, 이 날 밤에도 장중에서 누워 자는데 수염이 제 마음대로 곤두서고 두 눈은 크게 부릅뜨고 자는 것을 보자 두 도적은 질겁해서 감히 손들을 놀리지 못했다.

그러다가 우레같이 코고는 소리가 들고야 비로소 앞으로 다가 들어 단도를 들어 그대로 배를 푹 찌르니, 두 대의 단검을 받은 장비는 한 소리 크게 부르짖고는 그 자리에서 죽고 말았다.

때에 그의 나이 쉰다섯이다.

후세 사람이 시를 지어서 그를 탄식하였다.

일찍이 안희현서 독우를 매질했고
호로관서 크게 떨친 그의 위명
장판교의 호통소리 강물도 역류했네.
의리로 엄안을 놓아 줘 촉 땅을 안무하고
장합을 꾀로 속여 한중을 평정했네.
동오를 치려다가 몸이 먼저 죽었구나.
낭중에 한이 남아 가을 풀만 우거졌네.

당시에 두 도적은 즉시 장비의 수급을 베어 들자 그 길로 수하 군사 수십 명을 데리고 밤을 도와 동오를 바라고 도망쳐 버렸다.

그것을 이튿날에야 군중이 알고 군사를 보내 뒤를 쫓았으나 결국 잡지 못하였다.

때에 장비의 부장으로 오반(吳班)이란 사람이 있었다.

그는 앞서 형주로부터 선주를 뵈러 갔다가 선주의 눈에 들어 선주가 그를 아문장으로 승격시켜 다시 형주로 내려 보내 장비를 도와 낭중을 지키게 했던 것인데, 이 일을 당하자 오반은 즉시 표문을 닦아 우선 이 변을 천자에게 주달한 다음 장비의 맏아들 장포(張苞)로 하여금 관곽을 갖추어 장비의 목 없는 시신을 담게 하고, 아우 장소로 하여금 낭중을 지키게 하였다. 그리고 장포는 몸소 제가 올라가 천자에게 보하기로 하였다.

때에 선주는 이미 길일을 택해서 출사했는데 대소 관료들이 모두 공명을 따라 십 리 밖까지 배웅하고 돌아왔다.

공명은 성도로 돌아오자 마음에 꺼름칙해서 여러 관원들을 돌아보며

"법효직이 만약에 살아 있었더라면 반드시 주상을 이렇게 동으로 가시게는 하지 않았으련만."

하고 말하는 것이었다.

한편 선주는 이날 밤에 가슴이 두근거리고 살이 떨리어 자리에 누워서도 불안해 잠을 못 이루고, 장막 밖으로 나와서 하늘을 우러러 천문을 보고 있노라니, 서북쪽의 별 하나이 크기는 말[斗]만이나 한데 홀연 땅에가 뚝 떨어진다.

선주는 크게 의심해서 그 밤으로 즉시 사람을 공명에게로 보내 물어보았다.

공명이 회주(回奏)하되 '필연 상장 하나를 잃었사오니 삼일 안으로 반드시 경보가 있사오리다' 한다.

선주는 이로 말미암아 군사를 그 자리에 머물러 둔 채 더는 동하지 아니 하였다.

그러자 홀연 시신(侍臣)이

"낭중에서 장거기의 부장 오반이 사람을 보내 표문을 올렸사옵니다."

하고 아뢴다.

선주는 발을 구르고 부르짖는다.

"아이고, 둘째 아우가 죽은 게로구나."

급기야 표문을 보니 과연 장비의 흉보다.

선주는 목을 놓아 통곡하고 그대로 땅에 혼절했다가 여러 관원들이 구호해서 한참만에야 겨우 깨어났다.

그 이튿날이다.

사람이 보하되 한 떼의 군마가 질풍같이 몰려들어 오고 있다 한다. 선주는 영채에서 나가 그 편을 바라보았다.

이윽고 일원 소장이 백포은개(白袍銀鎧)로 말에서 뛰어내려 땅에 부복하며 그대로 통곡하니 그는 장포였다. 장포는 울면서 아뢴다.

"범강과 장달이가 신의 아비를 살해하온 뒤 수급을 가지고 동오로 가 버렸사옵니다."

이로 하여 선주가 애통해하기를 너무나 심히 하여 식음을 다 폐하니 여러 신하들이 나서서

"폐하께오서 바야흐로 두 분 어제의 원수를 갚으려 하시면서 어찌하여 용체를 스스로 손상하시나이까."

하고 지재지삼 간하였다.

그제야 선주는 마지못해 수저를 들고, 장포를 그윽이 바라보며

"경이 한 번 오반으로 더불어 본부 군사를 거느리고 선봉이 되어 경의 부친을 위해서 원수를 갚아 보겠느뇨."

198

하고 물으니, 장포가 결연히

"나라를 위하고 아비를 위해서라면 만 번 죽사온대도 사양하지 않사오리다."

하고 아뢴다.

선주가 바야흐로 장포를 보내서 기병하게 하려 하는데 다시 보하는 말이 군사 한 떼가 또 질풍같이 달려오고 있다 한다. 선주는 측근을 시켜서 알아보게 하였다.

그로써 얼마 지나지 않아 측근이 한 소장군을 데리고 들어왔는데 백포은개로 영채 안에 들어서자 땅에 부복하여 통곡한다. 선주가 보니 바로 관흥이다.

선주는 관흥을 보자 불현듯 관공 생각을 하고 다시 목을 놓아 통곡하였다.

모든 관원들이 온갖 말로 권하였으나 선주는

"짐이 한낱 포의로 있을 때 관우·장비로 더불어 도원에서 의를 맺고 사생을 한 가지로 하자 맹세하였더니, 오늘날 짐이 천자가 되어 바야흐로 두 아우로 더불어 뜻한바 역적들을 몰아내려던 차에 불행히도 모두 비명에 죽고 말았도다. 이제 두 조카를 보매 어찌 창자가 끊어지지 않으리."

하고 말을 마치자 또 통곡한다.

관원들은 말하였다.

"두 분 소장군은 잠시 물러가 성상으로 하여금 용체를 쉬시게 하오."

시신이 아뢴다.

"폐하께오서 보령(寶齡)[7]이 육순(六旬)을 지나셨으니 과도히 애통하심이 좋지 않으실까 하나이다."

그러나 선주는

"두 아우가 이미 모두 죽었거늘 짐이 어찌 차마 혼자 살리오."
하며 말을 마치자 머리를 땅에 부딪치며 통곡한다.

여러 관원들은 황망 중에 의논하였다.

"이제 천자께서 저렇듯이 번뇌하시니 이 일을 장차 어떻게 해
야 슬픔을 진정시켜 드릴 수 있겠소."

마량이 말한다.

"주공께서 친히 대병을 통솔하시고 동오를 치려 하시면서 저렇
듯 종일 통곡만 하시니 군사들의 사기에도 이로울 것이 없소."

이때 진진이 나서며 말하였다.

"내 들으매, 성도 청성산 서쪽에 한 은자가 있어 성은 이(李)요
이름은 의(意)라 하는데 세상에서 전하는 말이, 이 노인이 나이 이
미 삼백여 세로서 능히 사람의 생사와 길흉을 아니 곧 당세의 신
선이라고들 합디다. 그러니 천자께 상주하고 이 노인을 불러다가
한 번 길흉을 물어보는 것이 어떠할지. 그것이 우리가 말씀 올리
는 것보다 나을 것 같소."

그들은 그럴듯하다며 들어가서 선주께 상주하였다.

선주는 그들의 말을 좇아 곧 진진을 시켜 조서를 받들고 청성
산으로 가 그를 불러오게 하였다.

진진이 밤을 도와 청성에 이르러 그 지방 사람으로 길을 인도하
게 하고 산골짜기로 깊이 들어가서 멀리 노인이 기거한다는 선장

---

7) 임금의 나이.

200

(仙莊)을 바라보니, 맑은 구름이 은은하게 드리우고 상서로운 구름이 서려 있는 것이 인간 세상과는 다르다.

그러자 홀연 동자 하나가 마주 나오며

"거기 오시는 분이 진효기 어른이 아니시옵니까."

하고 묻는다.

진진이 크게 놀라

"선동(仙童)이 어찌 내 이름을 아는고."

하고 되물으니, 동자는 대답하여

"저희 사부님께오서 어제 말씀이 있으셨답니다. '오늘 반드시 황제의 조명이 있으실 텐데 사자는 필시 진효기이리라' 하시고요."

하고 말한다.

진진은 속으로 '참으로 신선이로다. 사람들의 말이 허황된 게 아니었구나' 하고 드디어 동자와 더불어 선장으로 들어가 이의를 보고 천자의 조명을 전하니, 이의가 나이 많음을 빙자해서 가지 않으려 한다.

진진이

"천자께서 급히 선옹(仙翁)을 만나 보시려 하시니 부디 한 번 가심을 아끼지 마사이다."

하고 재삼 간청하니 그제야 이의는 따라나선다.

어영(御營)에 이르러 천자께 뵈옵는데, 선주가 보매 이의가 동안학발(童顔鶴髮)에 눈이 파랗고 눈동자가 네모난 것이 반짝반짝 빛나고 몸은 늙은 잣나무 형상이라 분명히 이인임을 짐작하겠다.

선주가 그를 정중히 대접하니, 이의가 묻는다.

"노부는 한낱 산중의 촌 늙은이로서 배운 것 없고 아는 것이 없사온데 폐하의 부르심을 받자왔으니 알지 못한 게라, 제게 무슨 이르실 말씀이 있으시오니까."

현덕은 말하였다.

"짐이 관·장 두 아우로 더불어 생사지교를 맺은 지 삼십여 년이 되는 터에 이제 두 아우가 해를 입었기로 친히 대군을 거느리고 나가서 그들의 원수를 갚으려 하나 길흉 여하를 알 길이 없소이다그려. 그래 선옹이 현기(玄機)[8]에 통효(通曉)했단 말을 들은 지 오래기로 이에 대해 가르치심을 받자는 것이오."

이의는 처음에

"이는 다 천수라 노부의 알 바가 아니오이다."

하고 말하였으나, 선주가 재삼 일러 달라고 청하니 그는 마침내 종이와 붓을 달래서 명마와 기계를 사십여 장이나 그려 놓더니, 다 그리고 나자 곧 모조리 찢어 버리는 것이다.

그러고는 다시 큰 사람 하나가 땅 위에 번듯이 누워 있는데 그 곁에서 한 사람이 땅을 파고 묻는 그림을 그리고서, 그 위에다 흰 백(白)자 하나를 커다랗게 써 놓더니 드디어 땅에 머리를 대고 절을 하고는 돌아가 버렸다.

선주는 심기가 불편하여 신하들을 돌아보며

"그거 미친 은이로군. 믿을 것이 못 되리로다."

하고 곧 그 그림들을 다 불살라 버린 다음에 바로 군사를 재촉하여 앞으로 나아가게 하였다.

이때 장포가 들어와서

---

8) 심오하고 미묘한 도리.

"오반의 군마가 이미 이르렀사온데, 바라옵건대 소신으로 선봉을 삼아 주시옵소서."

하고 아뢴다.

선주가 그 뜻을 장히 여겨 즉시 선봉인을 그에게 내려서 장포가 바야흐로 인을 목에 걸려고 할 때 소년 장군이 하나 또 분연히 나오며

"그 인을 나를 다오"

하고 말한다.

보니 바로 관흥이다.

장포가

"내 이미 조명을 받들었다."

하고 한마디 하였으나, 관흥이

"네가 대체 무슨 능함이 있기에 감히 이 소임을 맡으려 하는 것이냐."

하고 말해서, 장포가 다시

"내 어릴 적부터 무예를 배워서 활을 쏘되 빗나가는 법이 없느니라."

하고 대답하니, 선주가 듣고

"짐이 현질들의 무예를 보고서 우열을 정하겠노라."

하고 말한다.

장포는 군사를 시켜서 백 보 밖에다 기를 꽂게 하고 기폭에다 홍심(紅心) 하나를 그리게 한 다음, 활에 살을 먹여 들고 연하여 석 대를 쏘는데 모두 다 홍심을 뚫었다.

사람들이 모두 칭찬한다. 관흥이 활을 손에 들고 서서

"홍심을 맞히는 것쯤 무어 기이할 것이 있노."

하고 막 말하고 있을 때 문득 바로 머리 위로 한 떼 기러기가 날아간다.

관흥은 손을 들어 가리키며

"내 저 세 번째 기러기를 쏘겠다."

하고 한 번 쏘니 바로 말한 기러기가 시위 소리에 응해서 떨어졌다.

문무 관료들이 일제히 소리쳐 갈채한다.

장포는 대로하였다. 몸을 날려 말에 오르자 부친이 쓰던 장팔점강도를 손에 꼬나 잡고

"네 감히 나로 더불어 무예를 시험해 보겠느냐."

하고 큰 소리로 외치니, 관흥이 또한 말에 올라 집에 전해 내려오는 대감도(大砍刀)를 들고 말을 몰아 나오면서

"너만 창을 쓸 줄 알고 나는 칼을 쓰지 못하는 줄 아느냐."

하고 마주 소리쳤다.

두 장수가 바야흐로 칼과 창을 어우르려 할 때 선주가 꾸짖었다.

"이놈들 이게 무슨 무례한 짓들인고."

관흥·장포 두 사람이 황망히 말에서 내려 각기 병장기를 버리고 땅에 배복하여 죄를 청한다.

선주는 이른다.

"짐이 탁군에서 너희들의 부친과 각성바지로 의를 맺은 뒤로 그 정의가 친동기와 같으니 이제 너희 두 사람도 역시 형제간이라, 마땅히 동심협력해서 함께 부친의 원수들을 갚아야 할 터에 어찌 서로 다투어 대의를 잃으려 하는고. 부친이 돌아간 지 얼마 아니

204

되는데 오히려 이러하니 먼 뒷날에는 대관절 어찌들 할 것이냐.”

두 사람이 두 번 절하여 복죄(伏罪)한다.

선주는 물었다.

“경들 두 사람 중 뉘 나이가 위인고.”

장포가 아뢴다.

“신이 관흥보다 한 살이 위로소이다.”

선주가 즉시 관흥에게 명하여 장포에게 절하고 형을 삼게 하니 두 사람이 곧 장전에서 화살을 꺾어 길이 서로 구호할 것을 맹세한다.

선주는 조서를 내려 오반으로 선봉을 삼고 장포와 관흥으로 호가하게 한 다음, 수륙 병진하여 배와 말이 쌍으로 호호탕탕히 동오를 바라고 짓쳐 내려갔다.

한편 범강과 장달이 장비의 수급을 가지고 가서 오후에게 바치고 지난 일을 자세히 고하니, 손권은 듣고 나자 두 사람을 받아들인 다음에 백관에게 말하였다.

“이제 유현덕이 제위에 올라 정병 칠십여 만을 거느리고 어가 친정한다는데 그 형세가 심히 크니 이를 어찌 했으면 좋을꼬.”

백관이 모두 아연실색해서 서로 남의 얼굴만 돌아볼 뿐이다.

이때 제갈근이 나와서 아뢴다.

“제가 군후의 녹을 받아 온 지 오래건만 보답하올 길이 없사옵니다. 원컨대 이 남은 목숨을 버려 촉나라 인군을 가 보고 이해를 따져 그를 달래되 두 나라가 서로 화목하게 지내며 함께 조비를 치자고 할까 하나이다.”

손권은 크게 기뻐하여 즉시 제갈근으로 사자를 삼아 유현덕을 가 보고 그를 달래서 군사를 파하도록 하게 하였다.

　　전쟁은 하면서도 사신 왕랜 있는 법
　　국난을 말로 푸는 사자 소임이 중하구나.

　제갈근의 이번 길이 어찌 되려는고.

손권은 위에 항복하여 구석을 받고
선주는 오를 치고 육군을 상 주다

| 82 |

때는 장무 원년 추팔월이다.

선주가 대군을 일으켜 기관에 이르러 어가는 백제성에 머무르고 전대 군마는 이미 서천 지경을 나섰는데, 이때 근신이

"동오 사신 제갈근이 왔사옵니다."

하고 아뢴다.

선주는 영을 내려 그를 안으로 들이지 말게 하라 하였으나, 황권이 있다가

"근의 아우가 지금 촉에서 승상으로 있으매 제가 반드시 일이 있어서 온 것일 터이온데 폐하께서는 어찌하여 끊고 보시지 않으려 하십니까. 마땅히 불러들이셔서 제가 하는 말을 들어 보시고 윤종하실 만하오면 윤종하실 것이요, 만일에 그렇지 못하옵거든 저의 입을 빌려 손권에게 말을 일러, 그로 하여금 우리가 죄를 묻

는 것의 명목이 있음을 알게 하사이다."

하고 아뢴다.

선주는 그 말을 좇아서 제갈근을 성내로 불러들였다.

제갈근이 들어와서 절하고 땅에 부복하자, 선주는

"자유가 멀리 왔으니 대체 무슨 연고가 있어선고."

하고 물었다.

제갈근이 아뢴다.

"신의 아우가 폐하를 섬겨 온 지 오래기로 신이 부월(斧鉞)을 피하지 않사옵고 특히 형주 일을 아뢰러 왔사옵니다.

전자에 관공이 형주에 있을 때 오후께서 수차 혼인을 하자고 청하셨으나 관공이 듣지 않았사옵고, 뒤에 관공이 양양을 취하자 조조가 여러 차례 오후에게 글월을 보내서 형주를 엄습하라고 청했사온데, 오후는 본디 그 말을 들으시려 아니 했으나 여몽이 관공과 사이가 좋지 못하여 무단히 군사를 일으켰음으로 해서 마침내대사를 그르치고 만 것이옵니다.

이제 오후께서 후회를 하셔도 미치지 못하옵거니와 이는 곧 여몽의 죄요 오후께서 잘못하신 것이 아니옵니다.

이제 여몽이 이미 죽었사오니 원수도 없어졌사옵고 또한 손 부인께서는 촉으로 돌아오실 일만 생각하고 계시므로 이번에 오후께서 신을 사자로 삼으셔서, 부인을 돌려보내 드리며 항복한 장수들을 묶어서 바치고 그와 아울러 형주를 전과 같이 환납하와두 나라 사이에 길이 좋은 정의를 맺고 함께 조비를 멸해서 그 찬역한 죄를 바르게 하시자고 이처럼 여쭙는 바이옵니다."

선주는 노하여

"너희 동오가 짐의 아우를 해쳐 놓고 오늘날 감히 와서 교묘한 말로 나를 달래 보려 하느냐."

하고 말하였다.

제갈근은 다시 아뢰었다.

"신은 청컨대 경중과 대소를 따져서 폐하께 말씀을 올려 보려 하옵니다.

폐하께서는 바로 한실의 황숙이시면서 이제 한실이 이미 조비에게 찬탈을 당하였건만 이를 초멸하실 일은 생각지 않으시고 도리어 성 다른 아우님을 위하시어 만승의 귀하신 몸을 굽히려고 하시니 이는 대의를 버리고 소의에 나아가시는 것이옵고, 중원으로 말씀하오면 천하의 중지라 양도(兩都)[1] 모두 대한이 창업한 곳이건만 폐하께서는 이는 취하려 아니 하시고 오직 형주만을 다투시니 이는 중한 것을 버리시고 경한 것을 취하시는 것이 아니오니까.

천하가 모두 폐하께서 즉위하셨으매 이제 반드시 한실을 일으키시며 강산을 회복하실 줄로 알고들 있는 터에, 폐하께서 위는 그대로 두신 채 묻지 않으시고 도리어 오를 치려고 하시니 이는 실로 폐하를 위하여 취하지 않는 바로소이다."

그러나 선주는 크게 노하여 꾸짖었다.

"내 아우를 죽인 원수와는 함께 하늘을 이고 지낼 수 없으니 짐으로 하여금 군사를 파하게 하려면 죽기 전에는 못할 줄 알라. 만일 승상의 낯을 보지 않는다면 먼저 네 머리를 베었을 것이다. 짐이 이제 너를 놓아 보내는 터이니 너는 돌아가 손권더러 일러라.

---

1) 한 고조 이래 십이대에 걸쳐 도읍한 서도(西都) 장안(長安)과 광무제 이래 역시 십이대에 걸쳐 도읍한 동도(東都) 낙양(洛陽).

목을 씻고서 칼을 받으라고.”

제갈근은 선주가 듣지 않는 것을 보자 그냥 강남으로 돌아갈밖
에 도리가 없었다.

한편 장소는 손권을 보고 말하였다.

“제갈자유가 촉병의 형세가 큰 것을 보고 짐짓 강화할 것을 구
실로 삼아서 동오를 배반하고 서촉으로 돌아가려 하는 것이니 이
번 길에 그는 반드시 돌아오지 않사오리다.”

그러나 손권은 말한다.

“나와 자유는 사생을 한가지 하기로 맹세를 한 바 있어, 내가 자
유를 저버리지 않으며 자유가 또한 나를 저버리지 않는 터이오.

지난날 자유가 시상(柴桑)에 있을 때 공명이 동오에 왔기에 내가
자유더러 그를 붙들어 보라고 일렀더니 자유의 말이 ‘저의 아우
가 이미 현덕을 섬기고 있으니 의리가 두 마음이 있을 수 없사옵
니다. 아우가 이곳에 머물러 있지 않는 것은 바로 근이 저리로 가
지 않는 것과 같습니다’ 하였소.

그 말이 족히 신명(神明)을 꿰뚫었다고 하겠는데 오늘날 어찌 그
가 즐겨 촉에 항복할 법이 있으리까. 나와 자유는 가히 신교(神交)[2]
라 이를 것이니 어느 누구도 우리의 사이를 이간하지는 못하리다.”

이렇듯 이야기를 하고 있을 즈음에 마침 제갈근이 돌아왔다고
보한다.

손권이

---

2) 정신적인 교제를 말함.

"자아 내 말이 어떻소."

하고 한마디 하니 장소는 그만 만면에 부끄러워하는 빛을 띠고 물러가 버렸다.

제갈근이 손권을 보고 선주가 강화하려 아니 하더라는 말을 하자, 손권이 크게 놀라

"만일에 그렇다면 강남이 위태하오그려."

하고 말하는데, 이때 계하에서 한 사람이 나서며

"저에게 이 위태로움을 풀어 놓을 계책이 하나 있습니다."

하고 말한다.

보니 그는 중대부 조자(趙咨)이다.

손권은 물었다.

"덕도에게 어떤 좋은 계책이 있소."

조자가 아뢴다.

"주공께서 표문을 지어 주시면 원컨대 제가 사자가 되어서 위제 조비를 가 보고 이해를 따져서 그로 하여금 한중을 엄습하게 하면 촉병이 절로 위태로워질 것입니다."

손권이 듣고

"비록 이 계책이 가장 좋기는 하나, 다만 경이 이번에 가서 동오의 기상(氣象)을 잃지 않도록 해야만 하오."

하니, 조자가

"만약에 조금이라도 손상하는 바가 있으면 곧 강물에 몸을 던져 죽사옵지 무슨 면목으로 다시 강남 인물을 대하겠습니까."

하고 다짐한다.

손권은 크게 기뻐하여 곧 표문을 써서 칭신하고 조자로 사신을

삼았다.

조자는 밤을 도와 허도에 이르자 먼저 태위 가후의 무리와 대소 관료들을 찾아보았다.

이튿날 이른 아침에 가후가 출반(出班)하여

"동오에서 중대부 조자를 보내 표문을 올려 왔사옵니다."

하고 아뢰니, 조비는 웃으며

"이는 촉병을 물리치고자 함이로다."

하고 곧 불러들이라 분부하였다.

조자가 단지(丹墀)³⁾에 올라 절하고 부복한다.

조비는 표문을 보고 나자 조자에게

"오후는 어떠한 인군인고."

하고 물으니, 조자는

"총명하고 명철하며 인자하고 지혜 있고 영걸하고 방략 있는 인군이옵니다."

하고 대답하여, 조비가 웃으며 다시

"경의 칭찬이 오후에게 너무 과하지나 않을까."

하니, 조자는 아뢴다.

"신이 과도히 칭예(稱譽)해 하는 말씀이 아니옵니다. 오후가 노숙을 범류(凡流)에서 등용했으니 이는 곧 총명함이요, 여몽을 행진(行陣) 중에서 발탁했으니 이는 곧 명철함이요, 우금을 잡고도 해치지 않았으니 이는 곧 인자함이요, 형주를 취하되 칼날에 피를 묻히지 않았으니 이는 곧 지혜가 있음이요, 삼강을 점거하여 천하

---

3) 전각 층계 중 위를 말함.

212

를 범처럼 보니 이는 곧 영걸함이요, 폐하께 몸을 굽힘은 곧 방략이 있음이라, 이렇게 꼽아 보면 어찌 총명하고 명철하며 인자하고 지혜 있고 영걸하고 방략 있는 인군이 아니오리까."

조비는 또

"오왕이 학문도 좀 하는가."

하고 물으니, 조자는

"오왕이 장강에 전선 만 척을 띄우고 대갑(帶甲)⁴⁾ 백만을 거느리며 현명하고 재능 있는 자를 임용하고 경략(經略)⁵⁾에 뜻을 두고 있사온데 적이 여가가 있으면 널리 서전(書傳)을 읽고 두루 사적(史籍)을 보되 그 대지(大旨)를 취하고 서생들의 심장적구(心腸摘句)⁶⁾하는 풍을 본받지 않을 따름이옵니다."

하고 대답한다.

조자가

"짐이 오를 칠까 하는데 그래도 좋은가."

하는 말에 조자가

"대국에 정벌할 군사가 있으면 소국에는 방어할 계책이 있소이다."

하고 응수하니, 다시

"오는 위를 두려워하는가."

하고 물어,

"대갑이 백만이요 장강과 한수로 못을 삼고 있는데 무슨 두려

4) 갑옷 입은 군사.
5) 천하를 다스리고 사방을 공략하는 것.
6) 옛 사람들의 글귀를 따서 글을 짓는 것.

울 것이 있사오리까."

하고 대답한다. 조비는 다시 한마디

"동오에 대부와 같은 사람이 몇이나 되는고."

라고 묻고, 그 물음에 조자가

"재능이 특히 뛰어난 자가 팔구십 명이니 신과 같은 무리는 거재두량(車載斗量)[7]이라 이루 그 수효를 셀 수가 없사옵니다."

하고 대답하자,

"사방에 사신으로 가서 군명을 욕되게 하지 않는다더니 경이야말로 그러한 사람이로고."

하고 그는 탄식하였다.

이에 조비는 즉시 조서를 내리고 태상경 형정(邢貞)으로 하여금 받들고 가서 손권을 책봉하여 오왕(吳王)을 삼고 구석을 가하게 하였다.

조자가 사은하고 성에서 나가자 대부 유엽이 간한다.

"이번에 손권이 촉병을 두려워하여 항복을 청해 온 것이온데, 신의 어리석은 소견을 말씀하오면, 촉과 오가 서로 싸우는 것은 곧 하늘이 이를 멸하심이라 이제 만약 상장에게 명하시어 수만의 군사를 거느리고 가서 장강을 건너 엄습하여 촉은 그 밖을 치고 위는 그 안을 치면 오나라는 열흘이 못 가서 망할 것이요, 오가 망하고 보면 촉이 고립 무원하게 되옵는데 폐하께서는 어찌하여 빨리 도모하시지 않으십니까."

조비는 대답하였다.

---

7) 수레에 싣고 말로 될 만큼 많은 것.

"손권이 이미 예로써 짐에게 복종해 온 터에 짐이 만약 그를 치고 보면 이는 천하의 항복하려는 자들의 마음을 막는 것이니 용납하느니만 못하오."

유엽이 다시 아뢴다.

"손권이 비록 뛰어난 재주를 가지고는 있사오나 관직인즉 멸망한 한나라의 표기장군 남창후뿐이라 벼슬이 낮사오면 위세도 약해서 오히려 중원을 두려워하는 마음이 있을 것이온데 만약 왕위에 올려 주신즉 폐하보다 단지 한 계가 낮을 뿐이옵니다. 그러하건만 이제 폐하께서 그의 거짓 항복을 믿으시고 그 위호를 높이셔서 왕을 봉해 위세를 더하게 하시니 이는 바로 범에게 날개를 붙여 주시는 것이옵니다."

그러나 조비는

"그렇지 않소. 짐은 오도 돕지 않고 촉도 돕지 않으려오. 장차 오와 촉이 서로 싸우는 것을 보아서, 만약 한 나라가 망하면 단지 한 나라가 남을 뿐이니 그때에 이를 없애 버린다면 무슨 어려울 것이 있겠소. 짐은 이미 뜻을 결했으니 경은 다시 말을 마오."

하고, 드디어 태상경 형정으로 하여금 조자와 함께 책석(册錫)[8]을 받들고 바로 동오로 가게 하였다.

한편 손권이 백관을 모아 놓고 촉병을 막아 낼 계책을 의논하고 있노라니 홀연 보하되,

"위나라 황제가 주공을 왕으로 책봉한다 하니 멀리 나가 영접

---

8) 책(册)은 책서(册書), 즉 칙서(勅書)이고, 석(錫)은 곧 구석(九錫)을 말한다.

하심이 마땅하오이다."

한다.

이때 고옹이 간하였다.

"주공은 스스로 상장군 구주백의 위호를 일컬으시는 것이 옳지, 위나라 황제의 봉작을 받으시는 것은 부당한 일인가 합니다."

그러나 손권은

"그 옛날에 패공이 항우의 봉작을 받았으니,⁹⁾ 이는 대개 그 때에 순응함이라 물리칠 것이 무어 있겠소."

하고 드디어 백관을 거느리고 성에서 나가 영접하였다.

때에 형정이 스스로 상국(上國) 천사(天使)임을 자세하여 문에 들어와서도 수레에서 내리지 않으니 장소가 이것을 보고 대로하여 소리를 가다듬어 꾸짖었다.

"예(禮)가 공경치 아니 함이 없고 법(法)이 엄숙하지 아니 함이 없는데, 그대가 감히 스스로 잘난 체하니 그래 강남에는 한 치 길이의 칼도 없는 줄 아는가."

형정은 황망히 수레에서 내려 손권과 서로 본 다음에 수레를 나란히 하여 성으로 들어갔다.

그러자 홀지에 수레 뒤에서 어떤 사람이 목을 놓아 울며

"우리들이 목숨을 바쳐 싸워서 주공을 위하여 위와 촉을 병탄하지 못하고 도리어 주공으로 하여금 남의 봉작을 받으시게 하니 이런 욕이 어디 있으랴."

하고 말한다.

---

9) 패공, 즉 유방이 항우와 함께 진나라를 멸한 후 당시 그 세력이 항우만 못하였으므로 한때 항우가 주는 '한왕(漢王)'의 봉작을 받은 일이 있다.

216

여러 사람이 보니 그는 곧 서성이다.

형정은 이 말을 듣자 속으로 '강동의 장상이 이러하니 필경 남의 밑에 오래 있지는 않을 것이다' 하고 탄식하였다.

손권이 봉작을 받고 모든 문무 관료의 배하(拜賀)가 끝나자 아름다운 옥과 보배 구슬들을 수습해서 사람을 시켜 위로 가지고 가서 사은하게 하였는데, 이때 벌써 세작이 보하되

"촉나라 인군이 본국 대병과 만왕(蠻王) 사마가(沙摩柯)의 번병 수만 명을 거느리고, 또한 동계(洞溪)의 한장 두로(杜路)와 유녕(劉寧)의 이지병(二枝兵)이 수륙 병진해서 그 성세가 천지를 진동하는데 물길로 오는 군사는 이미 무협을 나왔고 육로로 오는 군사는 벌써 자귀에 이르렀소이다."

한다.

당시 손권이 비록 왕위에 오르기는 하였으나 위나라 인군이 접응해 주려 아니 하므로 문무백관을 보고

"촉병의 형세가 크니 또 어찌하면 좋을꼬."

하고 물으니 모두들 아무 말이 없다.

손권이 탄식하여

"주랑 뒤에는 노숙이 있었고 노숙 뒤에는 여몽이 있었는데, 이제 여몽이 이미 죽어 아무도 나와 근심을 나눌 사람이 없구나."

하고 말하는데, 그 말이 미처 끝나기 전에 홀연 반부(班部) 가운데서 한 소년 장군이 분연히 나와 땅에 엎드리더니

"신이 비록 나이는 어리오나 자못 병서에 익사오니 바라옵건대 수만의 군사를 빌려 가지고 나가서 촉병을 깨치려 하나이다."

하고 아뢴다.

손권이 보니 그는 곧 손환(孫桓)이다.

손환의 자는 숙무(叔武)요 그 아비는 이름이 하(河)니 본래의 성은 유씨(俞氏)인데 손책이 사랑해서 손씨 성을 내린 까닭에 역시 오왕의 종족이 된 것이다.

손하가 아들 사형제를 두어 손환이 맏이인데 무예에 능숙하며 매양 오왕을 따라 싸움터에 나가서 여러 번 기이한 공훈을 세워 무위도위(武衛都尉)가 되었으니 때에 그 나이 이십오 세였다.

손권은 물었다.

"네 무슨 계책이 있기에 이기겠다느냐."

손환이 아뢴다.

"신에게 이원 대장이 있사와 한 명은 그 이름이 이이(李異)이옵고 또 한 명은 그 이름이 사정(謝旌)이온데 둘이 모두 만부부당지용이 있사오니 군사 수만 명만 빌려 주시면 가서 유비를 사로잡으려 하나이다."

손권이 듣고 나서

"네가 비록 영용은 하다마는 다만 나이가 어리니 어찌하랴. 아무래도 누가 나서서 서로 도와야만 일이 되겠다."

하고 말하니, 호위장군 주연이 나서며

"원컨대 신이 소장군과 더불어 나가 유비를 사로잡으려 하나이다."

하고 자원한다.

손권은 이를 허락하고 드디어 수륙군 오만을 점고해서 손환으로 좌도독을 봉하고 주연으로 우도독을 삼아 그날로 기병하게 하

218

였는데, 마침 초마가 촉병이 이미 의도에 와서 하채하였음을 탐지해 왔으므로 손환은 이만 오천 군마를 거느리고 의도 지경 어귀에 둔치고 앞뒤로 나누어 영채 셋을 세워 촉병을 막기로 하였다.

한편 촉장 오반이 선봉인을 띠고 서천을 나선 뒤로 대군이 이르는 곳마다 동오 사람들이 모두 소문만 듣고는 곧 항복을 하는 까닭에 칼에 피 한 방울 묻히지 않고 바로 의도에 이르렀는데, 손환이 그곳에 하채하고 있음을 탐지하자 곧 나는 듯이 선주에게 주달하였다.

이때 선주는 이미 자귀에 와 있었는데 이 보도를 듣자 노하여

"이 어린놈이 어찌 감히 짐에게 항거하려 하는고."

하고 말하니, 관흥이 나서며

"손권이 이미 이 아이로 장수를 삼았사오니 폐하께서도 구태여 대장을 보내실 것이 없사옵고 신이 한 번 가서 사로잡아 올까 하나이다."

하고 아뢴다.

선주는

"짐이 그러지 않아도 너의 장한 기개를 한 번 보려고 생각하던 중이다."

하고 즉시 관흥에게 명해서 앞으로 나아가게 하였다.

관흥이 선주에게 절하여 하직을 고하고 막 떠나려 하는데, 장포가 나와서

"이미 관흥이 적을 치러 나가는 바에는 원컨대 신도 함께 나가게 하옵소서."

하고 아뢴다.

선주는

"너희 둘이 함께 가는 것이 심히 좋으나 다만 삼가고 또 삼가서 결코 경솔하게 동하지 말렷다."

하고 경계하였다.

두 사람은 현덕을 하직하고 선봉과 회합하여 함께 군사를 거느리고 나아가서 진을 벌려 쳤다.

손환이 촉병이 크게 이르렀다는 소문을 듣고 세 영채의 군사를 한데 합해 가지고 나온다.

양진이 마주 대하자 손환이 이이와 사정을 거느리고 나가서 문기 아래 말을 세우고 바라보니, 촉영 안에서 양원 대장을 옹위하고 나오는데 모두 은투구·은갑옷에 흰 말과 흰 기로서 상수의 장포는 장팔점강모를 뻗쳐 들었고 하수의 관흥은 대감도를 비껴들었다.

장포가 큰 소리로

"손환이, 이 철 없는 놈아. 네 죽을 때가 임박했는데 그래도 감히 천병(天兵)을 항거하려 하느냐."

하고 꾸짖으니, 손환이 또한

"네 아비가 머리 없는 귀신이 되었는데 이제 네가 또 와서 죽지 못해 상성이니 참으로 어리석구나."

하고 욕을 퍼붓는다.

장포가 대로하여 창을 꼬나 잡고 바로 손환을 바라고 들어가니 손환의 배후에서 사정이 말을 달려 나와서 맞는다.

두 장수가 서로 싸워 삼십여 합에 사정이 패해서 달아나 장포가 그대로 그 뒤를 쫓으니 이이가 사정이 패한 것을 보자 황망히 말을 몰아 초금부(醮金斧)를 휘두르며 나와서 맞는다.

장포가 그와 더불어 서로 싸우기 이십여 합에 승부를 결하지 못했는데, 이때 동오 군중에서 비장 담웅(譚雄)이 장포가 영용해서 이이가 이기지 못하는 것을 보자 암전(暗箭)을 한 대 쏘아 바로 장포가 타고 있는 말을 맞히었다.

그 말이 아픔을 견디지 못해 네 굽을 놓아 본진으로 돌아오다가 문기 앞 채 못 다 와서 그냥 거꾸러지고 마니 장포가 땅 위에 굴러 떨어진다.

이이가 번개같이 쫓아 들어와서 도끼를 번쩍 들자 장포의 정수리를 바라고 그냥 내리치는데, 홀연 한 줄기 붉은 빛이 번쩍하며 이이의 머리가 땅에 뚝 떨어지니 이는 원래 관흥이 장포가 돌아오는 것을 보고 막 나가 접응하려 하는데 문득 장포의 말이 쓰러지며 이이가 뒤를 쫓아 들어오는 것을 보고 한 소리 크게 호통 치며 번개같이 이이를 한 칼에 베어 말 아래 거꾸러뜨린 것이다.

관흥이 장포를 구한 다음에 승세해서 뒤를 휘몰아치니 손환은 크게 패하였다. 양군은 각자 징을 쳐서 군사를 거두었다.

그 이튿날이다.

손환이 다시 군사를 거느리고 와서 관흥과 장포는 일제히 나갔다.

관흥이 진전에 말을 세우고 손환더러 나와서 승부를 결하라고 외치니 손환이 크게 노하여 칼을 휘두르며 말을 몰아 나온다.

그러나 관흥과 더불어 서로 싸우기 삼십여 합에 기력이 쇠진해서 손환은 크게 패하여 저의 진으로 돌아갔다.

두 소년 장군이 그 뒤를 쫓아 동오 진중으로 들어가니 오반이 또한 장남과 풍습을 거느리고 군사를 몰아 엄살한다.

이때 장포가 용맹을 떨쳐 그중 앞을 서서 동오 군중에 뛰어들자 바로 사정을 만나 한 창에 찔러 거꾸러뜨렸다.

동오 군사가 사면으로 흩어져 달아난다.

서촉 장수들은 크게 이기고 군사를 거두었는데 다만 관흥이 보이지 않는다.

장포는 크게 놀라

"안국이 잘못 되었으면 나 홀로 살아 있을 수는 없다."

하고, 말을 마치자 창을 들고 말에 올라 그의 종적을 찾아 나섰다.

그러자 서너 마장을 못 가서 문득 보니 관흥이 왼손에 칼을 들고 오른손으로는 한 장수를 사로잡아서 끼고 온다.

"그게 누군가."

하고 장포가 물으니, 관흥이 웃으며

"내가 난군 중에서 마침 이 원수를 만났기에 사로잡아 가지고 오는 길이오."

하고 대답한다.

장포가 보니 그것은 바로 어제 자기에게 암전을 쏜 담웅이다.

장포는 크게 기뻐하여 함께 본영으로 돌아와 담웅의 머리를 베고 피를 내어 죽은 말을 제 지내 주고 드디어 표문을 닦아 사람을 시켜 천자에게 첩보를 올리게 하였다.

이때 손환은 이이·사정·담웅 등 허다한 장수들을 잃고 형세가 궁하고 외로워 적을 당할 길이 없으므로 곧 사람을 동오로 보내서 구원을 청하게 하였는데, 이편에서는 촉나라 장수 장남과 풍습이 오반을 보고 말한다.

"지금 오나라 군사의 형세가 기울었으니 바로 그 허한 틈을 타서 겁채하는 것이 좋을까 보이다."

오반은 처음에

"손환이 비록 허다한 장수와 군사를 잃었다고는 하지만 주연이 거느리는 수군이 강상에 진을 치고 군사 한 명 상하지 않은 채 있으니 오늘 만약 겁채하러 갔다가 혹시 수군이 뭍으로 올라와 우리의 돌아올 길을 끊으면 어찌하겠소."

하고 듣지 않았으나, 장남이 다시

"그건 걱정할 게 없습니다. 관흥·장포 두 장군더러 각기 오천 군을 거느리고 산골짜기 속에 매복하고 있다가 만일 주연이 구하러 오거든 좌우 양군이 일제히 내달아 협공하라 하시면 반드시 이길 수 있사오리다."

하고 말하자, 오반도 그러히 여겨

"그런데 그보다도 먼저 소졸을 시켜 짐짓 항복해 온 군사라 하고 겁채하는 일을 주연에게 알려 주게 하는 것이 더 좋을 것 같소. 주연이 불이 일어나는 것을 보면 반드시 구응하러 올 것이니 그때에 복병을 시켜서 치게 하면 가히 대사를 이룰 수 있을 것이오."

하고 계교를 말한다.

풍습의 무리는 크게 기뻐하여 마침내 그 계교대로 행하였다.

한편 주연은 손환이 싸움에 크게 패했다는 말을 듣고 바야흐로 구원하러 가려 하던 참에 홀연 복로(伏路) 군사가 촉진에서 투항해 왔다는 소졸 사오 명을 데리고 배로 올라온다.

주연이 물으니 소졸이

"저희들은 풍습 장하의 군졸들이온데 상벌이 분명하지 않으므로 특히 항복을 드리러 온 것이오며 또한 아울러 군사 기밀을 고하려 하옵니다."

하고 아뢴다.

주연은 다시 물었다.

"너희가 고하겠다는 것이 무슨 일이냐."

소졸이 아뢴다.

"오늘밤 풍습이 이편의 허한 틈을 타서 손 장군의 영채를 엄습하려 하고 있사옵는데 불을 드는 것으로 군호를 삼기로 이미 약속이 정해져 있사옵니다."

듣고 나자 주연은 그 즉시 사람을 시켜 손환에게로 가서 이 일을 알리게 하였는데, 정작 소식을 알리러 가던 사람은 중도에서 관흥에게 붙잡혀 죽고 말았다.

이때 주연이 한편으로 군사를 거느리고 나가서 손환을 구응할 일을 의논하니 수하의 부장 최우가

"한낱 소졸의 하는 수작을 그대로 꼭 믿을 수는 없습니다. 만일에 실수라도 있고 보면 수륙 양군이 모조리 결딴이 나고 말 것이니 장군은 그저 수채를 튼튼히 지키고 계십시오. 제가 원컨대 장군을 대신해서 한 번 가 보오리다."

하고 말한다.

주연은 그 말을 좋아서 드디어 최우로 하여금 일만 군을 거느리고 나아가게 하였다.

이날 밤 풍습·장남·오반이 군사를 세 길로 나누어 바로 손환

의 영채 안으로 짓쳐 들어가서 사면에다 불을 지르니 동오 군사들이 크게 어지러워 저마다 길을 찾아서 도망한다.

이때 최우는 마침 행군 중이다가 홀연 불이 일어나는 것을 보고 급히 군사를 재촉해서 앞으로 나가는데, 바야흐로 산모퉁이를 돌아 나가려 할 때 산골짜기 안에서 홀지에 북소리가 크게 진동하더니 좌편의 관흥과 우편의 장포가 두 길로 나와서 함께 끼고 친다.

최우는 소스라쳐 놀라 곧 도망하려 하였으나 바로 장포를 만나서 단지 한 합에 그에게 사로잡히고 말았다.

이때 주연은 형세가 위급하다는 보도를 받자 바로 전선을 수습해 가지고 하류로 오륙십 리나 내려가 버렸다.

한편 손환이 패군을 이끌고 도망하며 수하 장수에게

"예서 가자면 어느 곳이 성이 견고하고 군량이 넉넉한고."

하고 물으니,

"예서 정북으로 이릉성(彝陵城)이 가히 군사를 둔칠 만하외다."

하고 대답한다.

손환은 곧 패군을 이끌고 급히 이릉성을 바라고 달아났다. 그러나 막 성 안으로 들어가자 곧 오반의 무리가 뒤미처 이르러 성을 사면으로 에워싸 버렸다.

한편 관흥·장포의 무리가 최우를 묶어 가지고 자귀로 돌아가니 선주는 크게 기뻐하여 영을 전해서 최우를 베고 삼군에 크게 상을 내렸다.

이로부터 위풍이 진동해서 강남의 모든 장수들이 간담이 서늘해 마지않는 자가 없었다.

이때 손환이 사람을 시켜서 오왕에게 구원을 청하니 손권은 크게 놀라 즉시 문무백관을 모아 놓고 의논하였다.

"이제 손환이 이릉에서 궁지에 빠져 있고 주연이 강중에서 크게 패해 촉병의 형세가 크니 이를 어찌하면 좋을꼬."

장소가 아뢴다.

"지금 여러 장수들 중에 비록 죽은 자가 많다고는 하오나 그래도 오히려 십여 인이 남아 있으니 유비를 근심하실 것이 무어 있습니까. 한당으로 정장(正將)을 삼으시고 주태로 부장을 삼으시며 반장으로 선봉을 삼으시고 능통으로 후군을 삼으시며 감녕으로는 구응을 삼으시어 군사 십만을 일으켜 막게 하옵소서."

손권이 그의 말대로 좇아서 곧 여러 장수에게 명하여 속히 떠나게 하니, 이때 감녕은 이질로 앓고 있었는데 몸에 병을 가진 채 종군하였다.

한편 선주는 무협 건평(建平)으로부터, 바로 이릉 지경까지 칠십여 리에 걸쳐 사십여 개의 영채를 연결해 놓고 있었는데, 관흥과 장포가 여러 차례 큰 공훈을 세운 것을 보자 감탄해서 말했다.

"전일에 짐을 따르던 여러 장수들이 이제는 다 늙어 무용하게 되었는데, 다시 두 조카가 있어 이렇듯 영걸하니 짐이 어찌 손권을 근심하리오."

이처럼 말하고 있는 중에 홀연 보하되 한당과 주태가 군사를 거느리고 당도하였다 한다.

현덕이 바야흐로 장수를 보내서 맞아 싸우게 하려 하는데, 근신이 아뢰기를

"노장 황충이 오륙 인을 데리고 동오로 가 버렸나이다."

한다.

현덕은 웃으며

"황한승은 결코 주인을 배반할 사람이 아니니라. 짐이 늙은 자는 무용하다고 실언함으로 인해 제가 필시 저는 늙지 않았노라 하고 분발하여 적과 상지하러 간 것이로다."

하고, 즉시 관흥과 장포를 불러

"황한승이 이번 길에 필연 실수함이 있을까 저어되니 현질은 수고로움을 사양치 말고 가서 도와주되 조그만 공이라도 세우거든 곧 돌아오게 해서 실수함이 없게 하라."

하고 분부하였다.

두 소년 장군은 선주에게 하직을 고한 다음 본부 군사를 거느리고 황충을 도우러 갔다.

노장의 일편단심 충군을 기약하니
소년들 공을 세워 국가에 보답하네.

황충의 이번 길이 어떠할꼬.

효정에서 싸워 선주는 원수들을 잡고
강어귀를 지키다가 서생은 대장이 되다

| 83 |

장무 이년 춘정월에 무위 후장군 황충이 선주를 따라서 동오를
치러 나섰다가 뜻밖에도 늙은 장수들은 무용하다는 선주의 말을
듣게 되자 그는 즉시 칼을 들고 말에 올라 친수인(親隨人) 오륙 명
을 거느리고 곧장 이릉 영중(營中)으로 갔다.

오반이 장남과 풍습으로 더불어 나와서 그를 맞아들이며

"노장군께서 여기 오심은 무슨 연고가 있으시기 때문이오니까."
하고 묻는다.

황충이 이에 대답하여

"내가 장사에서부터 천자를 따라 오늘에 이르기까지 그간에 근
로함이 미상불 적지 않았소. 내 이제 나이는 이미 칠순이 넘었으
나 오히려 고기 열 근을 먹고 팔 힘이 이석궁을 다리며 또 능히
천리마를 타니 아직도 늙었다고는 하지 못할 것인데 어제 주상께

서 우리와 같은 것은 이미 늙어 빠져 쓸 데가 없다고 하시므로, 그래 내가 이리로 와서 동오와 싸우고 장수를 베어서 과연 늙었는가 아니 늙었는가를 한 번 보일 작정이오.”

한다.

바로 이처럼 이야기를 하고 있는 중에 홀연 보도가 들어오는데 동오의 선봉이 이미 이르러 그 초마는 영채에 임하였다고 한다. 그 말을 듣자 황충은 분연히 자리에서 일어나 장막 밖으로 나가자 말에 올랐다. 풍습의 무리가

“노장군은 경솔히 나가려고 마십시오.”

하고 만류하였다.

그러나 황충은 그들의 말을 들으려 하지 않고 그대로 말을 달려 나아갔다.

오반은 곧 풍습으로 하여금 군사를 거느리고 나가서 싸움을 돕게 하였다.

황충은 오군의 진전에 이르러서 말을 멈추어 세우고 칼을 비껴들며 적의 선봉 반장더러 빨리 싸우러 나오라고 소리쳐 불렀다.

반장은 저의 수하 장수 사적을 데리고 나왔는데 이때 사적이 황충의 연로함을 보고서 마음에 업신여겨 다짜고짜로 창을 꼬나 잡고 나와서 바로 그에게로 달려든다.

그러나 서로 싸우기 불과 삼 합이 못 되어 황충의 한 칼에 그의 몸은 두 동강이 나서 말 아래 거꾸러지고 말았다.

이것을 보고 반장이 크게 노하여 관공이 쓰던 청룡도를 휘두르며 나와서 황충과 싸운다.

서로 어우러져 싸우기 오륙 합에 승부가 나뉘지 않아서 황충이

힘을 다하여 사생결단하고 달려드니 반장이 끝내 당해 내지를 못하고 그만 말을 돌려 달아난다.

황충은 승세해서 그 뒤를 몰아쳤다.

그가 한 번 싸움에 크게 이기고 돌아오는 길에 관흥과 장포를 만나니, 관흥이

"저희들은 천자의 성지를 받들고서 노장군을 도와드리러 오는 길이올시다. 이제 장군께서 이미 이처럼 공을 세우셨으니 그만 본영으로 속히 돌아가시도록 하시지요."

하고 권한다.

그러나 황충은 그 말을 듣지 않았다.

그 이튿날이다.

반장이 다시 나와서 싸움을 청한다.

황충은 곧 분연히 말에 올랐다.

관흥과 장포 두 장수가 나서서 싸움을 도우려 하였으나 그는 듣지 않았고, 오반이 제가 나서서 돕겠다고 해도 그는 역시 들으려 하지 않고 혼자서 오천 군을 거느리고 나가서 적을 맞았다.

두 장수가 서로 싸워 수 합이 못 되었을 때 반장이 문득 칼을 끌고 달아난다.

황충은 곧 말을 놓아서 그의 뒤를 쫓으며 소리를 가다듬어 크게 외쳤다.

"적장은 도망하려 마라. 내 이제 관공을 위해서 원수를 갚으련다."

그대로 뒤를 쫓는데 삼십여 리나 갔을 때 사면에서 함성이 크게 진동하며 복병이 일제히 내달으니 우편에는 주태요 좌편에는

한당이며 앞에는 반장이요 뒤에는 능통이라 이들 모두가 일시에 황충을 에워싸고 친다.

그러자 홀연 광풍이 크게 일어나 황충이 급히 물러나려 하는데 산언덕 위로서 마충이 일지군을 거느리고 나서며 활을 쏘아 황충은 바로 어깻죽지에 화살을 맞고 하마터면 말에서 떨어질 뻔하였다.

동오 군사들이 황충이 화살에 맞은 것을 보자 일제히 내달아서 급히 치는데 이때 문득 후면에서 함성이 크게 일어나며 양로군이 짓쳐 들어와서 동오 군사들을 흩어 버리고 황충을 구해 내니, 그들은 곧 관흥과 장포다.

두 소년 장군은 황충을 보호해 가지고 그 길로 바로 어전 영중으로 갔는데, 황충이 원체 연로하였고 혈기가 쇠하였으므로 화살 맞은 상처가 크게 터져서 병세가 자못 침중하였다.

선주가 친히 와서 보고 그 등을 어루만지며

"노장군으로 하여금 이렇듯 상처를 입게 함은 오로지 짐의 과실이로다."

하고 말하니, 황충이

"신은 본래 일개 무부(武夫)일 뿐이온데 다행히도 폐하의 지우(知遇)를 받자 왔습니다. 신이 이제 나이가 칠십오 세이니 수도 또한 족하다고 하겠습니다. 바라옵건대 폐하께서는 용체를 보중하시와 중원을 도모하도록 하옵소서."

하고 말을 마치자 그대로 정신을 잃은 채 이날 밤 어영 안에서 숨을 거두고 말았다.

후세 사람이 그를 탄식해서 지은 시가 있다.

노장이면 천중에서 대공 세운 황충이라
금쇄갑 떨쳐입고 철태궁(鐵胎弓)을 다리도다.
하북을 놀랜 담기 촉중에 떨친 위명
백발을 흩날리며 영웅 기개 드러내다.

선주는 황충이 죽은 것을 보고 마음에 애통해하기를 마지않으
며 관곽을 갖추어서 성도에 후히 장사지내 주게 하였다.

선주가

"오호대장 중에서 이미 세 사람이 죽었건만 아직도 그 원수를
갚지 못했으니 참으로 통분하구나."

하며 한탄을 하며 즉시 어림군을 거느리고 바로 효정에 이르러 모
든 장수들을 크게 모으고 군사를 여덟 길로 나누어 수로와 육로
로 동시에 나가기로 하는데, 수로는 황권으로 하여금 전군을 거
느리게 하고, 선주 자기는 몸소 대군을 영솔하여 육로로 나아가
니 때는 바로 장무 이년 이월 중순이다.

한당과 주태는 선주가 친히 치러 왔다는 소식을 듣자 곧 군사
를 영솔하고 나가서 맞았다.

양편 군사가 진을 치고 서로 대하자 한당과 주태가 말 타고 나
가 보니 촉군 진영의 문기가 열리는 곳에 선주가 몸소 나오는데,
황라소금산개(黃羅銷金傘蓋)를 받고 좌우에는 백모황월(白旄黃鉞)이
요 전후로는 금은정절(金銀旌節)이 쭉 벌려 섰다.

한당이 큰 소리로

"폐하께서 이제 촉국의 주인이 되신 터에 어찌 이렇듯 경솔히
나오시나이까. 만일에 아차 실수라도 있으시고 보면 참으로 후회

막급하오리다.”

하고 외쳤다.

선주는 손을 들어서 멀리 가리키며

“너희들 오나라의 개들이 짐의 수족을 상했으니 짐은 맹세코 천지간에 함께 서지 않으리로다.”

하고 꾸짖는다.

한당이 곧 여러 장수들을 돌아보며

“뉘 감히 나가서 촉병을 쳐 무찌를꼬.”

하고 한마디 하니, 부장 하순이 창을 꼬나 잡고 말을 달려 나온다.

선주 배후에서 장포가 곧 장팔사모를 뻗쳐 들고 말을 몰아 나가면서 한 소리 크게 호통 치며 바로 하순을 취하였다.

장포의 호통이 천둥소리만 못하지 않다.

하순이 마음에 놀라고 두려워서 막 달아나려 하는데, 주태의 아우 주평이 하순이 장포를 당해 내지 못하는 것을 보고 칼을 휘두르며 말을 달려 나왔다.

관흥이 이것을 보자 칼을 들고 말을 급히 달려 나가서 맞는데, 이때 장포가 다시 한 번 벽력같이 호통 치며 한 창에 하순을 찔러서 말 아래 거꾸러뜨리니 주평이 소스라쳐 놀라 미처 손도 놀려보지 못하고 관흥의 한 칼에 몸이 두 동강이 나고 만다.

두 소년 장군은 바로 한당·주태를 바라고 달려들었다.

한당·주태 두 장수가 그만 당황해서 저희의 진중으로 도망해 들어간다.

선주가 이 광경을 보고

“호랑이 아비이니 호랑이 아들뿐이구나.”

하고 찬탄하며 한 번 채찍을 들어 적진을 가리키니 이에 서촉 군사가 일제히 쳐들어가서 동오 군사들은 크게 패하였다.

팔로병의 형세가 흡사 둑을 터놓은 봇물과도 같았다.

동오 군사의 죽은 자가 수가 없이 많아서 송장은 들을 그대로 덮고 피는 흘러서 내를 이루었다.

이때 감녕은 배 안에 남아서 병을 조리하고 있었는데 문득 서촉 군사가 대거 쳐들어온다는 말을 듣고 그는 황망히 말에 뛰어올랐다.

그러자 마침 한 떼의 만병과 맞닥뜨리니 그들은 모두 머리를 풀고 발을 벗었으며 병장기는 개개가 궁노·장창·당패(搪牌)·도부(刀斧)를 쓰는데, 앞을 선 대장은 바로 번왕 사마가라 피를 뿜은 것 같은 시뻘건 얼굴에 새파란 눈이 툭 삐져나왔으며 병장기는 한 자루 철질려골타[1]를 쓰고 허리에는 활을 두 개씩이나 찼으니 그 위풍이 바로 늠름하다.

감녕은 그의 위세가 하도 장한 것을 보고 감히 싸울 엄두가 나지 않아서 곧 말을 채쳐 달아났다.

사마가는 곧 활을 쏘았다. 화살은 그의 머리에 가 꽂혔다.

감녕은 머리에 화살이 꽂힌 채 그대로 달아나 부지구(富池口)에 이르자 어느 큰 나무 아래 앉아서 숨을 거두었다.

이때 나무 위에는 수백 마리의 까마귀 떼가 날아들어서 감녕의 시체를 둘러싸고 한동안 떠나지 않았다.

---

1) 중국 고대에 사용하던 무기. 쇠 혹은 단단한 나무로 만든 일종의 곤봉으로 자루만 내어 놓고 전체에 쇠못을 박은, 이를테면 가시몽둥이이다.

甘寧　　감녕

吳郡甘興覇	오군땅의 감흥패는
長江錦幔舟	장강에서 비단돛을 단 도적이었네
酬君重知己	자신을 알아준 주군에게 은혜를 갚고
報友化仇讐	벗에게는 보답하여 원수도 감화시켰네
劫寨將輕騎	적진을 빼앗을 때 날쌔게 말 달리고
驅兵飮巨甌	군사를 내몰며 큰 잔으로 술마셨다

오왕은 그 말을 듣고 마음에 애통해하기를 마지않으며 예를 갖추어 후히 장사지내 주고 사당을 세워 제사를 지내게 하였다.

후세 사람이 그를 탄식해서 지은 시가 있다.

오군의 감흥패 전날 장강의 금범적(錦帆賊)이라
지우(知遇)에 보답하며 은혜로써 원수 풀고
백기(百騎)로 겁채하여 간웅을 떨게 했네.
신령스런 까마귀 떼 그 죽는 날 현성(顯聖)하니
향화(香火)는 길이길이 천추에 안 끊이리.

그날 선주는 승세해서 오병의 뒤를 몰아치고 드디어 효정(猇亭)을 수중에 넣었다.

동오 군사들은 사면으로 뿔뿔이 흩어져 달아나 버렸다.

선주는 군사를 거두었다.

그런데 관흥이 어디로 갔는지 보이지 않는다.

선주는 황망히 장포의 무리에게 분부해서 사면으로 그의 종적을 찾아보게 하였다.

원래 관흥은 동오 진중으로 쳐들어갔다가 바로 원수 반장을 만나서 즉시 말을 몰아 그 뒤를 쫓았던 것이다.

그런데 이때 반장이 소스라쳐 놀라 산골짜기 안으로 달려 들어가더니 이내 어디로 가 버렸는지 종적을 감추고 말았다.

관흥은 필경 이 산중에 있지 어디를 가랴 싶어 이리저리 찾아다녔으나 종시 간 곳을 알지 못한 채 어느덧 날이 저물어 산중에서 그만 길을 잃고 말았다.

그러나 다행히도 별이 총총하고 또 달빛이 있어서 산벽 소로를 따라 들어가는데 때는 이미 이경이라 한 장상(莊上)에 이르러 말에서 내려 문을 두드리니, 한 노인이 안에서 나와 웬 사람이냐고 묻는다.

관흥은 그에게

"나는 싸움터에 나온 장수로서 길을 잃고 예까지 찾아온 것인데 지금 허기가 심하니 요기를 좀 시켜 주셨으면 하나이다."

하고 청하였다.

노인이 들어오라 하여 관흥이 안으로 들어가 보니 집 안에 등촉을 밝혀 놓았는데 중당에 관공 신상(神像)이 그려져 있다.

관흥이 크게 울며 그 앞에 배복하니 노인이 묻는다.

"장군은 어찌하여 곡을 올리시며 절을 하시나이까."

관흥은 대답하였다.

"이 어른은 저의 부친이십니다."

노인이 그 말을 듣더니 곧 자리에서 내려 절을 하는 것이다.

관흥은 물었다.

"무슨 연고로 우리 부친을 공양하시는 것이오니까."

노인이 이에 대답하여

"이곳은 신을 존숭(尊崇)하는 지방이라 생존해 계시던 때에도 집집이 모셔 받들었던 터에 하물며 오늘날 신령이 되신 때오리이까. 이 늙은 사람은 다만 촉병이 하루라도 빨리 원수를 갚기만 바라거니와 이제 장군께서 이곳에 이르심은 곧 우리 백성의 축복이외다."

하며, 일변 주식(酒食)을 내어 대접하고 일변 말에게도 안장을 벗겨 주고 꼴을 먹인다.

그러자 삼경이 이미 지나서 홀연 문 밖에 또 웬 사람이 와서 문을 두드린다.

노인이 나가서 물어보니 그는 바로 동오 장수 반장으로서 역시 하룻밤 쉬어 가자고 찾아온 것이었다.

반장이 무심히 초당으로 들어오는데 마침 관흥이 보고 곧 칼을 손에 들며

"네 이놈. 도망할 생각 마라."

하고 큰 소리로 꾸짖자 그는 곧 몸을 돌려 나가려 들었다.

바로 이때 문 밖으로서 한 사람이, 낯빛은 무르익은 대추 같고 봉의 눈, 누에눈썹에 삼각수를 거스르며 녹포금개에 보검을 손에 들고 들어온다.

반장은 관공이 현성한 것을 보자 버럭 외마디 소리를 지르며 혼백이 허공에 떠서 다시 몸을 돌쳐 피하려 하는데 이때 관흥의 손이 한 번 번뜻, 그는 몸에 칼을 맞고 땅에 쓰러져 버렸다.

관흥은 곧 그의 배를 가르고 염통을 내어 관공 신상 앞에 진상하고 제사를 지냈다.

이리하여 관흥은 부친의 쓰던 청룡언월도를 얻고 반장의 수급을 말목에 달고 노인과 작별한 다음 반장의 말을 타고서 본영을 바라고 떠나니, 노인은 반장의 시체를 밖으로 끌어내 불에 살라 태워 버렸다.

이때 관흥이 두어 마장을 미처 못 가서 문득 사람의 말소리와 말 우는 소리가 들리며 한 떼의 군사가 들이닥치니 앞을 선 장수는 바로 반장의 부장 마충이다.

마충은 관흥이 저의 주장 반장을 죽여 그의 수급을 말목에 매

달고 또 청룡도를 뺏어 가진 것을 보자 발연대로해서 곧 말을 놓아 관흥에게로 달려들었다.

관흥은 마충이 바로 부친을 해친 원수임을 생각하자 분기가 충천하여 청룡도를 번쩍 들어 마충을 바라고 내리치는데 이때 마충의 수하 군사 삼백 명이 힘을 합해 앞으로 나오며 일시에 함성을 올리고 관흥을 철통같이 에워싸 버렸다.

관흥이 단신으로 당할 길 없어 형세가 위태로울 때 홀연 서북방으로부터 한 떼의 군사가 짓쳐 들어오니 그는 바로 장포다.

마충은 구병이 이른 것을 보자 황망히 군사를 이끌고 물러간다.

관흥과 장포가 함께 그 뒤를 쫓는데 두어 마장을 못 가 앞으로서 미방과 부사인이 군사를 이끌고 마충을 찾아 이르러 양편 군사가 서로 어우러져 한바탕 혼전이 벌어졌다.

그러나 장포·관흥 두 사람은 군사가 많지 않으므로 황망히 철퇴해서 효정으로 돌아가 선주를 뵙고 수급을 올린 다음에 이 일을 갖추 고하였다.

선주는 마음에 놀라고 신기해하며 삼군을 호상(犒賞)하였다.

한편 마충이 돌아가 한당과 주태를 보고 패군을 수습하여 각기 구역을 나누어 지키기로 하는데 군사들 가운데 상한 자가 불계기수다.

마충이 부사인과 미방을 데리고 강변에 군사를 둔치고 있노라니, 이날 밤 삼경에 군사들이 모두 울어 곡성이 그치지 않는다.

미방이 가만히 들어보니 군사 한 패가

"우리는 다들 형주 군산데 여몽의 간계로 해서 주공을 잃고 이제 유황숙께서 어가 친정해 오셨으니 동오는 머지않아 멸망할 것이라, 우리가 원한을 가지는 것은 미방과 부사인이니 이 두 도적놈을 죽여 가지고 촉군 영채로 가서 항복을 하는 것이 어때. 그 공로가 적지 않으리."

하니, 또 한 패가 하는 말이

"하지만 급히 서둘러서는 안 되고 기회를 보아 가지고 하수하도록 하세."

한다.

미방은 듣고 나자 크게 놀라 드디어 부사인을 보고

"군사들의 마음이 변했으니 우리 두 사람이 목숨을 보전하기가 어렵게 되었소. 지금 황숙이 원한을 품고 있는 것은 마충이니 이 자를 죽인 다음에 그 수급을 갖다가 황숙에게 바치고, '저희들이 부득이해서 동오에 항복을 한 것이온데 이제 어가가 여기 오심을 알고 특히 이렇듯 어영에 와서 죄를 청하는 바이옵니다' 하고 말씀을 드려 보는 것이 좋지 않겠소."

하고 상의하니, 부사인이

"그건 아니 되오. 갔다가는 반드시 화를 입소."

하고 말한다.

그러나 미방이 다시

"황숙이 본래 관인후덕하고 지금의 아두 태자로 말하면 바로 내 생질이라 내가 국척의 정리가 있음을 생각해서라도 그는 우리를 해치려 들지는 않을 것이오."

하고 말해서 두 사람은 마침내 의논을 정하고 먼저 타고 갈 말들을 준비해 두었다.

이날 밤 삼경에 두 사람은 장중으로 들어가 마충을 찔러 죽이고 수급을 베어 들자 수하 군사 수십 기를 데리고 바로 효정으로 찾아왔는데, 복로 군사를 만나서 그의 인도를 받아 먼저 장남과 풍습을 찾아보고 자기들의 온 사연을 자세히 이야기하였다.

그 이튿날이다.

두 사람은 어영 안으로 들어가 선주를 뵙고 마충의 수급을 바친 다음 울며 고하였다.

"신 등이 사실 반심(反心)이 없사오나, 여몽의 간계에 속아 관공이 이미 돌아갔다고 하며 성문을 속여서 열게 하므로 신 등이 부득이 항복하였던 것이온데, 이제 성가(聖駕)가 이곳까지 오심을 듣사옵고 특히 이 도적을 죽여서 폐하의 한을 씻으시게 하였사오니 엎드려 비옵건대 폐하께서는 신 등의 죄를 용서하여 주옵소서."

선주는 듣고 대로하여 말하였다.

"짐이 성도를 떠나온 지 이미 오래거늘 너희 두 놈이 어찌하여 바로 와서 죄를 청하지 않았더냐. 오늘날 형세가 위태로워지자 이처럼 와서 교묘한 말로 목숨을 부지해 보려 한다마는, 짐이 만약 너희 놈들을 용서한다면 구천(九泉)[2] 아래 돌아가서 무슨 낯으로 관공을 만나 볼 것이냐."

말을 마치자 관흥으로 하여금 어영 안에다 관공의 영위(靈位)를 모셔 놓게 한 다음, 선주가 친히 마충의 수급을 바쳐 제사를 지내고 다시 관흥에게 분부하여 미방과 부사인의 옷을 벗겨 영전(靈前)에 꿇어앉히게 한 다음, 친히 칼을 잡아 그 살을 발라서 관공

---

2) 옛날 사람이 말하는, 인간이 죽어서 그 혼백이 돌아가 산다는 곳. 소위 저승이니 황천이니 염라국이니 하는 곳.

을 제지냈다.

이때 홀지에 장포가 장상으로 올라와서 선주 앞에 울며 절하고

"둘째 아버님의 원수들은 이미 다 잡아 죽였사온데, 신의 아비의 원수는 어느 날이나 갚아 보옵니까."

하고 말해서, 선주가

"현질은 근심하지 말라. 짐이 마땅히 강남을 싹 쓸어 오나라 개들을 모조리 죽인 다음 기어이 두 도적놈을 사로잡아서 너를 주어 네 손으로 젓을 담가 네 부친을 제지내도록 하리라."

하고 위로하니 장포는 울며 사례하고 물러갔다.

이때 선주의 위세가 크게 떨치니 강남 사람들이 모두 담이 찢어져 주야로 소리쳐 운다.

한당과 주태가 크게 놀라 급히 오왕에게 상주하는데, 미방과 부사인이 마충을 죽인 다음 촉나라 황제에게로 돌아갔다가 필경은 그들 역시 촉나라 황제 손에 죽음을 받은 일을 상세히 고하였다.

손권이 마음에 송구하여 마침내 문무 관원들을 모아 놓고 상의하니, 보질이 나서서

"촉나라 인군이 원한을 품고 있는 것은 여몽·반장·마충·미방·부사인이온데 이제 이 사람들은 다 죽었사옵고 오직 범강·장달이 두 명만이 지금 동오에 있사오니 이 두 자를 사로잡아 장비의 수급과 함께 사자를 시켜 돌려보내 주시옵고, 형주를 도로 떼어 주시며 부인을 돌려보내시고 표를 올려 화친을 구하시되, 예전의 정의를 회복하여 함께 위나라를 멸하도록 하자 하시면 촉병이 제 스스로 물러갈 줄로 아옵니다."

하고 아뢴다.

손권은 그 말을 좇아 드디어 침향목갑(沈香木匣)에다 장비의 수급을 담고 범강과 장달을 결박해 함거에 실은 다음, 정병(程秉)으로 사자를 삼아 국서를 가지고 효정으로 가게 하였다.

한편 선주가 군사를 내어 앞으로 나아가려 하는데 문득 군신이 아뢰되

"동오에서 사자를 보내어 장거기의 수급과 범강 · 장달이 두 도적을 잡아 보내왔다고 하옵니다."

한다.

선주는 두 손을 이마에 갖다 대며

"이는 하늘이 주신 바요 또한 셋째 아우의 혼령이 도움이로다."

하고 즉시 장포에게 분부하여 장비의 영위를 모셔 놓게 하였다.

선주가 목갑 속에 들어 있는 장비의 수급을 보니 얼굴이 생시와 조금도 변하지 않았다. 그대로 목을 놓아 통곡할 때 장포는 친히 칼을 놀려서 범강과 장달을 만 번 깎아 능지(陵遲)[3]하여 부친 영전에 제사를 지냈다.

제사를 마친 뒤에도 선주는 노기가 풀리지 않아 기어이 동오를 멸해 버리려고만 하니, 마량이 나서서

"원수를 모조리 죽이셨으니 그 원한도 다 씻으셨다고 하오리다. 이제 동오에서 대부 정병이 이곳에 이르러, 형주를 반환하며 부인을 돌려드리고 길이 동맹을 맺어 함께 위나라를 도모하시자고 엎드려 성지를 기다리고 있사옵니다."

하고 아뢴다.

---

3) 팔, 다리, 목, 몸을 잘라 갖은 고통을 다 주어 가며 죽이는 형벌. 능지처참(陵遲處斬)의 준말이다.

그러나 선주는 노하여

"짐이 절치하는 원수는 곧 손권인데, 이제 만약 저와 더불어 화친한다면 이는 전일에 두 아우와 맺은 맹세를 저버림이라, 내 이제 동오부터 멸해 놓고 다음에 위를 멸하리로다."

하고 즉시 사자를 베어 동오와의 정의를 끊어 버리려 하는 것을 여러 관원들이 한사코 간하여 겨우 면하였다.

정병은 머리를 싸고 쥐처럼 도망하여 돌아가 오주에게 복명하였다.

"촉나라 인군이 강화하려 아니 하고 맹세코 먼저 동오를 멸한 연후에 위나라를 치겠다 하옵는데, 모든 신하들이 굳이 간하건만 듣지 않으니 이를 어찌하오리까."

손권이 크게 놀라 어찌할 바를 몰라 할 때 감택이 선뜻 반열에서 나와

"지금 하늘을 버틸 기둥이 있는데 주상은 어찌하여 써 보시려고 아니 하십니까."

하고 묻는다.

손권은 곧 그게 대체 누구냐고 되물었다.

감택이 말한다.

"전일에 동오의 대사는 전수이 주랑이 맡아서 했사옵고 그 뒤에는 노자경이 그를 대신하였사오며 자경이 죽은 후에는 여자명이 결단해 했사온데, 이제 자명이 비록 세상을 떠났다고는 하오나 육백언이 지금 형주에 있사옵니다. 이 사람이 이름은 비록 유생이나 실상은 웅재대략(雄才大略)[4]이 있어서, 신더러 말씀하라시면 그 재주가 결코 주랑보다 못하지 않다고 하겠으니 전자에 관공을

244

깨친 것도 그 계책은 모두가 백언에게서 나왔던 것이옵니다. 주상께서 만약에 능히 그를 쓰신다 하오면 촉병을 반드시 깨뜨릴 수 있사온데 혹시 만에 하나라도 실수함이 있사옵거든 신이 원컨대 육백언으로 더불어 죄를 한가지로 지려 하나이다."

손권은 듣고 나자

"덕윤의 말이 아니었더라면 내 거의 대사를 그르칠 뻔하였군." 하고 말하였다.

그러나 이때 장소가 나서서

"육손은 일개의 서생이라 유비의 적수가 아니니 쓰셔서는 아니 될까 보이다."

라고 한마디 하고, 다음에 고옹이 또한

"육손은 나이 어리고 재망이 적사와 여러 장수들이 다 좀처럼 그에게 복종하려고 하지 않을 것이니, 만일에 복종하지 않는다 하오면 화란이 일어나고 말 것이라 반드시 대사를 그르치고 말게 되옵니다."

하고 말하고, 다시 보질이 또한 나서서

"육손의 재주는 그저 고을이나 하나 맡아서 다스릴 만하오니 만약에 그에게다가 대사를 맡기신다 하오면 제가 능히 감당해 내지 못하오리다."

하고 말하는 것이다.

감택은 소리를 높여

"만약에 육백언을 쓰지 않으신다면 동오는 곧 멸망하고 마옵니

---

4) 뛰어난 재주와 탁월한 계책.

다. 바라옵건대 신이 전 가족의 목숨을 걸어서라도 그의 보(保)를
서겠습니다."

하고 외쳤다.

손권은

"과인도 또한 육백언이 비상한 인재임을 익히 아는 터이라 과
인은 이미 뜻을 결했으니 경 등은 여러 말을 마라."

하고 곧 육손을 명초(命招)하였다.

육손의 본명은 육의(陸議)로서 뒤에 개명해서 손이 되니 자는 백
언이라, 오군 오 땅 사람으로 한성문 교위육우의 손자요 구강도
위 육준(陸駿)의 아들이다. 그는 신장이 팔 척이요 얼굴이 옥같이
아름다웠는데 이때에 직품이 진서장군(鎮西將軍)이었다.

육손이 왕의 명초를 받고 들어 와서 배례하고 나자 손권이

"이제 촉병이 지경에 임하였기로 과인이 특히 경에게 명하여
군마를 총독하여 유비를 쳐 깨뜨리게 하노라."

하니, 육손이 아뢰되

"강동의 문무 제신이 모두 대왕의 신임이 두터우신 옛 신하들
이온바, 신이 나이 어리고 또 재주 없사오니 어찌 능히 그들을 제
어하오리까."

한다.

손권이 말한다.

"감덕윤이 저의 전가(全家)로써 이미 경의 보를 섰고 과인이 또
한 경의 재주를 익히 알고 있는 터이라 이제 경으로 대도독을 삼
는 바이니 경은 결코 사양하려 하지 마라."

육손은 한마디 물었다.

246

"만약에 문무 제신이 복종하지 않사오면 어찌하오리까."

손권은 자기가 차고 있던 보검을 끌러서 그에게 내리며

"만일에 호령을 듣지 않는 자 있거든 마땅히 선참후계(先斬後啓)[5]
하라."

하고 말하였다.

육손이 다시 아뢰어

"이렇듯이 중하온 책무를 받자 왔으니 신이 어찌 분부를 받들
지 않사오리까. 그러하오나 다만 대왕께서는 내일 모든 관원들을
다 모으신 연후에 그 검을 신에게 내려 주시옵소서."

하고 말하는데, 감택이 듣고

"옛날에 대장을 봉하는 법이 반드시 단(壇)을 쌓고 무리들을 모
아 백모황월과 인수병부(印綬兵符)를 내렸사온데, 이렇게 한 후에
라야 비로소 위엄이 서며 호령이 엄숙해지는 것이오니 이제 대왕
께서는 마땅히 이 예를 좇으시어 길일을 택하시어 단을 쌓으시고
백언으로 대도독을 봉하셔서 절월을 내리시고 보면 자연 복종하
지 않을 자가 없사오리다."

하고 아뢴다.

손권은 그의 말을 좇아서 영을 내려 밤을 도와서 단을 쌓아 준
비를 갖추게 하고 문무백관을 크게 모은 다음, 육손을 청해서 단
에 오르게 하여 대도독 우호군 진서장군을 삼고 누후(婁侯)를 봉
하며 보검과 인수를 내리고 육군 팔십일주 겸 형 · 초제로군마를
총독하게 하는데, 이때 오왕은 그에게 당부하되

---

5) 군율을 범한 자를 먼저 참형에 처하고 나중에 인군에게 상주하는 것.

"곤이내(閫以內)[6]는 과인이 주장해 하려니와 곤이외(閫以外)는 장군이 제어하라."

하였다.

육손이 명을 받고 단에서 내려 서성·정봉으로 호위를 삼고 당일로 출사하는데, 한편으로 제로군마를 조발하여 수륙 병진하게 하니 문서가 효정에 이르자 한당과 주태가 크게 놀라

"주상께서 어찌하여 일개 서생으로서 군사를 총독하게 하셨는고."

하며 육손이 이르매 모든 사람이 다 불복이다.

육손이 장상에 올라 일을 의논하려 하니 모든 사람이 마지못해 들어와서 참배한다.

육손은 말하였다.

"주상께서 이 사람으로 대장을 삼아 군사를 통솔하여 촉을 깨뜨리라 하셨소. 군에는 정한 법도가 있으매 공 등은 각각 이를 준수하되, 어기는 자는 왕법무친(王法無親)[7]이라 행여 후회하는 일이 없게 하오."

모든 사람이 다 잠잠히 말이 없는 중에 주태가 나서서

"안동장군 손환은 바로 주상의 조카인데 지금 이릉성에서 포위를 받아 안에는 양초가 없고 밖에는 구병이 없는 형편이니 청컨대 대도독은 속히 좋은 계책을 베풀어서 손환을 구해 내어 주상의 마음을 편안케 하사이다."

하고 말하니, 육손이

---

6) 국내. 따라서 곤이외는 국외를 일컫는다.

7) 왕법은 곧 국법이니 국법은 사정(私情)을 두지 않는다는 말.

"내 본디 손안동이 깊이 군심을 얻고 있음을 아니 필시 굳게 지켜 낼 것이라 구태여 구하러 갈 것이 없고 내가 촉을 깨뜨리면 그는 절로 나오게 되리다."

하고 대답한다.

모든 사람들은 다 속으로 비웃으며 물러 나갔다.

한당이 주태를 보고

"대체 이런 어린아이를 대장을 삼다니 동오는 망했어. 자네 그가 하는 꼴을 보았지."

하고 말하니 주태는 그 말에 맞장구를 친다.

"그래서 내가 시험 삼아 한마디 던져 봤던 것인데 아무 계책도 없으니 제가 무슨 수로 촉을 깨뜨리겠소."

그 이튿날이다.

육손이 군중에 호령을 전하기를, 모든 장수들은 각처 관방(關防)[8]과 애구들을 굳게 지키되 행여나 적을 우습게보지 말라 하니 모든 사람이 다 그의 겁 많은 것을 비웃으며 도무지 수비에 힘들을 쓰려고 하지 않았다.

다음 날 육손은 장상에 올라앉아서 모든 장수들을 불러 놓고 한마디 물었다.

"내가 삼가 왕명을 받들어 모든 군사를 통솔하는 터인데, 어제 이미 삼령오신(三令五申)[9]해서 너희들로 하여금 각처를 튼튼히 지키게 일러두었건만 모두들 내 영을 받으려 하지 않으니 이게 대체

---

8) 관문. 국방상 중요한 장소.
9) 세 번 호령하고 다섯 번 신칙한다는 것이니, 한 가지 명령을 재삼 되풀이 일러서 철저하게 알려 준다는 뜻.

어찌된 일이냐."

한당이 나서서 말한다.

"나로 말씀하면 전에 손 장군을 모시고 다니던 때로부터 위시해서 강남을 평정하느라 수백 전(戰)을 싸워 온 터이요, 그 밖의 여러 장수들도 혹은 토역장군을 따르며 혹은 지금의 대왕을 따라서 모두 몸에들 갑옷 입고 손에들 병장기 잡아 목숨을 내어 놓고 싸운 사람들이외다. 이제 주상께서 공으로 대도독을 삼아 촉병을 물리치게 하셨으니 마땅히 계책을 빨리 정하고 군마를 조발해서 길을 나누어 나아가 대사를 도모하도록 해야 할 일인데, 공은 오직 굳게 지키기만 하고 싸우지는 말라고 하시니 그러면 하늘이 저절로 도적들을 죽여 줄 때까지 기다려라도 보자는 말씀이오. 우리는 결단코 살기를 탐내며 죽기를 두려워하는 무리가 아닌데 공은 어찌하여 우리들의 예기를 떨어뜨려 놓습니까."

이에 장하의 모든 장수들이 다 그의 말에 호응하여, 고개를 주억이는데

"한 장군의 말씀이 옳습니다. 우리는 진정 말씀이지 죽기를 결단하고 한 번 싸우기를 원하나이다."
하고 일제히 외친다.

육손이 듣고 나자 검을 빼어 손에 들고 목소리를 가다듬어

"내가 비록 일개 서생이나 이번에 주상으로부터 중임을 맡게 된 것은 내게도 적이 취할 점이 있어 능히 욕된 것을 참으며 온갖 수고를 아끼지 않겠기 때문이라. 너희들은 각각 애구를 잘 지키고 요해처를 굳게 막되 함부로 동하는 것을 허락지 않는 터이니 만일에 영을 어기는 자는 참하리라."

하고 호령하니 모든 장수들은 다 분분히 물러가 버린다.

이때 선주가 효정에서부터 군마를 벌려 바로 서천 어귀에 이르니 칠백 리를 연하여 전후 사십 영채라, 낮이면 정기가 해를 가리고 밤이면 화광이 하늘을 비친다.

그러자 홀연 세작이 와서 보하되

"동오에서 육손으로 대도독을 삼아 군마를 총독하게 하였사온데 육손이 장수들에게 영을 내려 각기 요해처를 지키고 나오지 않게 하고 있다 하옵니다."

한다.

선주가

"육손이 어떤 사람인고."

하고 물으니, 마량이

"육손이 비록 동오의 일개 서생이오나 나이 어려도 재주가 많사옵고 남달리 모략이 있어서 전자에 형주를 엄습한 것도 다 이 사람의 계책에서 나온 것이옵니다."

하고 아뢴다.

선주가 듣고 크게 노하여

"어린 자식의 간사한 꾀로 짐의 아우를 죽였으니 이제 마땅히 사로잡으리로다."

하고 즉시 영을 전하여 군사를 나아가게 하니 마량이 간한다.

"육손의 재주가 주랑보다 못하지 않사오니 쉽게 보시지 마시옵소서."

그러나 선주는

"짐이 용병하기에 늙었거늘 어찌 도리어 입에서 젖내 나는 갓난애만 못하리."

하고 드디어 친히 전군을 거느리고 나가서 각처의 관진(關津) 애구를 치기로 한다.

한당은 선주의 군사가 온 것을 보자 사람을 보내서 육손에게 이를 알렸다.

육손이 혹시나 한당이 함부로 동할까 저어하여 급히 말을 달려 친히 와서 보니, 이때 한당이 말을 산 위에 세우고서 멀리 촉나라 군사들이 산과 들을 까맣게 덮고 들어오는 것을 바라보고 있는데 군중에 은은히 황라산개가 보인다. 한당은 육손을 맞아 말머리를 나란히 하고 서서 바라보며 손을 들어 가리키고 말하였다.

"군중에 반드시 유비가 있으니 내 나가서 치겠소이다."

그러나 육손은 말한다.

"유비가 군사를 일으켜 동오로 내려온 뒤, 십여 진(陣)을 연승해서 예기가 한창 성한 터이라 지금은 오직 험요처를 굳게 지켜야 하지 경망되게 나가서는 아니 될 것이니 나간즉 불리하오. 그저 장졸들을 단속해서 널리 방어할 계책을 쓰며 적의 동정을 살피는 것이 수요. 지금 저희가 평원·광야 사이로 말을 달리며 바로 양양자득해하지만, 우리가 굳게 지키고 나가지 않아 저희가 아무리 싸우려도 싸울 수가 없게 되면 제 반드시 군사를 옮겨 산림 수목 사이로 가서 둔치고 말 것이니 그때에 내 기이한 계책을 써서 적을 쳐 이기려는 것이오."

한당은 듣고서 입으로는 비록 동의하나 마음속으로는 역시 불복이었다.

선주는 전대(前隊)를 시켜서 싸움을 청하게 하고 백방으로 욕하며 꾸짖게 하였다. 그러나 육손은 영을 내려서

"귀들을 막고 듣지 마라."

"나가서 싸우는 것은 허락지 않는다."

하고 몸소 각 관 애구를 두루 찾아다니며 장졸들을 위무하고 모두 굳게 지키고 있도록만 이르는 것이다.

선주가 동오 군사가 나오지 않는 것을 보고 심중에 초조해하니 마량이 간한다.

"육손은 깊이 모략이 있으니, 이제 폐하께서 멀리 오시어 치고 싸우시기를 봄으로부터 여름이 지나도록 하고 계시건만 저희가 나오지 않는 것은 아군에 변이 있기를 기다리려는 것이옵니다. 바라옵건대 폐하께서는 이를 살피시옵소서."

그러나 선주는

"제게 무슨 꾀가 있으리. 다만 겁이 나서 싸우지 못함이라. 앞서 여러 차례 패하였으니 제 이제 무슨 수로 다시 나오리오."

하고 말할 뿐이다.

그러자 선봉 풍습이 들어와서

"지금 연일 염천에 군사들이 모두 불 속에 둔치고 있는 형편이오며 물을 길어다 쓰기도 극히 불편하옵니다."

하고 아뢴다.

선주는 드디어 각 영에 명해서 모두 수림이 무성한 곳으로 옮겨 시내와 샘물을 끼고 지내며 한여름을 나고 가을이 되기를 기다려서 일제히 진병하게 하라 하였다.

풍습이 마침내 성지를 받들어서 모든 영채들을 수림이 울창한

곳으로 다 옮기도록 하니 마량이 보고 선주에게

"만일에 우리 군사들이 동하다가 동오 군사가 갑자기 이르기라 도 한다면 어찌하시려고 그러시나이까."

하고 물었다.

선주가

"짐이 이제 오반으로 하여금 만여 명의 약병(弱兵)을 거느리고 동오의 영채 가까이 가서 평지에 둔찰하게 하고는, 따로이 정병 팔천을 짐이 친히 뽑아서 산곡간에 매복해 두기로 하였나니, 만 약에 짐이 영채 옮기는 것을 육손이 알게 되면 제 반드시 승세하 여 군사를 끌고 와서 칠 것이라, 그때에 오반으로 하여금 거짓 패 하여 달아나게 해서 만약에 육손이 그 뒤를 쫓아오거든 짐이 매 복해 두었던 정병을 거느리고 돌연 내달아 저희들의 돌아갈 길을 끊어 버릴 계책이니 이렇게 하면 어린 자식을 가히 사로잡을 수 있으렷다."

한다.

듣고 나자 문무 제신은 모두 하례하여

"폐하의 신기 묘산은 신등의 미칠 바가 아니로소이다."

하고 말하였다.

이때 마량이 있다가

"근자에 듣자오매 제갈 승상이 위나라의 군사가 침노할까 저어 하여 동천에 가서 각처 애구를 점검하고 있다 하옵는데 폐하께서 는 어찌하여 각 영채의 옮겨 앉은 자리들을 도본으로 그려서 한 번 승상에게 보내 물어보시려 하지 않으시나이까."

하고 아뢰었다.

선주는 한마디로

"짐도 또한 병법을 익히 알고 있거늘 구태여 승상에게 다시 물어볼 것이 있으리오."

하고 말한다.

그러나 마량이 다시

"옛사람의 말에도 '겸청즉명(兼聽則明) 편청즉폐(偏聽則蔽)', 즉 두 사람 말을 들으면 밝고 한 사람 말만 들으면 어둡다고 하였사오니 바라옵건대 폐하께서는 이를 살피시옵소서."

하고 아뢰자, 선주는

"그렇다면 경이 몸소 각 영에 가서 사지팔도도본(四至八道圖本)[10]을 그려 가지고 친히 동천으로 가서 승상에게 물어보되 혹시 불편한 점이 있다고 하거든 급히 와서 알리도록 하라."

하고 분부한다.

마량은 어명을 받고 곧 떠나갔다.

이리하여 선주는 군사를 수목이 울창한 곳으로 옮겨서 더위를 피하게 하였는데 이때에 세작이 벌써 이 소식을 알아다가 한당과 주태에게 보하였다.

두 사람은 이 소식을 얻어 듣자 크게 기뻐하여 곧 육손을 가보고

"지금 촉병 사십여 영채가 모두 산속 수림이 울창한 곳으로 자리들을 옮겨 시내와 간수를 끼고 물가에서 서늘하게들 지낼 작정을 하고 있다 하니 도독은 이 허한 틈을 타서 적을 치시는 것이

---

10) 사지(四至)는 동, 서, 남, 북의 경계. 팔도(八道)는 사면 팔방으로 통한 길들. 곧 전후 산천과 사면 도로들을 상세히 그려 놓은 지도를 말한 것.

좋을까 보이다."
하고 말하였다.

　　서촉 임금 꾀가 많아 매복을 해 놓았으니
　　동오 군사 혈기 믿다 필경 사로잡히렷다.

육손이 과연 그 말을 들을 것인가.

육손은 칠백 리 영채를 불사르고
공명은 공교하게 팔진도를 배포하다

| 84 |

한당과 주태는 선주가 영채를 옮겨 더위를 피하려 하는 것을 탐지해서 알고 급히 육손에게 와서 보하니 육손은 크게 기뻐하여 마침내 군사를 거느리고 친히 동정을 보러 나섰다.

보니, 평지에 둔치고 있는 촉병이 불과 만여 명으로서 그 태반이 모두 늙고 약한 무리들인데 기호에는 바로 '선봉 오반'이라고 크게 씌어 있는 것이다.

주태는 육손을 보고

"내가 보기에 이 따위 군사는 바로 아이들 장난과 다를 것이 없으니 한 번 한 장군과 함께 두 길로 나누어 나가 쳐 보고 싶소이다. 그래서 만일에 이기지 못한다면 그때에는 군령을 달게 받겠소이다."

하고 말하였다.

그러나 육손은 한동안이나 적의 형세를 자세히 살펴보다가 문득 채찍을 들어 한 편을 가리키며

"저 앞 산골짜기 안에서 은은하게 살기(殺氣)가 일어나니 그 아래에는 반드시 복병이 있을 것이오. 그러므로 평지에다가 이처럼 약한 군사를 둔쳐 놓고서 우리를 꼬이는 것이니 공들은 결코 나가서는 아니 될 줄로 아오."

하고 말한다.

　모든 장수는 그 말을 듣고 '원 겁도 참 많기도 하다' 하고 다들 속으로 비웃었다.

　그 이튿날이다.

　오반이 군사를 거느리고 관(關) 앞으로 와서 싸움을 청하는데 바로 저희 세상이나 만난 것처럼 뽐내며 욕하고 꾸짖기를 마지않는 중에 심지어 갑옷을 벗고 새빨간 알몸으로 혹은 땅바닥에 가 앉아 있고 혹은 자빠져서 자는 자들도 많이 있는 것이다.

　서성과 정봉은 장중으로 들어가서 육손을 보고

"촉병이 우리를 너무나 업신여기고 있습니다. 우리는 꼭 한 번 나가서 저 놈들을 쳐 무찌르고 싶소이다."

하고 품하였다.

　그러나 육손은 웃으며

"공 등은 단지 혈기지용만 믿을 뿐이지 손·오의 묘법은 모르오그려. 저것은 저희들이 유적하는 계책이라. 삼일 후에 반드시 그 간사함을 보게 되리라."

하고 말한다.

　서성이

"사흘 후면 적들이 이미 영채를 다 옮겨 안돈한 때인데 무슨 수로 그것을 친단 말입니까."

하고 물으니,

"나는 바로 적들로 하여금 영채를 모조리 옮겨 놓게 하자는 것이오."

하고 육손은 대답한다. 장수들은 모두 비웃으며 물러가 버렸다.

그로써 사흘이 지나 육손이 여러 장수들을 관 위에 모아 놓고 바라보는데 이때 오반의 군사는 이미 다 물러간 뒤였다. 육손은 손을 들어 가리키며 말하였다.

"지금 살기가 일어나고 있으니 유비가 반드시 산골짜기 안에서 나올 것이오."

그의 말이 미처 끝나지 않아서 촉병들이 갑옷투구에 장속을 든든하게 하고서 전후좌우로 선주를 옹위하고 지나간다.

동오 군사들이 이 광경을 보고 모두 간담이 서늘해하는데 육손은 말한다.

"공 등이 오반을 치자고 말했건만 내가 듣지 않았던 것은 바로 이 때문이었소. 이제 복병이 이미 나왔으니 앞으로 열흘 안에 촉을 반드시 깨뜨릴 수가 있소."

장수들은 그에게 물었다.

"촉병을 깨뜨리려면 처음에 서둘러 했어야지, 이제는 오륙백 리에 영채를 연해 놓았으니 이대로 지켜 가서 칠팔월을 경과하여 모든 요해처의 방비들이 이미 굳어 버리고 보면 그때 가서야 무슨 수로 깨뜨리겠단 말입니까."

육손이 대답한다.

"여러분이 병법을 모르는구려. 유비로 말하면 천하의 효웅(梟雄)으로서 또한 지모가 많으니 그 군사들이 처음 모였을 당시에는 법도가 심히 엄숙하였소. 그러나 이제 지키기만 오래 하고 싸우고 싶어도 싸울 수가 없이 되어 군사들은 피로하고 사기는 저상했으니 오늘이야말로 바야흐로 우리가 저희를 취할 때요그려."

장수들은 그제야 비로소 그의 지모에 탄복하였다.

후세 사람이 그를 칭찬해서 지은 시가 있다.

신묘할사 육도삼략 장중에 깊이 들어앉아
향기로운 미끼로써 고래를 낚단 말가.
분분한 삼국 시절 인물도 많다지만
강동의 육백언이 이름 한 번 높았구나.

이때 육손은 이미 촉병을 깨뜨릴 계책을 정해 놓고서 드디어 글을 닦아 사자에게 주어 손권에게 갖다 바치게 하는데, 가히 날을 정해 놓고 촉을 깨뜨릴 수 있다는 뜻으로 아뢰었다.

손권은 그 글을 보고 나자 크게 기뻐하며

"강동에 다시 이러한 이인(異人)이 있으니 과인이 무엇을 근심하리오. 여러 장수들이 모두 글을 올려 육백언을 겁 많은 사람이라 말했으나 과인은 홀로 그렇지 않으니라 하였더니 이제 이 글을 보매 과연 그는 겁 있는 사람이 아니었도다."

하고 이에 동오 군사를 크게 일으켜 접응하러 나섰다.

한편 선주가 효정에서 수군을 다 몰아서 강을 따라 내려가며

장강 연안에 수채를 세워 동오 지경으로 깊이 들어가니, 이것을 보고 황권이 나서서

"수군이 강을 따라서 내려가니 앞으로 나아가기는 쉬우나 뒤로 물러나기는 어렵게 되었소이다. 바라옵건대 신이 전구(前驅)가 되겠사오니 폐하께서는 부디 후진에 머물러 계시옵소서. 그렇게 하셔야 만에 하나도 실수함이 없으실까 하나이다."

하고 간한다.

그러나 선주는

"동오의 도적들이 간담이 다 떨어졌으니 이제 짐이 장구대진(長驅大進)하기로 무슨 구애할 바 있으리오."

하고 듣지 않는다.

여러 신하들이 또 굳이 간하였다. 그러나 선주는 끝내 듣지 않고 드디어 군사를 두 길로 나누어서 황권으로는 장강 북안의 군사들을 통솔하여 위나라 군사의 침로를 방비하게 하고, 선주 자기는 친히 장강 남안의 모든 군사를 총독하여 강을 끼고 영채를 나누어 세워 놓고 장차 진취(進取)하기를 도모하였다.

이때 세작이 이 소식을 탐지해다가 밤을 도와 위나라 천자에게 보하기를

"촉나라 군사가 동오를 치고 있사온데 목책을 세우고 영채를 연하여 전후 칠백여 리에 사십여 둔으로 나누어 모두 산을 의지해서 수림 속에 하채하였삽는바, 지금 황권이 장강 북쪽 연안에 군사를 거느리고 있으면서 매일 나와서 백여 리를 초탐하니 대체 무슨 뜻임을 모르겠사옵니다."

하니, 위나라 천자가 듣고 나서 얼굴을 젖혀 들고 웃으며

"유비가 장차 폐하리로다."

한다.

신하들이 그 까닭을 묻자 조비는 대답한다.

"유현덕이 병법을 알지 못하나니 어찌 칠백 리에 영채를 연해 놓고 적을 막을 법이 있으리오. 원습험저(原濕險阻)[1]에 군사를 둔치는 것은 병법에서 크게 꺼리는 바라, 현덕이 필시 동오 육손의 손에 패하고 말 것이니 열흘 안으로 소식이 반드시 있으리로다."

그러나 신하들이 그 말을 믿지 못하고 모두들 군사를 내어 방비하기를 청하니 그는 다시 말한다.

"육손이 만약에 이기면 필연 동오 군사를 들어 서천을 취하러 갈 것이다. 오병이 멀리 가고 보면 나라 안이 텅 빌 것이니 그때에 짐이 거짓 군사를 내어 싸움을 돕겠다 칭탁하고 삼로로 일제히 진병하게 하면 동오를 타수가득(唾手可得)[2]하리로다."

그제야 모든 신하들이 다 배복한다.

위나라 천자는 영을 내려서 조인으로 하여금 일군을 거느려 유수로 나가게 하며, 조휴로 하여금 일군을 거느려 동구(洞口)로 나가게 하고, 다시 조진으로 하여금 일군을 거느리고 남군으로 나가게 하는데,

"삼로 군마가 기일을 정해서 회합하고 가만히 동오를 엄습하면 짐이 그 뒤를 따라서 친히 나가 접응하리라."

하여 그는 군사의 조발을 다 정해 버렸다.

---

1) 원(原)은 고원(高原), 습(濕)은 습한 땅, 험저(險阻)는 지덕이 험한 곳.
2) 아주 손쉽게 얻을 수 있는 것.

위나라 군사가 동오를 엄습한 일은 잠깐 두어 두기로 하고, 한편 마량이 동천에 이르러 공명을 들어가 보고 도본을 바친 다음에

"지금 영채들을 옮겨서 장강을 끼고 가로 칠백 리에 걸쳐 사십여 둔에 나누어 하채하여, 모두 시내와 샘물을 끼고 수림이 무성한 곳에 자리들을 잡고 있는데 황상께서 저에게 분부하시어 이 도본을 가져다가 승상께 한 번 보이라고 하시더이다."

하고 말하였다.

공명이 받아서 보고 나더니 곧 손으로 서안을 치며

"대체 어떤 자가 이렇게 하채하시라고 주상께 가르쳐 드렸는고. 이자의 목을 당장에 베야 하리로다."

하고 외친다.

마량이 이에 대답하여

"모두 주상께서 자량(自量)하여 하신 일이지 다른 사람이 낸 꾀가 아니외다."

하고 말하니, 공명이 듣고

"아아! 한나라의 기수가 다하였구나."

하며 한숨을 짓는다.

마량이 그 까닭을 묻자 공명은 말하였다.

"원습험저에 영채를 맺는 것은 병가에서 크게 기(忌)하는 바라, 만일에 저희가 화공을 쓴다면 무슨 수로 막아 내겠소. 그리고 영채를 칠백 리에 연해 놓고 적을 막는 법이 어디 있단 말이오. 화가 멀지 않았소. 육손이 잔뜩 지키고 앉아서 나오지 않는 것은 바로 이 때문이오. 공은 속히 가서 천자를 뵈옵고 말씀을 올려 그대로는 안 되니 영채들을 다 고쳐 둔치도록 하시게 하오."

마량은 다시

"만약에 그 사이 동오 군사가 이미 이기기라도 했으면 어찌하오리까."

하고 물으니, 공명이

"육손이 제 감히 뒤를 쫓아오지는 못할 것이니 성도는 염려할 것이 없으리다."

한다.

마량이 다시

"육손이 어째서 뒤를 쫓지 않을까요."

하고 물어서, 공명은 대답하였다.

"그것은 위나라 군사가 그 뒤를 엄습할까 두려워하기 때문이오. 주상께서 만약에 패하시거든 백제성으로 들어가 피하시게 하오. 내가 서천에 들어올 때 이미 십만 병을 어복포(魚腹浦)에다 매복해 두었소."

그 말에 마량이 크게 놀라서

"이 사람이 어복포를 사오 차나 지나 다녔어도 이제까지 군사라고는 단 한 명을 보지 못했는데 승상은 어찌하여 그런 거짓 말씀을 하십니까."

하니, 공명은 다만

"후일에 가서 반드시 알게 될 것이니 구태여 번거롭게 물을 것이 없소."

할 뿐이다.

마량은 표장(表章)³⁾을 써 달라고 해서 가지고 황망히 어영을 바라고 떠나갔다. 공명은 곧 성도로 돌아가 군마를 조발해서 접응하기로 한다.

한편 육손은 촉나라 군사들이 이미 나태해져서 다시는 아무런 방비가 없는 것을 보고 마침내 장상에 올라 대소 장사(將士)들을 모아 놓고 영을 내렸다.

"내가 왕명을 받자온 뒤로 아직까지 한 번도 나가서 싸우지 않았는데, 이제 촉나라 군사를 보매 족히 그 동정을 알 만하므로 먼저 장강 남쪽 언덕에 있는 영채 하나를 취하려 하니 뉘 감히 한 번 나가 보겠는고."

그 말이 미처 끝나기 전에 한당·주태·능통 등이 소리를 응해서 나서며

"우리가 한 번 가 보겠소이다."

하고 말한다.

그러나 육손은 그들을 모두 물리쳐 쓰지 않고 유독 계하의 말장 순우단을 불러서 분부하였다.

"내가 네게 오천 군을 줄 것이매 가서 촉장 부동이 지키고 있는 강남 제사영을 취하되 오늘밤에 꼭 공을 이루도록 하라. 내가 친히 군사를 거느리고 접응하겠다."

순우단이 군사를 데리고 떠나가자 육손은 다시 서성·정봉을 불러 영을 내렸다.

"너희들은 각기 삼천 군을 거느리고 영채 밖 오 리에 나가 둔치고 있다가 만약에 순우단이 패해 돌아오는데 뒤를 쫓는 군사가

---

3) 표문(表文)과 같다. 임금에게 올리는 글.

있거든 곧 내달아 구하되 구태여 적의 뒤를 쫓지는 마라."

두 장수는 군사를 이끌고 나갔다.

이날 순우단이 황혼녘에 군사를 거느리고 전진하여 촉병 영채에 이르니 때는 이미 삼경이 지난 뒤다.

군사들을 시켜 북 치고 고함지르며 들어가는데 영채 안으로서 부동이 군사를 거느리고 짓쳐 나오더니 창을 꼬나 잡고 바로 순우단에게 달려든다.

순우단이 당해 내지 못하고 말을 돌려 곧 돌아 나오는데 홀지에 함성이 크게 진동하며 일표군이 앞길을 가로막으니 앞선 대장은 조융이다.

순우단은 혈로를 뚫고 달아나느라 군사의 태반을 잃었다.

한창 달아나는 중에 산 뒤로부터 만병 한 떼가 나와서 길을 막으니 거느리는 번장은 사마가라, 순우단이 죽기로써 싸워서 포위를 뚫고 나오는데 배후에서 삼로 군사가 그대로 쫓아온다.

그냥 달려서 영채 밖 오 리쯤에 이르렀을 무렵 동오 장수 서성과 정봉 두 사람이 양편에서 짓쳐 나와 촉병을 물리치고 순우단을 구하여 영채로 돌아왔다.

순우단이 화살을 띤 채 들어가서 육손을 보고 죄를 청하니 육손이 말한다.

"네 잘못이 아니다. 내가 적의 허실을 한 번 시험해 보려 했을 뿐이다. 이제 촉을 깨뜨릴 계책을 내 이미 정했다."

서성과 정봉이 있다가

"촉병의 형세가 커서 깨뜨리기 어려운데 부질없이 군사만 없애고 장수만 죽였소이다."

하고 한마디 하니, 육손은 웃으며

"나의 이번 계책은 다만 제갈량을 속이지는 못하는데 천행으로 이 사람이 없어서 나로 하여금 큰 공훈을 세우게 하는 것이오."

하고 드디어 대소 장사들을 모아 놓고 영을 내리는데 주연은 수로로 진병하여 내일 오후에 동남풍이 크게 불거든 배에 모초(茅草)를 싣고 계책에 의하여 행하라 하고, 한당은 일군을 거느리고 장강 북안을 치라 하고, 주태는 일군을 거느리고 장강 남안을 치라 하고, 매인이 손에 모초 한 묶음씩 가지되 그 속에 유황 염초(焰硝)를 싸게 하고, 각기 불씨를 가지고 각기 창과 칼을 들고, 일제히 나가서 촉병 영채에 이르는 길로 바람을 따라 불을 놓되 촉병 사십 둔에 한 둔 걸러 한 둔씩 불살라 모두 이십 둔을 불사르게 하고, 각 군이 건량(乾糧)⁴⁾을 예비하고 가되 잠시도 물러남을 허락지 않나니 주야로 적의 뒤를 쫓아 오직 유비를 사로잡은 뒤에라야 그칠 줄로 알라 하매, 모든 장수들이 군령을 듣고 나자 각기 계책을 받아 가지고 떠나갔다.

한편 선주가 바야흐로 어영에서 오병 깨뜨릴 계책을 생각하고 있노라니 문득 장전에 세워 놓은 중군기(中軍旗)가 바람도 없는데 절로 쓰러진다.

정기를 보고

"이게 무슨 조짐일꼬."

하고 물으니,

---

4) 길을 가거나 행군할 때에 요기하기 위해서 가지고 가는 말린 음식.

程畿　　정기

慷慨蜀中程祭酒　기개 있도다, 촉땅의 정 좨주여!
身留一劍答君王　검 하나로 자결하여 군왕에게 보답하였네
臨危不改平生志　위기를 당해서도 평생의 뜻 변치 않고
博得聲名萬古揚　널리 명성을 만고에 드날렸다

"혹시 오늘밤 동오 군사가 겁채하러 오려는 것이나 아니오리까."

하고 말한다.

선주가

"간밤에 다 죽여 버렸는데 어딜 감히 다시 올꼬."

하는 말에, 정기가 다시 대답하여

"그러하오나 혹시 육손이 우리를 시험하느라 짐짓 패한 것이면 어찌하오리까."

하며 한창 이렇듯 말하고 있는 중에 사람이 보하기를,

"산상에서 멀리 바라보매 동오 군사들이 모두 산을 끼고 동편을 향하고 가더이다."

한다.

선주는

"이는 의병(疑兵)이라."

하고 군중에 영을 전해 동하지 말라 이른 다음 관흥과 장포에게 명하여 각각 오백 기를 거느리고 나가서 순을 돌게 하였는데, 황혼녘에 관흥이 돌아와서 아뢰되

"강북 영채 안에서 불이 났사옵니다."

한다.

선주는 급히 분부하여 관흥은 장강 북안으로 가고 장포는 장강 남안으로 가서 허실을 알아보되

"만약에 동오 군사가 온 때에는 급히 돌아와 보하라."

하고 일렀다.

두 장수가 영을 받고 떠난 뒤 초경쯤 해서다. 동남풍이 갑자기 일어나며 어영 좌편 영채에서 불이 났다.

막 그 불을 잡으려 하는데 이번에는 어영 우편 영채에서 또 불길이 올랐다.

바람은 크게 불고 불은 쉽사리 번져서 수목에 모두 불이 붙고 함성이 크게 진동한다.

좌우 두 영채의 군마들이 모두 뛰어나와 어영 안으로 달려드니 어영 안의 군사들이 서로 밟고 서로 밟히어 죽는 자가 이루 그 수효를 모르겠다.

뒤로는 또 동오 군사가 짓쳐 들어오는데 그 수가 얼마나 되는지를 알 길이 없다.

선주는 급히 말에 올라 풍습의 영채로 달려갔다.

그러나 이때 풍습의 영채 안에서도 불길이 하늘을 찔러 일어났다. 강남·강북에 화광이 환히 비쳐 밝기가 바로 낮과 같다.

풍습이 말에 올라 수십 기를 데리고 달아나다가 마침 서성의 군사가 오는 것과 만나 서로 어우러져 싸우는데, 선주가 이것을 보고 말을 빼어 서편을 바라고 달아나니 서성이 풍습을 버려둔 채 군사를 끌고 뒤를 쫓아온다.

선주가 바야흐로 황급해할 때 앞에서 또 한 떼의 군사가 길을 가로막으니 그는 곧 동오 장수 정봉이다. 양군이 앞뒤에서 끼고 친다.

선주는 크게 놀랐다. 사면 둘러보아야 길이 없는 것이다.

그러자 홀연 함성이 크게 진동하며 일표군이 에움을 헤치고 짓쳐 들어오니 곧 장포다. 선주를 구해 내자 어림군을 거느리고 그는 그냥 말을 달렸다.

한창 달리는 중에 앞으로서 또 한 떼의 군사가 이르니 그는 촉장 부동이다. 군사를 한데 합쳐 가지고 나가는데 등 뒤에서 동오 군사가 뒤쫓아 이르렀다.

이때 선주가 한 산 앞에 이르니 이름은 마안산(馬鞍山)이라, 장포와 부동이 선주에게 청해서 산으로 올라가는데, 산 아래서 함성이 또 일어나며 육손의 대대 인마가 마안산을 에워싸서 장포와 부동은 죽기로써 산 어귀를 막았다.

선주가 멀리 바라보니 들을 덮어 화광은 끊이지 않고 죽은 시체는 겹겹이 쌓여 강물을 막고 내려온다.

그 이튿날이다.

동오 군사가 또 산에다가 사면으로 불을 질러서 군사들이 어지러이 달아나 선주가 놀라고 당황해하는데 홀연 화광 중에 한 장수가 사오 기를 데리고 산 위로 짓쳐 올라와서 자세히 보니 곧 관흥이다.

관흥이 땅에 배복하여 청한다.

"사면에 화광이 핍근하와 오래 머무르시지 못하오리니 폐하께서는 속히 백제성으로 가셔서 다시 군마를 수습하심이 가하실까 하옵니다."

선주는 물었다.

"뉘 감히 뒤를 끊을꼬."

부동이 아뢴다.

"신이 원컨대 죽기로써 담당하오리다."

이날 황혼녘에 관흥은 앞에 있고 장포는 가운데 있고 부동은 남아서 뒤를 끊기로 한 다음에 선주를 보호하여 산 아래로 짓쳐 내려오는데 동오 장수들이 선주가 달아나는 것을 보자 저마다 공을 다투어서 각기 대군을 영솔하고서 하늘을 가리며 땅을 뒤덮어 일제히 서쪽을 바라고 쫓아온다.

선주는 군사들로 하여금 전포와 갑옷들을 모조리 벗어서 길 위에다 쌓아 놓고 불을 질러서 뒤쫓는 군사를 끊게 하였다.

그가 다시 한창 달아나는 중에 함성이 또 크게 진동하더니 동오 장수 주연이 일군을 거느리고 강 언덕 쪽으로부터 짓쳐 나와서 길을 딱 가로막아 버렸다.

선주가 놀라

"예서 짐이 죽는도다."

하고 부르짖는다.

관흥과 장포는 말을 놓아 그대로 좌충우돌하였다.

그러나 동오 군사들이 화살을 어지러이 쏘아서 각기 몸에 중상만 입었을 뿐 종시 뚫고 나가지를 못한다.

그러자 배후에서 함성이 또 일어나며 육손이 친히 대군을 영솔하고 산골짜기 안으로부터 짓쳐 나온다.

선주가 바야흐로 황급해할 때, 이때에 천색(天色)이 이미 희미하였는데 문득 전면에 함성이 천지를 진동하더니 주연의 군사들이 혹은 분분히 시내에도 떨어지고 혹은 뒤재주쳐서 바위 위에도 구르고 하는 중에 일표군이 안으로 짓쳐 들어와서 어가를 구호한다.

선주가 크게 기뻐하여 누군가 보니 그는 바로 상산 조자룡이다.

원래 조운이 동천 강주에 있다가 촉병이 동오 군사와 싸운다는 소문을 듣자 드디어 군사를 거느리고 나섰는데, 문득 보니 동남 일대에 화광이 충천해 일어난다. 마음에 놀라워서 멀리 살펴보니 뜻밖에도 선주가 궁지에 빠져 있다. 그래 그는 곧 용맹을 떨쳐 난 군 속을 뚫고 들어온 것이었다.

육손은 그가 조운이라고 듣자 급히 영을 내려서 군사를 뒤로 물려 버렸다.

조운이 한창 시살하는 중에 문득 주연을 만나서 곧 창을 어울렸는데 미처 한 합이 못 되어 그를 한 창에 찔러서 말 아래 거꾸러 뜨리고 동오 군사들을 쳐 물리친 다음에 선주를 구해 내어 백제성을 바라고 달아났다.

선주가 묻는다.

"짐은 비록 벗어났으나 제장은 장차 어찌할꼬."

조운은 대답하였다.

"적병이 뒤에 있으매 오래 지체하시지 못하옵니다. 폐하께서는 곧 백제성으로 들어가셔서 우선 쉬시옵소서. 신이 다시 군사를 이끌고 가서 여러 장수들을 구해 오겠사옵니다."

이때 선주 수하에는 겨우 백여 인이 남아 가지고 백제성으로 들어갔던 것이다.

후세 사람이 시를 지어 육손을 칭찬하였다.

칠백 리에 연한 영채 화공으로 깨뜨리니
현덕의 궁한 형세 백제성으로 달아난다.
하루아침 그의 위명 촉과 위를 놀라게 했으니
오왕이 제가 어찌 서생 공경 아니 하리.

한편 부동은 선주를 위해서 뒤를 끊고 있었는데 동오 군사가

팔면으로 에워싸며 정봉이 큰 소리로

"촉병이 죽은 자가 무수하고 또 항복한 자도 극히 많은데 너의 주인 유비는 벌써 우리 손에 사로잡혔다. 네가 이제 세궁력진했는데 어째서 항복을 하지 않느냐."

하고 외친다.

부동은 꾸짖었다.

"나는 한나라 장수다. 어찌 동오의 개에게 항복할 법이 있느냐."

곧 창을 꼬나 잡고 말을 놓아 촉병을 거느리고 죽을힘을 다해서 싸우는데 백여 합을 넘어 싸우면서 왕래 충돌하였건만 끝내 포위를 뚫고 나올 수가 없다.

부동은 길게 탄식하며

"내가 이제는 죽었구나."

하고 말을 마치자 입으로 피를 토하며 마침내 동오 군중에서 전사하고 말았다.

후세 사람이 부동을 칭찬해서 지은 시가 있다.

오촉(吳蜀)이 이릉에서 대판으로 싸울 적에
육손이 꾀를 써서 화공을 하였어라.
죽기에 이르러서도 '동오 개'를 꾸짖으니
부동은 그야말로 한나라 장군이라.

그때 또 촉나라 제주 정기는 필마로 강변에 이르자 수군을 불러서 거느리고 적과 싸우려 하였다.

그러나 동오 군사가 뒤에서 쫓아 들어오자 수군들은 모두 뿔뿔

傅彤　　부동

至死猶然罵吳狗　　죽음을 당해서도 오나라 개들을 꾸짖었으니
傅彤不愧大將軍　　부동은 대장군으로서 부끄러움이 없도다

이 흩어져서 도망해 버렸다.

이때 그의 수하 장수가 큰 소리로

"동오 군사가 쳐들어옵니다. 정 제주 영감, 빨리 도망하십쇼."

하고 외치니, 정기는 노하여

"내가 주상을 모시고 출전한 이래 아직 한 번도 적을 보고 도망한 적이 없다."

하고 꾸짖었다.

그러나 그 말이 미처 끝나기도 전에 동오 군사들이 와짝 몰려 들어와서 사면에 길이 막히고 나니 정기는 마침내 칼을 빼어 자기 손으로 목을 찔러서 죽고 말았다.

후세 사람이 시를 지어 그를 칭찬하였다.

그 기개 장하여라, 촉중의 정 제주
칼 한 자루 몸에 지녀 임금에게 보답했네.
위급한 마당에도 그 뜻 아니 고쳤으니
그 이름 길이 전해 만고에 향기롭다.

때에 오반과 장남은 오랫동안 이릉성을 포위하고 있었는데 홀연 풍습이 달려와서 촉병이 패하였다고 일러 주어 드디어 군사를 거두어 가지고 선주를 구하러 갔다.

이 통에 손환은 간신히 위험에서 벗어나게 되었던 것이다.

장남과 풍습 두 장수가 한창 말을 달려가는 중에 앞으로는 동오 군사들이 몰려들어 오고 또 등 뒤에서는 손환이 이릉성으로부터 군사를 거느리고 쫓아 나와 그들은 앞뒤로 협공을 받게 되었다.

장남과 풍습은 힘을 다해서 적을 들이쳤다. 그러나 능히 벗어나지 못하고 마침내 난군 가운데서 모두 전사하고 말았다.

후세 사람이 칭찬해서 지은 시가 있다.

풍습의 그 충성 천하에 또 있으랴
장남의 그 의기 짝을 찾기 어려워라.
싸우고 또 싸우다 나라 위해 바친 목숨
청사에 그 이름이 함께 올라 꽃다워라.

또 한편 오반은 적의 포위를 뚫고 나왔으나 다시 동오 군사의 추격을 받게 되었는데 다행하게도 조운이 접응해 주어서 목숨이 살아 백제성으로 들어갔다.

이때 만왕 사마가는 필마단기로 도망해 가다가 바로 주태와 마주쳐 이십여 합을 싸웠으나 마침내 주태 손에 죽고 말았으며, 촉나라 장수 두로와 유녕은 모두 동오에 항복해 버렸다.

이 싸움에 촉병 진영의 모든 양초와 병장기들이 하나도 남아난 것이 없고 장수와 군사들의 항복한 자가 무수하다.

당시 손 부인은 동오에 있다가 효정의 패보를 들었는데, 어떻게 와전이 되어 선주가 군중에서 돌아갔다는 말에 그는 드디어 수레를 몰아 강변에 이르러 멀리 서쪽 하늘을 바라고 통곡한 끝에 마침내 강물에 몸을 던져 죽으니 후세 사람이 강변에 사당을 세워 효희사(梟姬祠)라 불렀다.

옛사람의 행적(行蹟)을 논하는 자가 손 부인의 일을 탄식해서 지은 시가 있다.

싸움에 패한 선주 백제성으로 돌아간 걸
부인은 잘못 들어 목숨을 끊단 말가.
지금도 강 언덕에 비석은 남아 있어
천추에 열녀 이름 뚜렷이 전하누나.

한편 육손이 크게 전공(戰功)을 거두자 승전한 군사를 거느리고 서쪽으로 촉병의 뒤를 쫓는데, 앞으로 기관이 멀지 않은 곳에 이르러 마상에서 바라보니 전면에 산을 끼고 강에 임해서 한 줄기 살기가 하늘을 찔러 일어난다.

육손은 드디어 말을 멈추고 장수들을 돌아보며

"전면에 반드시 매복이 있으니 삼군은 경솔하게 나아가서는 아니 되리라."

하고 도로 십여 리나 뒤로 물러가서 지세가 광활한 곳에다 진을 벌려 적을 방어할 준비를 한 뒤에 곧 초마를 내어 보내서 알아보게 하였다.

그러나 초마가 돌아와 보하는 말이 이곳에 군사라고는 도무지 한 명도 없다는 것이다.

육손은 다시 사람을 시켜서 자세히 초탐해 오게 하였다.

그러나 초마는 돌아와서 역시 전면에는 일인일기도 군사라고는 없다고 보한다.

육손은 해가 장차 서쪽으로 떨어지려 하매 살기가 더욱더 성하게 이는 것을 보고 마음에 유예하여 심복인을 보내서 다시 한 번 알아 오게 하니 돌아와서 보하되

"강변에 오직 돌만 팔구십 무더기가 쌓여 있을 뿐이옵지 인마

라고는 도무지 보이지 않소이다."

한다.

육손은 크게 의심하여 이곳 토인을 불러오게 해서 물어보기로 하였다.

얼마 지나지 않아 토인 두어 명이 불려 와서 육손은 그들에게

"대체 어떤 사람이 돌을 갖다가 그처럼 무더기를 지어 놓았으며 또 그 돌무더기 속에서 살기가 뻗치는 것은 무슨 까닭이냐."

하고 물었다.

토인이 이야기한다.

"이곳 지명은 어복포라 하오며 제갈량이 서천으로 들어갈 때 군사를 몰고 이곳에 와서 돌을 모아 모래톱에다 진세를 벌려 놓았사온데 그 뒤로 매양 이상한 기운이 구름처럼 그 안에서 일어나고 있사옵니다."

듣고 나자 육손은 말에 올라 수십 기를 거느리고 소위 '석진(石陣)'을 보러 나섰다.

산언덕 위에 말을 세워 놓고 바라보니 사면팔방에 모두 문이 있고 지게가 있다.

육손은 웃으며

"이는 다만 사람을 혹하는 장난일 뿐이라. 무슨 유익함이 있단 말인고."

하고 드디어 수하의 사오 기를 거느리고서 산언덕을 내려와 바로 석진 안으로 들어가서 사면을 돌아보았다.

그러자 부장이

"날이 저물었사오니 도독께서는 그만 돌아가사이다."

하고 말해서 육손이 바야흐로 진을 나오려 하는데, 홀지에 광풍이 크게 일어나더니 모래가 날고 돌이 달려 하늘을 가리고 땅을 덮으며 괴석덩이는 크고 험해서 들쑥날쑥 창검 같고 가로 누운 모래와 곧추 선 흙은 중중첩첩해서 산 같은데 강물은 울고 파도는 용솟음쳐서 칼소리 · 북소리가 난다.

육손이 소스라쳐 놀라

"아차 내가 제갈량의 계교에 빠졌구나."

하고 급히 돌아 나오려 하는데 둘러보아야 나갈 길이 없다.

한창 마음에 놀라고 의아해할 즈음에 홀연 한 노인이 말 앞에 와서 서더니

"장군은 이 진에서 나가려고 그러시오."

하고 웃으며 묻는다. 육손은 곧

"부디 어르신네께서 좀 인도해서 나가게 해 주십시오."

하고 청하였다.

이에 토인이 막대를 짚고 서서히 앞을 서 곧바로 석진을 나가는데 아무 거리낌이 없이 언덕 위까지 데려다 놓는다.

"어르신네께서는 대체 누구신가요."

육손이 물으니 노인은 대답한다.

"이 사람은 바로 제갈공명의 악부(岳父) 황승언이외다. 전일에 내 사위가 서천으로 들어갈 때 여기다가 석진을 벌려 놓았는데 이름은 '팔진도(八陣圖)'라, 팔문(八門)을 반복해서 둔갑(遁甲)[5]의 휴(休) · 생(生) · 상(傷) · 두(杜) · 경(景) · 사(死) · 경(驚) · 개(開)에 의했으니

---

5) 옛날에 소위 귀신을 부려서 한다는 요술의 한 가지.

매일 매시에 변화가 무상해서 가히 십만 정병에 비할 것이외다. 떠날 때 이 사람에게 당부하기를, 뒤에 동오 대장이 이 진중에 빠지는 일이 있을 터이니 결코 나갈 길을 일러 주지 말라 하였는데 이 사람이 마침 산 위에서 보고 있노라니 장군이 '사문(死門)'으로 해서 들어가시기에 아차 이 진을 모르니 필시 곤란을 겪겠구나 하고 생각하였소이다. 이 사람이 평생에 착한 일 하기를 좋아하는 까닭에 그래 특히 '생문(生門)'으로 다시 나오시도록 인도한 것이외다."

육손이

"어르신네께서는 일찍이 이 진법을 배우셨습니까."

하고 물으니, 황승언이

"변화가 무궁해서 능히 배우지 못하였소이다."

하고 대답한다.

육손은 황망히 말에서 내려 그에게 절을 해 사례하고 갔다.

뒤에 두공부(杜工部)[6]가 시를 지었다.

> 그의 공은 삼국을 덮고
> 그 이름 팔진도에 이루다.
> 강은 흘러도 돌은 아니 구르나니
> 동오 못 삼킨 한이 오늘에 남아 있다.

육손은 영채로 돌아오자

---

6) 중국 당(唐)나라의 유명한 시인 두보(杜甫). 호북 사람으로 자는 자미(子美). 공부 원외랑(工部員外郞) 벼슬을 하였으므로 흔히 두공부라고도 부른다.

"공명은 참으로 '와룡(臥龍)'이로고. 내 능히 미치지 못하리로다."

하고 탄식하며 즉시 영을 내려 회군(回軍)하기로 하였다.

좌우가 이것을 보고

"유비가 싸움에 패해 형세가 궁해서 겨우 성 하나를 지키고 있으니 승세해서 치는 것이 정히 좋은데 이제 석진을 보시고 물러가심은 어인 일이오니까."

하고 물으니, 육손이 이에 대답하여

"내가 석진을 두려워하여 물러가는 게 아니외다. 내가 생각건대 위나라 인군 조비가 그 간사한 품이 저의 아비와 다를 데가 없으니 이제 내가 촉병의 뒤를 쫓는 것을 알 말이면 제 반드시 우리의 허한 틈을 타서 내습할 것이라, 내 만약 서천으로 깊이 들어갔다가는 갑자기 물러나오기가 쉽지 않기 때문이외다."

하고 드디어 한 장수에게 명해서 뒤를 끊게 한 다음 육손은 대군을 영솔하고 돌아갔다.

그가 군사를 물린 지 이틀이 못 되어 세 곳에서 사람이 와 급보를 올리는데

"위나라 장수 조인은 유수로 나오고, 조휴는 동구로 나오고, 조진은 남군으로 나와 삼로 군마 수십만이 밤을 도와 지경에 이르렀으니 무슨 뜻임을 모르겠소이다."

한다.

육손은 웃으며

"내가 요량했던 그대로다. 내 이미 군사를 보내서 다 막게 했는걸."

하고 말하였다.

장한 마음 바야흐로 서촉을 삼키려더니
놀라워라 그의 지모 군사 돌려 북위를 막네.

육손이 어떻게 위나라 군사를 물리쳤는고.

유선주는 조서를 끼쳐 고아를 부탁하고
제갈량은 편히 앉아서 오로병을 평정하다

| 85 |

　장무 이년 여름 유월에 동오 육손이 촉나라 군사를 효정 이릉 땅에서 크게 깨뜨리매 선주가 백제성으로 쫓겨 들어가고 조운이 군사를 거느려 굳게 성을 지키는데, 문득 마량이 이르러 대군이 이미 패한 것을 보고 후회막급이라 공명이 이르던 말을 선주에게 고하니, 선주는 듣고 탄식하며

　"짐이 진작 승상의 말을 들었다면 오늘 이렇듯이 패하지 않았을 것이라. 이제야 무슨 면목이 있어 성도로 돌아가 신하들을 대하리오."

하고 드디어 성지를 전해서 백제성에 주찰하고 관역(館驛)을 고쳐서 영안궁(永安宮)이라 하였다.

　그러자 사람이 보하되 풍습·장남·부동·정기·사마가 등이 모두 나라를 위해서 죽었다고 한다.

선주가 마음에 비감해하기를 마지않는데 또 근신이 아뢰기를

"황권이 강북의 군사들을 데리고 위나라로 가서 항복하였사오니 폐하께서는 그의 가솔을 유사(有司)¹⁾에게 내리시어 죄를 묻게 하옵소서."

한다.

그러나 선주는

"동오 군사가 장강 북쪽 언덕을 끊어 막고 있었으매 황권이 돌아오려도 길이 없어서 부득이 위나라에 항복한 것이니 이는 짐이 황권을 저버린 것이요 황권이 짐을 저버린 것이 아니라, 어찌 그의 가솔을 죄 주리오."

하고 그대로 쌀을 주어 그들을 부양하게 하였다.

한편 황권이 위나라에 항복하여 장수들의 인도를 받아 조비에게 배알하니, 조비가

"경이 이제 짐에게 항복함은 진평(陳平)·한신(信)을 추모하려 함이뇨."

하고 묻는다.

황권은 울며 아뢰었다.

"신이 촉제의 은혜를 받자와 수우(殊遇)²⁾가 심히 후했사온바, 신이 어명을 받들어 강북에서 제군을 통솔하고 있사옵다가 육손으로 하여 길이 끊기매 신이 서촉으로 돌아가려 하나 도리가 없삽고 동오에 항복하옴은 불가하옵기로 폐하께 와서 투항한 것일 뿐이옵니다. 싸움에 패한 장수가 죽음을 면했으면 다행이옵지 어찌 감

---

1) 해당 관아, 또 일을 맡은 관원.
2) 아주 특별한 대우.

히 고인을 추모한다 하오리까."

조비는 크게 기뻐하여 마침내 황권으로 진남장군을 삼았으나, 그는 굳이 사양하여 받지 않았다.

그러자 문득 근신이 아뢰기를

"촉중에서 온 세작이 말하옵는데, 촉나라 인군이 황권의 가솔을 모조리 잡아서 죽였다 하옵니다."

한다.

그러나 황권이

"신과 촉제는 성심으로 서로 믿는 터이라 촉제가 신의 본심을 아신다면 반드시 신의 처자를 죽이시지는 않사오리다."

하고 말하니, 조비는 그러히 여겼다.

후세 사람이 황권을 책망해서 지은 시가 있다.

> 항오(降吳)는 안 된다고 항조(降曹)도 하단 말이
> 충의에 두 임금을 섬길 법도 있단 말이
> 한심할손 황권이야 어이 한 번 못 죽었나
> 자양서법(紫陽書法)[3]이 너를 용서 않으리.

조비는 가후에게 물었다.

"짐이 천하를 통일하려 하매 먼저 촉나라를 취할까 아니면 오나라를 취할까."

가후가 아뢴다.

---

3) 중국 송나라 주희(朱熹)가 '강목(綱目)'을 쓰던 서법. 곧 엄정하고 편파가 없는 문세(文勢)를 말한다.

"유비는 인걸이요 겸하여 제갈량이 나라를 잘 다스리고 있사옵고, 동오의 손권은 능히 허실을 알며 육손이 지금 군사를 요해처에 둔치고 있어 강이 가로 놓이고 물이 막혀 모두 도모하기가 졸연치 않사옵니다. 신이 보건대 제장 중 아무도 손권과 유비의 적수될 자 없사옵고, 설사 폐하의 천위(天威)로써 임하신다 하더라도 또한 만전지책(萬全之策)⁴)은 없사올 듯하오니 오직 이대로 굳게 지키고 계시면서 두 나라에 변이 있기를 기다리심이 가할까 하나이다."

그러나 조비는 말한다.

"짐이 이미 삼로로 대병을 보내서 동오를 치게 하였거니 어찌 이기지 않을 리가 있으리오."

상서 유엽이 아뢴다.

"근자에 동오 육손이 새로이 촉병 칠십만을 깨뜨렸고 상하가 합심하며 아울러 강호의 험함이 있어서 졸연히 제어할 수는 없사올 듯하고 또 육손이 꾀가 많으니 반드시 준비가 있사오리다."

조비는 한마디 물었다.

"앞서는 경이 짐을 권해 동오를 치라 하고 이제 와서는 또 말라고 간하니 이는 어인 까닭이뇨."

유엽이 다시 아뢴다.

"그는 때가 같지 않기 때문이오니, 전일에는 동오가 촉병에게 여러 차례 패하여 그 형세가 크게 꺾였던 때이므로 칠 수 있었던 것이오나, 이제는 저희가 싸움에 온전히 이겨서 그 예기가 백 배

---

4) 절대로 실수가 없을 안전한 계획.

나 더한 때이므로 쳐서는 아니 되는 것이옵니다."

그래도 조비는

"짐이 이미 뜻을 결했으니 경은 다시 말을 마라."

하고 드디어 어림군을 거느리고서 친히 삼로 병마를 접응하러 나섰다.

이때 초마가 들어와 보하는데 동오 편에 이미 준비가 있어서, 여범으로는 군사를 거느려 조휴를 막게 하고 제갈근으로는 군사를 거느리고 남군에서 조진을 막게 하며, 주환으로는 군사를 거느리고 유수를 지켜 조인을 막게 하였다고 한다.

유엽은 다시

"적에게 이미 준비가 있으니 가신대도 두려웁건대 유익함이 없을까 하나이다."

하고 간하였다.

그러나 조비는 듣지 않고 군사를 거느리고 나갔다.

한편 동오 장수 주환은 이때 그 나이 스물일곱이었으니 극히 담략이 있어서 손권이 심히 사랑하는 터였다.

때에 그는 군사를 영솔하고 유수에 있었는데 조인이 대군을 거느리고 선계(羨溪)를 취하러 갔다는 말을 듣자 주환은 드디어 군사를 다 내어 선계를 지키러 보내고 유수에는 단지 오천 기를 남겨 두었다.

그러자 홀연 급보가 들어오는데 조인이 대장 상조로 하여금 제갈건·왕쌍과 함께 정병 오만을 거느리고 유수성을 치게 해서 질풍같이 몰려오고 있다 한다.

군사들이 듣고 모두 두려워하는 빛이 역력하다.

주환은 칼자루에 손을 대고 말하였다.

"승부는 장수에게 있지 군사의 많고 적음에 있는 것이 아니다. 병법에 이르기를 '객병(客兵)5)이 배요 주병(主兵)이 반인 때는 주병이 오히려 객병보다 우세하다'고 하였다. 이제 조인이 천 리길을 달려 와서 인마가 함께 곤한 터라, 내 너희들로 더불어 높고 험준한 성을 의지하고 남으로는 장강을 안고 북으로는 험한 산을 등져 편안히 앉아 수고로움을 기다리며 주인으로서 객을 제어하는 형세이니 이는 곧 백 번 싸워 백 번 이기는 조건일세라, 비록 조비가 친히 온다 해도 오히려 근심할 것이 없겠는데 하물며 조인의 무리겠느냐."

그는 이에 영을 전해서 군사들로 하여금 기를 뉘고 북 치는 것을 그쳐 마치 지키는 사람이 없는 것처럼 하게 하였다.

이때 위나라 선봉 상조가 정병을 영솔하고 유수성을 취하러 오는데 멀리서 바라보니 성 위에 도무지 군마라고는 보이는 게 없다.

상조가 군사를 재촉해서 급히 들어오는데 성에서 멀지 않은 곳에 이르자 문득 일성 포향에 성 위에 정기들이 일제히 일어서며 주환이 칼을 비껴들고 말을 몰아 성에서 나는 듯이 나오더니, 바로 상조에게 달려들어 서로 싸우기 삼 합이 못 되어서 한 칼에 상조를 베어 말 아래 거꾸러뜨리니 동오 군사들이 승세하여 한바탕 크게 몰아친다.

---

5) 다른 지방이나 다른 나라에서 온 군사.

위나라 군사는 크게 패해서 죽은 자가 무수하였고 주환은 크게 이겨 얻은 정기와 병장기와 말들이 수가 없이 많았다.

조인이 군사를 거느리고 뒤를 쫓아 이르렀으나 동오 군사들이 또 선계로부터 짓쳐 들어와서 그는 크게 패하여 물러가 버렸다.

조인이 돌아가서 조비를 보고 싸움에 크게 패한 일을 자세히 아뢰니 조비가 크게 놀라 바야흐로 일을 의논하는 중에 홀연 탐마가 보하되,

"조진과 하후상이 남군을 에웠으나 육손은 군사를 안에다 매복하고 제갈근은 군사를 밖에다 매복해서 내외 협공하는 통에 크게 패하였소이다."

하고, 그 말이 미처 끝나지 않아서 다시 탐마가 또 들어와서

"조휴가 또한 여범에게 패하고 말았소이다."

하고 보한다.

조비는 삼로병이 다 패했다고 듣자

"짐이 가후와 유엽의 말을 듣지 않았더니 과연 이처럼 참패를 보고 말았도다."

하고 길이 탄식하였다.

때는 마침 여름이라 역병이 또 크게 돌아서 마보군이 열에 예닐곱은 죽어 나가는 형편이다.

조비는 드디어 군사를 거느리고 낙양으로 돌아갔는데 이때로부터 오나라와 위나라는 서로 불화하게 되었다.

한편 선주는 영안궁에서 병이 들어 일어나지 못하고 점점 침중해 가서 장무 삼년 여름 사월에 이르러 그는 스스로 자기의 병이

골수에 들었음을 짐작하게 되었는데 거기다 또 관우·장비 두 아우를 생각하매 마음이 상해 병은 더욱더 위중해졌다.

그는 두 눈이 어두워 시종하는 사람도 보기가 싫어 마침내 좌우를 꾸짖어 물리치고 홀로 용탑(茸闥) 위에 누워 있노라니까 홀연 난데없는 음풍(陰風)이 일며 등불이 한 번 꺼졌다가 다시 밝아지는데 보니, 등불 아래 사람 둘이 시립해 있다.

선주는 노하여

"짐이 심사가 편안치 않아 너희들더러 물러가 있으라 일렀거늘 어찌하여 게서 얼쩡거리는고."

하고 꾸짖었다.

그러나 종시 물러가지 않는다.

그제야 선주가 용탑에서 일어나 자세히 살펴보니 좌편에 선 것은 운장이요 우편에 선 것은 익덕이다.

선주가 소스라치게 놀라

"두 아우가 원래는 살아 있었구면."

하고 한마디 하니, 운장이

"신 등은 사람이 아니라 귀신이옵니다. 상제께서 신 등 두 사람이 평생에 신의를 잃지 않았다 하여 모두 칙명으로 신령을 삼으셨사온데 형님과 아우들이 함께 모일 날도 멀지는 않았습니다."

하고 말하는 것이다.

선주가 그들을 붙잡고 목을 놓아 울다가 문득 놀라 깨어 보니 두 아우는 간 곳이 없다.

곧 종인을 불러서 물어보니 때는 바로 삼경이란다. 선주는 탄식하며

"짐이 인간 세상에 살아 있을 날도 머지않았도다."

하고 드디어 사자를 시켜 성도에 가서 승상 제갈량과 상서령 이엄 등을 오게 하는데 밤을 도와 영안궁으로 와서 유명(遺命)[6]을 받게 하라 하였다.

칙명을 받고 공명의 무리는 태자 유선으로 뒤에 남아 성도를 지키게 하고 선주의 차자 노왕 유영과 양왕 유리와 더불어 영안궁으로 천자를 뵈러 왔다.

공명이 영안궁에 이르러 선주의 병이 위중함을 보고 황망히 용탑 아래 배복하니, 선주는 성지를 전해서 그를 영탑 곁에 앉게 하고 손으로 그의 등을 어루만지며

"짐이 승상을 얻어 다행히도 제업을 이루었더니, 지식이 천루(淺陋)하여 승상의 말을 듣지 않고 스스로 취해서 패를 볼 줄이야 어찌 알았으리오. 뉘우치고 분함이 병이 되어 목숨이 조석지간에 있거니와 사자(嗣子)[7]가 심히 약해서 부득불 대사를 승상에게 부탁하려는 것이로다."

하고 말을 마치며 눈물이 흘러 얼굴에 가득하다.

공명이 또한 울며

"바라옵건대 폐하께서는 용체를 보중하시와 천하의 소망에 맞게 하옵소서."

하고 아뢰는데, 이때 선주는 눈을 들어서 좌우를 둘러보다가 마량의 아우 마속이 곁에 있는 것을 보자 잠시 물러가 있으라 분부

---

6) 임금이 임종할 때 내린 명령. 곧 임금의 유언.
7) 제사를 받드는 아들을 이르는 것이니 곧 맏아들.

하고, 마속이 밖으로 물러나가자 공명을 향하여

"승상은 마속의 재주를 어떻게 보느뇨."

하고 묻는 것이다.

공명이

"이 사람도 또한 당세의 영재로소이다."

하고 아뢰자, 선주는

"그렇지 않도다. 짐이 이 사람을 보매 말이 그 실상보다 지나치니 가히 크게 쓰지 못할지라, 승상은 마땅히 깊이 살피라."

라고 분부하기를 마치자 성지를 전해서 모든 신하를 전각 안으로 불러들이게 하고 지필을 가져다 유조(遺詔)를 쓰게 해서 공명에게 준 다음 선주는 탄식하며 말한다.

"짐이 글을 읽지 않았으나 대략은 알고 있노라. 성인 말씀이 '새가 장차 죽으려 하매 그 울음이 애달프고 사람이 장차 죽으려 하매 그 말이 착하다' 하셨거니와, 짐이 본디 경들과 함께 조적을 멸하고 한 가지로 한실을 붙들자 하였더니 불행히 중도에서 헤어지는도다. 승상은 부디 유조를 태자 선에게 전해 주되 한낱 속담으로 알게 하지 말며 무릇 모든 일을 승상이 가르쳐 주기를 바라노라."

공명의 무리는 땅에 배복하여 울며 아뢰었다.

"바라옵건대 폐하께서는 용체를 쉬시옵소서. 신 등이 견마의 수고를 다하여 폐하의 지우지은(知遇之恩)[8]에 보답하오리다."

선주는 내시에게 명하여 공명을 붙들어 일으키게 해서 한 손으

---

8) 자기를 알아주고 후하게 대접해 준 은혜.

로는 눈물을 씻고 한 손으로는 그의 손을 잡으며

"짐은 이제 가거니와 짐의 심중에 있는 말을 한마디 하려 하노라."

하고 말해서, 공명이

"무슨 하교시오니까."

하고 물으니, 선주는 눈물을 흘리며

"그대의 재주가 조비보다 열 배나 나으니 반드시 나라를 편안히 하여 마침내 대사를 정할 수 있을 것이라. 만약에 짐의 아들이 도울 만하거든 돕고 만약에 그럴 만한 재질이 못 되거든 그대가 스스로 성도의 주인이 되라."

한다.

이 말을 듣자 공명은 전신에 땀이 쭉 흘렀다. 그는 수족이 황란해서 땅에 배복해 울며

"신이 어찌 감히 죽기로써 고굉(股肱)의 힘을 다하며 충정의 절개를 다하지 않사오리까."

하고 말을 마치자 공명은 머리를 바닥에 부딪치며 통곡하니 얼굴에 피가 흐른다.

선주는 황급히 주위로써 공명을 일으켜 자리에 앉게 하고 노왕 유영과 양왕 유리를 앞으로 가까이 오라 하여 분부하였다.

"너희들은 모두 짐의 말을 명심하라. 짐이 세상을 떠난 뒤에 너희들 형제 세 사람이 모두 승상을 부친으로 섬기되 가히 태만하지 못하리라."

분부하기를 마치고 선주는 드디어 두 왕에게 명하여 공명에게 절을 하게 하였다.

두 왕이 절하고 나자 공명은 아뢰었다.

"신이 비록 간뇌도지(肝腦塗地)한다 하옵기로 어찌 능히 이 지우 지은에 보답할 길이 있사오리까."

선주는 모든 신하들을 향하여

"짐이 이미 승상에게 탁고(託孤)[9]하고 태자로 하여금 그를 아비로서 섬기게 하였으니 경들은 모두 행여나 태만해서 짐의 소망을 저버리는 일이 없게 하라."

하고 이르고, 또 조운에게 부탁하되

"짐이 경과 환난 가운데 서로 만나서 오늘에 이르렀더니 이곳에서 작별을 고하게 될 줄은 생각 못하였도다. 경은 부디 짐과의 오랜 정분을 생각해서 내 아이를 잘 돌보아 짐의 말에 저버리는 바가 없게 하라."

하니, 조운이 울며 배복하여

"신이 감히 견마의 수고를 다하지 않사오리까."

하고 아뢴다.

선주는 다시 여러 신하들을 돌아보며

"경들 여러 사람에게 짐이 일일이 따로 부탁하지 못하거니와 바라건대 모두 자애(自愛)[10]하라."

하고 말을 마치자 세상을 떠나니 수가 육십삼 세라, 때는 장무 삼년 여름 사월 이십사일이다.

뒤에 두공부가 시를 지어 탄식하였다.

---

9) 고아(孤兒)를 부탁하는 것.
10) 자기 몸을 사랑하는 것. 자중(自重)과 같은 뜻으로도 쓴다.

동오를 치시려고 무협으로 가신 선주

붕하시던 그해에도 영안궁에 계시도다.

천자 정기(旌旗) 섰던 자리 저기 저 산 너머런가

궁전은 터도 없이 벌판엔 절만 섰네.

옛 사당 소나무에 두루미 깃들이고

세시와 복랍(伏臘)에는 촌 늙은이만 찾아온다.

무후(武侯) 모신 사당집도 멀지 않은 곳에 있어

그 임금 그 신하가 함께 제사 잡순다네.

선주가 세상을 떠나니 문무 관료 중에 애통해하지 않는 자가 없다.

공명은 모든 관원들을 거느리고 재궁(梓宮)[11]을 받들어 성도로 돌아갔다.

태자 유선이 성에서 나와 영구를 영접해 정전 안에 모시고 발상한 다음에 유조(遺詔)를 내어 읽으니 그 글의 내용은 다음과 같다.

짐이 처음 병을 얻으매 다만 이질(痢疾)일러니 뒤에 차차 잡병이 생기어 마침내 일지 못하게 되었도다.

짐이 들으매 '사람의 나이 오십이면 요수(夭壽)[12]라 일컫지 않는다' 하거늘 이제 짐의 나이 육십여 세거니 죽는다고 다시 무엇을 한하리오. 다만 경들 형제의 일이 마음에 걸릴 따름이라.

부디 힘쓰고 힘쓸지니, 악함이 작다 해서 하지 말며 선함이 작다 해서 아니 하지 마라. 오직 어질고 덕이 있어야 가히 사람

---

11) 제왕(帝王)의 관(棺).
12) 젊은 나이에 일찍 죽는 것.

을 복종시킬 수 있음을 알라.

　경의 아비는 덕이 박해 족히 본받을 바 못 되거니와 경은 부디 승상으로 더불어 일을 의논해 하고 승상 섬기기를 아비처럼 하되 게을리 말고 잊지 말며 경들 형제는 다시 문달(聞達)[13]을 구하도록 하라. 짐의 간절한 부탁이다, 간절한 부탁이다.

　모든 신하들이 선주의 유조를 읽고 나자 공명은 나서서

　"나라에는 하루라도 인군이 없어서는 아니 되나니 청컨대 사군(嗣君)을 세워 한나라의 대통을 이으시게 하라."

하고 곧 태자 선을 세워서 황제의 위에 나아가게 하였다.

　이에 연호를 고쳐서 건흥(建興)이라 하며, 제갈량의 벼슬을 더해서 무향후(武鄕侯)를 삼아 익주목을 거느리게 하고, 선주를 혜릉(惠陵)에 장사지내고 시호를 소열황제(昭烈皇帝)라 하며, 황후 오씨를 높여서 황태후를 삼고, 감 부인을 추존해서 소열황후라 하며, 미 부인 역시 추존해서 황후를 삼은 후에 모든 신하들의 관작을 올려 주고 상을 내리며 천하에 대사령(大赦令)을 폈다.

　이때 위나라 군사가 이 일을 탐지해다가 재빨리 중원에 보해서 근신이 위나라 천자에게 아뢰니, 조비가 크게 기뻐하여

　"유비가 이미 죽었으니 짐은 한시름 놓았거니와, 내 어찌 그 나라에 주인이 없는 때를 틈타 한 번 군사를 일으켜 치지 않으리오."

하고 말한다.

---

13) 명성(名聲)이 천하에 크게 떨쳐서 발탁(拔擢)되는 것을 말함.

가후는 듣고 간하였다.

"유비가 비록 세상을 떠났사오나 필연 제갈량에게 탁고하였을 것이옵고, 량이 유비의 지우지은에 감격하와 반드시 마음과 힘을 다 기울여서 어린 인군을 보좌할 것이매, 폐하께서는 조급히 치시려 마옵소서."

이처럼 이야기하고 있을 때 문득 한 사람이 반열 가운데서 분연히 나오며

"이때를 타서 진병하지 않고 다시 어느 때를 기다리리까."
하고 말한다. 모든 사람이 보니 그는 바로 사마의다.

조비가 크게 기뻐하여 마침내 그에게 계책을 물으니 사마의는 아뢴다.

"만일에 중국(中國) 군사만 가지고 친다면 졸연히 이기지 못하오리다. 그러므로 모름지기 오로대병(五路大兵)을 써서 사면으로 협공하여 제갈량으로 하여금 머리와 꼬리가 서로 구응할 수 없게 한 후에라야 가히 도모할 수 있을 줄로 요량하옵니다."

조비가 다시 오로병을 물으니 사마의는 아뢴다.

"가히 한 통 국서를 닦아 사자로 하여금 가지고 요동 선비국으로 가서 국왕 가비능(軻比能)을 보고 뇌물을 후히 쓴 다음에 요서의 강병 십만을 일으켜서 먼저 육로로 서평관을 치게 할 것이니 이것이 일로요, 다시 글을 닦아 사자에게 주고 관고(官誥)와 상사(賞賜)를 가지고 바로 남만으로 들어가서 만왕 맹획(孟獲)을 보고 군사 십만을 일으켜 익주·영창·장가(牂牁)·월준(越寯)의 네 고을을 쳐서 서천의 남방을 범하게 할 것이니 이것이 이로요, 다시 사자를 동오로 보내서 화친하고 땅을 베어 주마 약조한 뒤에 손권으

로 하여금 군사 십만을 일으키게 하여 양천의 협구를 치고 바로 부성을 취하게 할 것이니 이것이 삼로요, 또 사자를 항장 맹달에게 보내어 상용 군사 십만을 일으키게 해서 서쪽으로 한중을 치게 할 것이니 이것이 사로요, 그런 연후에 대장군 조진으로 대도독을 삼아 군사 십만을 거느리고 경조로 해서 바로 양평관으로 나가 서천을 취하게 하실 것이니 이것이 오로라, 도합 대병 오십만이 오로로 함께 나가고 보오면 제갈량에게 설사 여망의 재주가 있다손 치더라도 제가 무슨 수로 이를 당해 내오리까."

조비는 크게 기뻐하여 즉시 구변 좋은 관원 네 사람을 뽑아서 가만히 네 곳으로 떠나보내고, 다시 조진으로 대도독을 삼아서 군사 십만을 거느리고 바로 양평관을 취하게 하니, 이때에 장료 등 구장들은 모두 열후를 봉하여 다들 기주·서주·청주 및 합비 같은 데서 관진 애구를 지키게 하고 있었으므로 다시 쓰지 않은 것이다.

한편 촉한에서는 후주 유선이 즉위한 이래 옛 신하들 중에 병으로 작고한 사람이 많으나 이는 일일이 말할 것이 없고, 무릇 조정(朝廷)·선법(選法)[14]·전량(錢糧)[15]·사송(詞訟)[16] 등 모든 정사를 제갈 승상에게 맡겨서 처리하게 하고 있었는데, 이때 후주가 아직도 황후를 책립하지 못했던 까닭에 공명이 여러 신하들과 더불어 "고(故) 거기장군 장비의 딸이 심히 현숙하옵고 그 나이 십칠 세

---

14) 관리를 전형(銓衡)하는 것, 곧 관리를 발탁하거나 관직을 맡기는 일.
15) 화폐와 식량, 곧 재정 관계의 사무.
16) 소송이나 재판에 관한 것, 곧 사법 관계의 사무.

이오니 들이셔서 황후를 삼으심이 가할까 하나이다."

하고 상주해서 후주는 곧 그를 황후로 맞아들였다.

그러자 건흥 원년 추팔월에 홀연 변보(邊報)¹⁷⁾가 있어서 고하기를

"위나라에서 오로 대병을 조발하여 서천을 취하러 오니, 제일로는 조진이 대도독이 되어 군사 십만을 일으켜 양평관을 취하며, 제이로는 곧 반장(反將) 맹달이라 상용의 군사 십만을 일으켜 한중을 범하고, 제삼로는 동오 손권이니 정병 십만을 일으켜서 협구를 취해 서천으로 들어오려 하며, 제사로는 만왕 맹획이니 만병 십만을 일으켜 익주 사군을 범하고, 제오로는 곧 번왕 가비능으로서 강병 십만을 일으켜 서평관을 범하니, 이오로 군마가 형세 심히 급하고 험하여 이미 먼저 승상에게 보하였사온데, 승상이 수일이나 정사를 보러 나오지 않으니 무슨 일인지를 모르겠나이다."

한다.

듣고 나자 후주는 크게 놀라 곧 근시를 시켜 칙지를 받들고 가서 공명에게 소명을 전하고 곧 입조케 하였다.

근시가 간 지 반나절이나 되어서야 돌아와서 보하는데

"승상 부중의 사람이 말하옵는데 승상이 병으로 해서 나오지 못한다 하옵니다."

하는 것이다.

후주는 더욱 마음에 황당하여 이튿날에는 다시 황문시랑 동윤과 간의대부 두경에게 명하여 바로 승상의 와탑(臥榻) 앞에 가서 대사를 고하게 하였다.

---

17) 변방, 곧 국경 지대에서 온 경보(警報).

동윤·두경 두 사람은 승상부로 갔다. 그러나 모두 안으로 들어갈 수가 없었다.

두경이

"선제께오서 승상에게 탁고하셨거늘, 이제 주상께서 처음으로 보위에 오르시자 조비의 오로병의 침로를 받으시어 군정(軍情)이 지극히 급한 터에 승상께서는 어찌하여 병을 칭탁하시고 나오지 않으십니까."

하고 안으로 말을 들여보냈더니 한동안이 지나서야 문리가 승상의 말씀을 전하되,

"병이 좀 나았으매 내일 아침 도당에 나가 일을 의논하리라."

한다.

동윤·두경 두 사람은 탄식하며 돌아왔다.

그 이튿날 많은 관원들이 또 승상부 앞에 가서 등대하고 있었으나 아침서부터 저녁이 되도록 역시 나오지 않는다. 관원들은 모두 황황해하였으나 그대로 헤어져 돌아갈밖에 없었다.

두경은 들어가서 후주에게 아뢰었다.

"청컨대 폐하께오서 친히 승상부에 납시어 계책을 물으소서."

후주가 그 길로 여러 관원들을 거느리고 궁으로 들어가 황태후에게 계주(啓奏)하니 태후가 깜짝 놀라

"승상이 어찌하여 이러는고. 이는 선제께서 부탁하신 뜻을 저버림이니 내 한 번 몸소 가 보리라."

하고 말한다.

그러나 이때 동윤이 나서서

"낭랑(娘娘)[18]께서는 가벼이 동하지 마옵소서. 신이 헤아리건대

승상이 필시 고명한 생각이 있을 것이매 우선 주상께서 먼저 다녀오시기를 기다리시어 만일에 과연 태만하옵거든 그때에 낭랑께오서 태묘 안으로 승상을 부르셔서 물으심이 늦지 않을까 하나이다."

하고 아뢰어 태후는 윤종하였다.

그 이튿날이다.

후주가 친히 상부에 이르니 문리는 거가가 이르는 것을 보고 황급히 땅에 배복하여 맞는다.

후주는 그에게 물었다.

"승상께서 어디 계시냐."

문리가 아뢴다.

"어디 계심을 알지 못하옵는데, 다만 승상 균지(鈞旨)[19]에 백관(百官)을 막고 안으로 들이지 말라 하셨나이다."

후주가 곧 수레에서 내려 혼자 걸어서 제삼 중문을 들어서서 보니, 공명이 홀로 대지팡이를 짚고 조그만 못가에 서서 고기가 노니는 것을 보고 있다.

후주는 한동안을 그 뒤에 서 있다가 서서히 다가가 한마디 하였다.

"승상은 무엇을 그리 즐기시고 있소."

공명이 고개를 돌려 후주를 보자 황망히 지팡이를 버리고 땅에 배복하며

"신은 만 번 죽어 마땅하옵니다."

---

18) 황후나 황태후에 대한 호칭.
19) 의정(議政), 곧 대신의 분부.

하고 죄를 빈다.

후주는 그를 붙들어 일으키고 물었다.

"이제 조비가 군사를 오로로 나누어 지경을 범함이 심히 급하온데, 상부(相夫)²⁰⁾께서는 어인 연고로 나와서 일을 보시려 아니 하시오."

공명은 빙긋이 웃고 후주를 부축하여 내실로 들어가 좌정한 다음에 아뢰었다.

"오로병이 이른 것을 신이 어찌 모르오리까. 신이 물고기를 보고 있는 것이 아니라 생각하는 바가 있음이로소이다."

후주는 다시 물었다.

"그러면 이를 어찌하면 좋겠소."

공명이 아뢴다.

"강왕 가비능과 만왕 맹획과 반장 맹달과 위장 조진의 사로병은 신이 이미 다 물리쳤사옵고 오직 손권의 일로병이 남았을 뿐이오나, 이것이 신이 이미 물리칠 계책을 세우고 있으면서 다만 언변 있는 사람을 하나 구해 사자로 보내야 할 터에 아직 그럴 만한 사람을 구하지 못하였삽기로 깊이 생각하고 있는 것이온데 폐하께서는 근심하실 일이 무엇이오니까."

후주는 듣고 나자 한편으로 놀라고 한편으로 기뻐하며

"상부께서는 과연 귀신도 측량 못할 기모를 가지고 계십니다그려. 바라건대 적병을 물리치신 계책을 들려주시오."

하고 한마디 물으니, 공명이 아뢴다.

---

20) '정승 아버지'라는 말이니 제왕이 재상에게 대하여 극진히 존경해서 부르는 칭호.

"선제께오서 폐하를 신에게 부탁하신 터에 신이 언감 한 시라서 태만할 법이 있사오리까. 성도의 모든 관원들이 다 병법의 오묘함을 깨치지 못하고 있사옵니다. 일이란 사람으로 하여금 알지 못하게 함을 귀히 여기거늘 어찌 남에게 누설할 법이 있사오리까. 노신(老臣)은 먼저 서번 국왕 가비능이 군사를 일으켜 서평관을 범함을 알았사온바, 신이 헤아려 보오매 마초가 여러 대를 서천에서 살아 본래 강인(羌人)들의 마음을 얻었으니 강인들이 모두 그를 신위천장군(神威天將軍)이라 일컫는 터이라, 신은 먼저 사람을 보내서 밤을 도와 격문을 띄워 마초로 하여금 서평관을 굳게 지키게 하되, 사로기병(四路奇兵)을 깔아 두고 매일 번갈아 가며 적을 막게 하였으니 이 일로는 구태여 근심할 것이 없사옵고, 또 남만의 맹획이 군사를 들어 사군을 침범해 온 것에 대하여는, 신이 역시 격문을 띄워 위연으로 하여금 일군을 거느리고 좌편으로 나가서 우편으로 들어오며 우편으로 나가서 좌편으로 들어와 의병(疑兵)의 계책을 쓰게 하였사온데, 만병이 오직 용력을 믿을 뿐이옵지 본래 의심이 많아 만약에 의병을 보면 제 감히 나오지 못할 것이니 이 일로도 족히 근심할 것이 없사오며, 신은 또 맹달이 군사를 거느리고 한중으로 나오는 것을 알았사온바 본래 맹달은 이엄으로 더불어 생사지교를 맺은 터이라 앞서 신이 성도로 돌아올 때 이엄을 남겨 두어 영안궁을 지키게 하였삽거니와 이번에 이엄의 친필로 글 한 통을 만들어 사람을 시켜서 맹달에게 전하게 하였으니 맹달이 필연 병을 칭탁하고 나오지 않아 군심을 태만케 할 것이매 이 일로도 족히 근심할 것이 없사오며, 또 조진이 군사를 거느려 양평관을 범해 온 것을 알았사온바 이곳은 지세가 험준하여 가히

304

지킬 만하옵기로 신이 이미 조운에게 명하여 일군을 거느리고 가서 관애(關隘)를 지키게 하되 나가 싸우지는 말라고 일렀사오니 조진이 만약에 우리 군사가 나오지 않는 것을 보면 오래지 않아서 제풀에 물러가고 말 것이라, 이 사로병이 다 족히 근심할 것이 못 되오나 신이 오히려 만일을 염려하와 다시 가만히 관흥·장포 두 장수를 보내서 각기 군사 삼만씩을 거느리고 긴요처에 둔치고 있어 각로 군마를 구응하게 하였사온데, 이 몇 곳에 군사들을 파송하올 때 모두 성도를 경유하지 않은 까닭에 아무도 이를 아는 사람이 없사옵니다. 이제 다만 동오의 일로병이 남았사오나 제가 반드시 아직은 곧 동하지 않을 것이니, 만약에 사로병이 이겨서 천중(川中)이 위급하게 되면 제가 반드시 와서 치러 들 것이오나 만약에 사로병이 모두 뜻을 얻지 못하게 되고 보면 제가 어찌 즐겨 동(動)하오리까. 신이 요량하옵건대, 손권이 조비의 삼로로 동오를 침로하던 원한을 생각하여 필연 그의 말을 좇으려고는 아니 하오리다. 비록 그러하오나 모름지기 한 설변지사(舌辯之士)[21]를 동오로 보내서 이해를 가려 설복하게 해야만 할 것이오니 먼저 동오를 물리치고 보면 사로병이야 무슨 근심할 것이 있사오리까. 다만 아직 동오 설복할 사람을 얻지 못하여 신이 주저하고 있을 뿐이온데 폐하께서는 어찌하여 성가(聖駕)를 수고로이 하셔서 내림하셨나이까.”

후주는 듣고 나자 말하였다.

“태후께서도 상부를 보러 나오시겠다고 하셨는데 이제 짐이 상

---

21) 변설이 썩 능한 사람.

부의 말씀을 들으매 마치 꿈을 깬 것 같습니다. 다시 무엇을 근심하겠소."

공명은 후주로 더불어 두어 잔 술을 나눈 다음에 후주를 배웅하여 밖으로 나왔다.

이때 여러 관원들은 모두 문 밖에 삥 둘러 서 있었는데 후주가 용안에 기꺼워하는 빛을 띠고 나와서 공명과 작별한 다음에 어거에 올라 환궁하는 것을 보고는 모두들 마음에 의혹을 정하지 못하는 모양이었다.

그러자 공명이 보니 모든 관원들 가운데 한 사람이 하늘을 우러러 크게 웃으며 그 얼굴에 역시 기뻐하는 빛이 역력하다.

자세히 보니 그는 곧 의양 신야 사람으로 성은 등(鄧)이요 이름은 지(芝)요 자는 백묘(伯苗)이니 이때 벼슬이 호부상서라 한나라 때 사마를 지낸 등우의 후손이다.

공명은 가만히 사람을 시켜서 등지를 붙들어 두게 하고 모든 관원들이 다 돌아가기를 기다려서 그를 서원 안으로 청해 들여 한마디 물었다.

"이제 촉·위·오 세 나라가 솥발처럼 서 있거니와 두 나라를 쳐서 천하를 통일하고 한실을 중흥하려면 먼저 어느 나라부터 쳐야 하겠소."

등지가 대답한다.

"시생의 어리석은 소견을 말씀한다면, 위가 비록 한적(漢賊)이기는 하오나 그 형세가 원체 커서 졸연히 흔들어 놓기는 어려우니 마땅히 서서히 도모해야만 할 줄로 아오며, 이제 주상께서 처음으로 보위에 오르시매 민심이 아직 불안한 중에 있으니 마땅히 동

306

오로 더불어 손을 맞잡아 순치(脣齒)의 형세를 이루고 선제 때의 묵은 원한을 깨끗이 씻어 버리는 것이 바로 장구한 계책일 줄로 요량하옵는데 승상의 고견은 어떠하십니까.”

공명은 크게 웃으며

“나도 그렇게 생각한 지 오래건만 아직 그 사람을 얻지 못했는데 오늘에야 비로소 얻었소그려.”

하고 말하였다.

등지는 물었다.

“승상께서는 그 사람을 대체 어디다 쓰시려고 하십니까.”

공명이 대답한다.

“나는 그 사람을 동오로 보내서 동맹을 맺게 하려고 하오. 공이 이미 그 뜻을 밝히 알고 있으니 반드시 군명을 욕되게 하지 않을 것이라 사자의 소임은 공이 아니고서는 아니 되리다.”

등지가 처음에는

“시생이 본디 아둔한데다 재주가 없고 지식이 천단(淺短)해서 이 중한 소임을 능히 감당해 내지 못할 것이 두렵소이다.”

하고 겸사하였으나, 공명이 다시 한 번

“내가 내일 천자께 상주하고 백묘로 한 번 가게 할 것이매 공은 부디 사양하지 마오.”

하고 청하자 그는 마침내 응낙하고 물러갔다.

이튿날 공명이 후주에게 상주하고 윤허를 물어내어 등지로 하여금 동오로 가서 손권을 설복하고 오게 하니 등지는 곧 천자에게 하직을 고한 다음 바로 동오를 바라고 떠났다.

동오에서 바야흐로 간과(干戈)[22]가 그치자
서쪽에서 때를 보아 옥백(玉帛)[23]을 통하누나.

등지의 이번 길이 대체 어떻게 될 것인꼬.

(8권에 계속)

---

22) 간은 방패, 과는 창. 병장기를 말하는 것이나 동시에 전쟁의 뜻으로 쓰인다.
23) 옥은 보옥, 백은 비단, 곧 보옥과 비단인데 남에게 보내는 예물(禮物)의 뜻으로 쓰인다.